Opal
オパール文庫

あなたを誰にも渡さない
敏腕秘書と女社長の
淫らな偽装結婚

石田 累

プランタン出版

※本作品の内容はすべてフィクションです。

プロローグ　運命ではない最悪の出会い

東谷莉央《ひがしだにりお》が婚約者に会ったのは、十三歳の時である。

「やぁ、莉央ちゃん。初めまして」

莉央は大きな目を瞬かせ、その男の背後を見た。てっきり、そこに息子でもいるのかと思ったのだ。

けれど、お父さんくらいの歳の男の周囲には誰もいない。

「おじさんは……」

「莉央、瀬芥《せかい》さんだ」

莉央の隣に立つ祖父が、優しい声で言った。

「莉央が大人になったら、この瀬芥さんが莉央のお婿さんになる。分かるね？」

少しの間唖然としてから、莉央はこくりと喉を鳴らした。

このおじさん、何歳だろう。

お祖父ちゃんよりは若いけど、庭師の遠藤《えんどう》さんよりは年上に見える。もしかしてコックの斉藤《さいとう》さんと同じくらい……?

「はっはは、戸惑ってるねぇ」

男は豪快な笑い声を立てた。日焼けした顔とは不釣り合いに真っ白な歯。その人工的な白さに、莉央は薄気味悪さを覚えて顔を強張らせる。

「まぁ、お父さんくらいの歳の男が、突然婿になると言われても驚くだろうね。しかも君が成人する時分には、そろそろ五十の呼び声がかかるときている。はっははは」

静まり返った東谷家のリビングダイニングに、男の笑い声が響きわたる。

「瀬芥さんは、いずれ私に代わって〈東谷HD《ホールディングス》〉の会長になる人だ。莉央も大きくなったら、瀬芥さんと一緒に私の作った会社を守ってくれるね?」

祖父の言葉に莉央がおずおずと頷くと、瀬芥はにたにた笑いながらその傍らに屈み込んだ。逃げる間もなく脂じみた手が伸びてきて、結い上げた髪を撫でられる。

「ほうほう、京友禅がよく似合う、日本人形みたいな可愛らしいお嬢さんだ」

そこで煙草臭い息が鼻にかかったので、莉央はうっと息を詰めた。

「最近の若い娘は、変に髪を明るくしたりどぎつい化粧をしたりしてね。いわゆるギャルというのだろうが、みっともなくて見ちゃおれん。やはり女性は黒髪に和服だよ」

そう語る男の目は油を浮かせたようにギラギラして、目尻と下瞼からは魚骨のような不気味な皺が広がっている。背後に撫でつけた髪は整髪料で濡れ光り、車の芳香剤みたいな強烈な匂いを放っていた。

——どうしよう、このおじさん生理的に無理かも……。

瀬芥の鼻が莉央の首元に近づき、くんくんと匂いを嗅いだ。

「この匂いは桜かな。友禅の色といい香りといい、もし君が選んだものならなかなかいいセンスをしている。ふむ、まだ中学生か。とはいえ身体つきはもう大人だな」

いや、中身も無理だ。

キモすぎて無理、絶対に無理！

「どれ、後ろ姿をチェックしよう。莉央ちゃん、おじさんに背中を向けてごらん」

そこでポンッと腰を叩かれた莉央は、悲鳴を上げて飛び上がりそうになった。

咄嗟に——すがるような気持ちで見上げた祖父は、英国紳士を思わせる上品な顔をうつむかせ、微動だにしない。

「莉央、瀬芥さんの言う通りにしないかっ」

そこで神経質な声を上げたのは、祖父の背後に控えている叔父の晴臣《はるおみ》だった。

莉央の父の弟に当たる男で三十五歳。隣には前年見合い結婚した妻を従えている。

「瀬芥さん、すみませんねぇ。この子は亡くなった兄に似たのか、大人しい顔の割に妙に反抗的なところがありまして。しかも兄が認知せずに亡くなったものですから、育ちの悪い女のもとでろくな躾も受けずに育ったんですよ」

東大《とうだい》卒でもとよりプライドが高い晴臣の猫撫で声は、莉央に自分の立場——もとい役目を思い出させるには十分だった。

そうだ。私は、お祖父ちゃんとの約束を果たすためにここにいるんだ。

だったら何をされても我慢するしかない。ええい、お尻だろうが腰だろうが、触りたいなら勝手に触れ！

その時だった。ガシャーンと金属と陶器が同時に砕けるようなけたたましい音がした。

その音は、三階まで吹き抜けになっているリビングダイニング全体に響きわたり、いつまでも繰り返し残響する。

「——申し訳ございません」

誰もが驚きで声をなくしている中、隣接するキッチンの方から男の慌てた声がした。

「お茶を運ぶカートを倒してしまいました。すぐに片付けますのでお許しください」

四方から駆けつけた使用人《サーバント》の中心では、銀製のカートが無残に横倒しになっている。

割れた陶器や銀製のフォークが周囲に散らばり、生クリームやフルーツが散乱した床では、広がった紅茶が湯気を立てていた。

「おい、気をつけろ！　暴漢でも入ってきたのかと思ったじゃないか」

不快げに声を上げた瀬芥が、その表情をふと和らげた。

サーバントの輪から一人の男が立ち上がり、こちらに駆けてきたからだ。

不意に怒りを削がれたような瀬芥の表情は、男を見た誰もが一度は見せる反応だ。

白兎みたいな色白の小顔に、完璧に配置された左右対称の目鼻だち。黒目の大きな双眸は凛々しくも涼しげで、どんな表情をしていても微笑を宿しているように見える。すっと伸びた鼻筋は高くもなく低くもなく、その平凡さが男の美貌に絶妙な親しみやすさを与えていた。人を見れば嫌味しか言わない晴臣が、かつてその顔を見るや言い放った一言が、案外、この男の特徴を的確に捉えているのかもしれない。

（まるでＡＩが作ったみたいな顔だな）

「篠宮《しのみや》、まさかと思うが、今のはお前がやったのか」

その晴臣が、細い眉をピクピク震わせながら駆けてきた男——篠宮鷹士《たかし》を睨みつけた。

「申し訳ございません。バランスを崩した弾みで身体ごとぶつかってしまいまして」

姿勢を正した篠宮が、胸に手を当てて頭を下げる。

百八十三センチの長身を包む優雅な黒スーツ。実際はサーバントのお仕着せなのだが、篠宮が身に着けると貴族かと思うくらいさまになっている。

片や、痩せぎすで頭髪が後退気味の晴臣は、漫画に出てくるモブの悪役のようだ。

「この木偶の坊め、父さん、だから私はこんな男を家に入れるなと言ったんですよ！」

「まぁまぁ、もういいじゃないか、晴臣君」

そこで瀬芥が、白い歯を見せて間に入った。

「会長、この青年は？　私には初めて見る顔ですが」

晴臣から「父さん」、瀬芥からは「会長」と呼ばれたのは莉央の祖父、東谷正宗《まさむね》である。全国に五百以上の店舗を持つ老舗スーパー〈イーストア〉の創業者で、そのグループ企業や子会社を含めたコングロマリット、東谷ＨＤの会長だ。

「篠宮鷹士です。うちの財団が奨学金を出している孤児の一人ですが、中でもずば抜けて優秀な青年でしてな」

年齢を重ねた者特有の、含みを帯びた穏やかな声で正宗は続けた。

「これまでも、家の手伝いなどをさせていたのですが、今年大学を出たのを機に正式に雇い入れることになりました。今は、サーバントの見習いをさせておるところです」

「なるほど、ではいずれ会長か晴臣君の秘書にでもするおつもりですか？」

「先のことは分かりませんが、当面は莉央の守り役を任せようと思っております」

そこで柔らかく言葉を切ると、正宗は優しげな目を篠宮に向けた。

「ご覧の通り優男ですが、こう見えてなかなか腕が立つ男でしてな。特技は……なんだったかな、篠宮」

「特技とは違いますが、学生の頃にクラヴマガを学んでいました」

「……ほう、それはかなり本格的だ。日本じゃ護身術として知られていますが、元々軍や警察向けの戦闘術ですからね。——つまり、私の婚約者のボディガードになると？」

「瀬芥様と結婚するまでの間、お嬢様をお守りするよう申しつかっております」

そう答えた篠宮の、笑みを帯びた涼しげな目が優しく莉央に向けられる。莉央は表情を変えないまま、視線だけを彼から逸らした。

篠宮と初めて出会ったのは四年前——莉央が九歳の時である。

（——莉央お嬢様、篠宮と申します。今日からこのお屋敷で、お嬢様の身の回りのお手伝いをさせていただくことになりました）

当時篠宮は十八歳。祖父の財団が庇護している孤児の一人で、全寮制高校を卒業したのを機に東谷家に住まわせることになったという。大学に通う傍ら、莉央の家庭教師兼小間使いをすることが居候の条件で、いわばその頃から彼はサーバントも同然だった。

莉央はすぐに彼のことが大好きになった。顔だちは貴公子のように凛々しいのに、どこか愛嬌があって誰に対しても分け隔てなく優しい。それでいて常に莉央のことを一番に考えてくれ、望めばどんな時でも場所でも駆けつけてくれる。

（ねぇ篠宮、格闘技を教えて。私、大きくなったらお祖父ちゃんの敵を倒すんだ）

（——旦那様に、敵がおられるのですか？）

（うん、お祖父ちゃんは私を助けてくれたから、今度は私がお祖父ちゃんを助けるんだ）

やがて篠宮は、屋敷に住む誰より莉央の嗜好や機嫌の機微を熟知するようになった。

二人が男女であることに懸念を示す者もいたが、篠宮の滅私的な奉公ぶりは、そんな声さえもかき消した。何より主人の正宗が、篠宮を絶対的に信頼しているのである。

中学生になってしばらくした頃、莉央はごく自然に篠宮への恋心を自覚した。

けれど、それが絶対に叶わない——叶えてはならない想いであることも分かっていた。

（莉央には、近いうちに婚約者と会ってもらうことになる。きっとだだをこねるだろうが、篠宮、お前が説得して慰めてやってくれないか）

（もちろんです、旦那様。私はそのためにお嬢様のお傍にいるのですから）

最初から分かっていたことだが、篠宮が莉央に優しくしてくれるのは、莉央が篠宮にとっての恩人——東谷正宗の孫だからだ。

そして莉央にとっても、祖父は大切な恩人だ。施設で育った辛い幼少時代、あの地獄から救い出してくれた祖父のためなら、なんだってできる自信がある。

二人の立場を再認識してからというもの、莉央は自分の恋心をきっぱりと封印し、篠宮との間に主従としての一線を引くようになった。

ただそれは、自分ではなく篠宮のためである。優しい彼を絶対に困らせたくなかったから。——

「木偶の坊でも顔だけはいい。育ちの悪い莉央にはいい虫除けになりますよ」

晴臣の皮肉な声が、束の間過去に飛んだ莉央の意識を現実に引き戻した。

「なにしろ莉央が瀬芥さんのもとに嫁ぐまであと七年。それまで、莉央には清らかなままでいてもらわねばなりませんからね」

「はっはは、それを守るには七年は長すぎる。莉央ちゃんではなく私がね」

賢しげに言う晴臣を、瀬芥は豪快に笑い飛ばした。

「私の趣味は女道楽で、婚約したからといってやめるつもりはない。なので妊娠にさえ気をつけてくれれば何をやっても構わんよ。結婚する時に一人や二人愛人がいても、まとめて私が面倒を見ようじゃないか」

そして莉央を見下ろしてにやりと笑うと、

「な、私は寛大だろう？　だから君も、私に寛大になってくれなくては困るよ」

莉央はただ唖然としていた。

なんだろう、このおじさん。いくらなんでも私やお祖父ちゃんの前で失礼すぎない？

つまりこのおじさんは、完全に私たちのことを見下しているんだ。

もしかして、この人がお祖父ちゃんがいつも言っていた――敵？

しかし、そんな莉央の頭を優しく撫でると、正宗は落ち着いた素振りで頷いた。

「仰る通りです。若者を大人のしがらみで縛りつけたところで、その鎖にはなんの効果もない。むしろ押さえつければつけるほど、それを跳ね返そうと強くなるばかりですから」

「ほう、なかなか含蓄のあるお言葉ですな」

苦笑した瀬芥が、そこでふと表情を改めて篠宮を見た。

「……ふむ」

それまでどこか機嫌よさげだった瀬芥の表情に、まるで雲が作る影のような複雑な色味が広がった。しかし、瀬芥はすぐにそれを皮肉な笑みで上書きすると、小馬鹿にしたような目で篠宮に笑いかける。

「イケメンさん、君がどれだけ主人に従順な犬なのか、私に教えてくれないか?」

「お望みとあらばなんでもいたします。瀬芥様は私の主人も同然ですから」

篠宮は微笑み、よどみもてらいもない口調で答える。その態度の何が癇にさわったのか、みるみる表情に酷薄さを広げた瀬芥が、自分の靴めがけてペッと唾を吐いた。

「舐めろ」

その場の空気が凍りついた。

さすがの晴臣も顔を引きつらせ、正宗も半白の眉を思案げにひそめている。

その中で、数秒、目を瞬かせていた篠宮は、すぐに微笑んで胸に手を当てた。

「かしこまりました」

瀬芥の前で膝をついた篠宮が、背をかがめて靴の方に顔を近づける。

息をのんだ莉央は咄嗟に視線を周囲に巡らせた。ちょうど斜め後ろに、祖父が中国から取り寄せた高さ二メートルほどの花瓶が飾られている。

よろめいたふたりで花瓶に近づいた莉央は、全身の力を込めてその花瓶を突き飛ばした。

巨大な陶器が大理石の床で木っ端微塵に砕け散り、落雷と聞き違うほど凄まじい音が室内に響きわたる。

「お、お嬢様!」

「莉央お嬢様! 大丈夫ですか!」

破片の中で気を失ったふりをしていた莉央は、使用人たちによって抱え起こされた。

「ご、ごめんなさい、急に目眩がして……」

騒然となったその場の空気は、突如として響いた瀬芥の笑い声で遮られた。

「カートといい花瓶といい、とんだ散財でしたな、東谷会長」

そして、立ち上がった篠宮に目をやると、

「本当にいい犬だ。早くもご主人様の心をしっかり摑んでいるじゃないか」

心配そうな目で莉央を見ていた篠宮は、黙って瀬芥に向き直った。

瀬芥は取り出したハンカチで無造作に自分の靴を拭うと、それを篠宮の顔に投げつける。

「犬っころ、せいぜい私の花嫁を守るんだな」

落ちたハンカチを拾い上げた篠宮は、静かな目で微笑すると恭しく頭を下げた。

「はい。瀬芥様の仰せの通りに」

第一章　篠宮夫妻には秘密がある

十年後――四月

東京都《とうきょうと》渋谷区《しぶや》。

女性向けファッション店が立ち並ぶ目抜き通りの一角に、街並みを彩る桜より華やかな行列ができていた。

大半が十代から二十代の女性である。明るい髪は巻き毛率が異様に高く、カラコンで色味を変えた瞳をメイクでより大きく見せている。そして殆ど全員の顔にある涙袋。

女たちの行列は、一月にグランドオープンした商業複合施設のエントランスから始まり、巨大なビルをぐるりと囲んで駅の方にまで続いている。

ミニスカートやショートパンツなど、いわゆるギャルファッションに身を包む彼女たちの目的は、このビルで今日オープンする〈ＲＩＯ《リオ》〉のオープニングイベントだ。

ファストファッションのＥＣブランドとして、若い女性を中心に人気を集めているＲＩＯ初の実店舗。ＳＮＳを中心に大きな話題になっていただけあって、路上にはマスコミやネット配信を生業とするインフルエンサーらが待機している。とはいえ、彼らの目的はプレスリリースされたオープニングイベントでもギャルの行列でもない。

その時、鮮やかなメタルオレンジのＢＭＷが、建物前の路上に滑り込んできて停車した。

それが彼女の愛車だというのは、あらゆるメディア関係者が知っている。

彼女——ＲＩＯの創業者にして、ギャルのカリスマ東谷莉央。

車から降りた莉央を、たちまちカメラのフラッシュが取り囲んだ。

「莉央社長、昨日配信された週刊エイトの記事のことで！」

「伊月旬《いつきしゆん》さんとの不倫報道について一言コメントお願いします」

しかしその声は、路上を埋め尽くす女性たちの歓声でかき消される。

「莉央社長！」

「莉央社長、超可愛い！」

駆けつけてきたスタッフに守られるようにして歩きながら、莉央は明るく手を振った。

大歓声。向けられたスマホとフラッシュの数は、メディアのカメラも霞むほどだ。

莉央社長。その愛称は、彼女が人気絶頂だったギャルモデル時代にＲＩＯを起業したことに由来している。

今でも、若い女性——特にギャルに熱狂的に支持されているのは、彼女がギャルモデル引退後も、その頃と変わらぬスタイルを貫いているからだ。

緩くウェーブのかかったピンクブラウンの長い髪。アイメイクで強調された明るい双眸とエクステ睫毛。そしてギャル定番の涙袋。百六十三センチのスレンダーボディを包むパンツドレスは鮮やかなコバルトグリーンで、十五センチヒールのサンダルにもネイルにも、ゴテゴテキラキラしたものが光っている。

十七歳でギャルモデルとしてデビュー。モデル時代は明るい脳天気キャラで親しまれ、今では年商二億円企業の社長である。若い女性にカリスマ的人気があるのも無理はない。

が、昨日、その人気に影を落とす事件が起きた。

人気アイドル伊月旬との深夜デートが、ゴシップ週刊誌にスクープされたのだ。

それがただの熱愛なら莉央にはよくある話である。十八歳で交際宣言したギャル男モデル、二十歳でお泊まり愛が報じられたインフルエンサー等々、恋の相手は枚挙に暇がない。

しかし今回マスコミが気色ばみ、路上のファンの中にも動揺を隠せない者がいるのは、伊月旬が国民的人気を誇るトップアイドルであることと——今からおよそ一カ月前、莉央が一般男性との結婚を発表したからだ。

「莉央社長、不倫なんて嘘だよね」

「ちゃんと説明して、莉央社長！」

ファンの声に、ネット配信者の煽るような声が重なった。

「おい、ヘラヘラ笑ってないでちゃんと説明したらどうなんだよ！」

「――したくてもできないのよ」

カチンとして、思わず反論した莉央の腕を、隣に滑り込んだ篠宮がやんわりと摑んだ。

反射的に見上げた篠宮の顔は、優しく微笑んでこそいるが目が全く笑っていない。

――お嬢様。口の動きも囁きも、映像に拾われたら最後、解析されて終わりです。

との心の声が聞こえてくるような、圧のある眼差しだ。

「……わ、分かったから離してよ」

何日も前からその顔をまともに見られない莉央は、気まずく言って腕を振り解いた。

「先に中へ、後は私が対応いたします」

そんな態度も気にならないのか、篠宮は微笑んで莉央の背中を優しく押した。たちまち他のスタッフに囲まれた莉央の背後から、彼の爽やかな声が聞こえてくる。

「申し訳ないのですが、路上での取材は危険ですのでお控えください。莉央の囲み会見はこの後予定しておりますが、質問はイベントのことに限らせていただきます」

篠宮鷹士。ＲＩＯの社員で莉央の秘書。

莉央がモデル時代はマネージャーだった男で、昔からのファンにはよく知られた存在だ。

当時、様々な芸能事務所から誘いがあったというが、それも納得の美貌である。

すらりとした長身に、甘いマスクという形容詞がぴったりの優しい目鼻だち。そのせいか、言っていることは噴飯ものなのに記者の表情もどことなく和んでいる。

「篠宮さん、報道は事実ですか？」

「一番近くで社長を見てきた人として、一言お願いします」

芸能記者の照準が、あっと言う間に篠宮に変わったのには理由がある。

未だ一般男性としか公表されていない莉央の結婚相手が篠宮なのではないか――という噂は、ファンの間で今も根強く囁かれている。

当然マスコミも、篠宮がそうなのだろうと睨んでいる。ただしあくまで一般人である篠宮の名前や顔写真を、憶測を交えて報道することはできない。

しかも、若くして年商二億円超え企業の社長になった莉央には、かなりの大物がバックについているという噂がある。彼女の実家が、かつて一時代を築いた〈イーストア〉の創業家なのは有名な話で、少なくとも流通業界に相当な人脈があるのは間違いない。

「篠宮さんって、本当にマスコミあしらいが上手いよね」

「そりゃ莉央社長のせいで慣れてるのよ。これまで何度会見を仕切ったと思ってんの？」

スタッフの棘のある囁きを背中で聞きながら、莉央はうつむいて建物の中に駆け込んだ。

ただし、うつむいたのはやましいからではない。一部の社員から、行状を批判的な目で見られているのは知っているし、それを気にしたこともない。

顔が赤くなっているのを、誰にも見られたくなかっただけだ。

篠宮に触れられた腕が熱かった。軽く押された背中も熱を帯びたように火照っている。

なんでこんな風になったんだろう。——と、莉央は歩きながら反芻《はんすう》する。

十四年間彼と一緒にいて、色んな感情の浮き沈みを経験した。

少なくとも、恥ずかしいとか顔が見られないとか、触られただけで顔が赤くなるとか、そういう子供っぽい感情はとっくに乗り越えたと思っていたのに——。

それが、なんで今さらこうなった？

背後から、その篠宮の声が聞こえてくる。

「ご承知の通り今日はＲＩＯにとって特別な日です。そして莉央は、ぎりぎりまでその準備にかかりきりでした。どうか皆様、今日だけは莉央を仕事に集中させてください」

◇

「人が出張に行ってる間に、一体、何をやらかしてくれたのよ」

勢いよく扉が開いて、小気味いい声がエグゼクティブルームに響きわたる。

翌日——午後四時。スーツケースを片手に仁王立ちになっているのはＲＩＯの専務取締役、ヨン・シア。莉央にとっては、高校生からの親友で共同経営者でもある。

百五十三センチと小柄ながらスポーティな身体つきで、髪は本人の性格を体現したかのような切れのいいボブカット。元々は韓国からの留学生で、父親は有名財閥の会長だ。

「熱愛騒動は二度とやらないって約束だよね。しかも既婚者だって立場、分かってる？」

「――あのね、メールでも説明したけど、あれは伊月旬に嵌められたのよ」

社長席で、デザイナーから上がってきたデザイン画をチェックしていた莉央は、そのカラクリを知った時の怒りを思い出し、ペンをぎゅうっと握り締めた。

「ちょこっと顔を出したパーティで伊月と一緒になって、その時、同伴してたマネージャーから仕事の話がしたいって誘われたの。で、ラウンジに行ったら伊月が一人だけ。そこを隠し撮りされたってわけ。こっちも報道が出るって知って大慌てだったんだから」

ちょっと言い訳がましく、メールでも報告したことを繰り返したのは、この話を隣の秘書室にいる男にも聞かせたかったからだ。

中野《なかの》区の中心街。ＲＩＯ本社は駅からほど近い商業ビルに入っている。

十五階建てビルの十三階から上がＲＩＯの業務スペースで、このエグゼクティブルームは役員専用オフィスだ。いかにも女性中心の企業らしいアプリコットピンクのソファが中央に鎮座しているが、その応接スペースを除けば内装はかなり実務的。広い室内は放射線状に三分割され、莉央を含めた三人の取締役用に独立したワークスペースが設けてある。

「ごめん。意味分かんない。トップアイドルがわざわざ人妻とスキャンダルを起こしてなんのメリットがあるわけ?」

「知るわけないでしょ、そんなの伊月旬に直接聞いてよ」

「てか、その時篠宮さんは何やってたの?　莉央と一緒だったんじゃなかったの?」

「い、一緒だったけど、その時は離れた場所にいたのよ」

「まぁまぁ、二人とも、少し落ち着こうよ」

シアの背後からなだめるような声がした。もう一人の専務取締役、中島良人《なかじまよしと》である。

「莉央さん、昨日はお疲れ様。オープニングイベント大成功だったみたいだね」

「良人は黙ってて、今、莉央と大切な話をしてんだから」

シアに噛みつかれた中島は、二人より四歳年上の二十七歳。ひょろりとした長身で、居眠り中の猫みたいな優しい顔をした男である。

莉央が十八歳でＲＩＯを起業した時、真っ先に「私もやる!」と言い出したシアが、自分の家庭教師で、当時大学で電子工学を専攻していた中島を連れてきた。

聞けば中島は、その分野では将来を嘱望される学生で、大手企業への就職も内定していたらしい。なのに人が良いのか、親に隠れて付き合っていたシアの押しに逆らえなかったのか――ＥＣサイトの設計に協力するだけのはずが、結局取締役になってしまった。

自分のスーツケースを中島に押しつけると、シアは大股で莉央の前に歩み寄ってきた。

「言っとくけどＳＮＳじゃ莉央一人がフルボッコ、袋叩き状態よ」

「知ってます」

「知ってますってすかしてる場合？　このネット記事なんて莉央がナントカ依存症で、男なしじゃ生きていけないみたいなひっどい書きぶりなんだから」

「全然――」

不意に瞼が痙攣《けいれん》したので、莉央は目の端を指で引っ張った。

渋谷店のオープン準備もあって連日の残業続き。昨日も深夜まで仕事をして、ここ最近定宿にしているホテルに泊まった。不倫報道も重なってずっと気持ちが張り詰めていたから、山を越えたことでどっと疲れが出たのかもしれない。

「全然平気、むしろもっとひどく書いてくれって感じだから」

そこでようやく莉央の境遇を思い出したのか、シアの表情がふと緩んだ。

シアだけは、莉央の本当の気持ちを知っている。

優等生だった高校時代に突然オーディションを受けてギャルモデルになった理由も、好きでもない男と次から次へと熱愛騒動を起こしてきた理由も知っている。

全ては、十三歳で婚約した男に嫌われるため――その男との結婚を一日でも先に延ばすためなのだ。

「莉央、でも、それはもう……」

とシアが言いかけたところへ、

「ヨン専務、中島専務、お二人ともお帰りでしたか」

秘書室に続く北側の扉が開いて、にこやかな笑顔を浮かべた篠宮が現れた。

咄嗟に視線を泳がせた莉央を優しい目で一瞥すると、彼はシアと中島に向き直る。

「状況はメールで報告した通りです。今、マスコミ各社宛に、伊月旬は友人で、その場には私とマネージャーが同席していた旨のコメントを送りました」

「ありがとう篠宮さん。あなたがいれば安心だとは思っていたけど」

と、たちまちシアの表情が安堵に変わった。

シアの篠宮への信頼は海より深い。というのも、学生三人で起ち上げた会社を、創業時からずっとフォローしてくれているのが篠宮だからだ。

シアは経理で中島はシステム、会社の看板である莉央は商品開発と営業。そういう役割でやってきた中で、人事給与、福利厚生などの総務関係の仕事は全て篠宮が担ってくれた。

現在七十人近くいる社員も取引先も、ＲＩＯの実質的な社長は篠宮だと知っている。

「でもさ、記事が出たのって確か一昨日だったよね」

二人分のスーツケースを転がしながら、中島が眠たげな目を不思議そうに瞬かせた。

「ねぇ篠宮さん、否定コメントを出すのに、どうしてこんなに時間がかかったの？」

「メールに書いてあったでしょ。伊月旬の所属事務所がうちにストップをかけてたのよ」

腹立たしげに言ったシアがリモコンを取り上げる。壁にかかった五十インチのモニターが午後のワイドショーを映し出した。

画面では伊月旬が白い歯を見せて笑っていた。舞台挨拶の最中のようで、画面右上には〈莉央社長とはいい友人・不倫は双方が否定〉という文字が躍っている。

『僕の恋人はファンの皆さんです。あ、ついでにこの機会に言っとこうかな。莉央社長、結婚おめでとうございま〜す』

と、伊月旬が手を振ったタイミングで、篠宮がテレビを消した。

「今日が初主演映画の試写だったようです。マスコミも注目していますし、伊月旬の所属するアベプロとしては、この開始時間に合わせてコメントを出したかったのでしょう」

「腹立つ！　結局莉央が話題づくりに利用されたんじゃない。こっちは叩かれやすいキャラで、しかも結婚したばかりなのにひどすぎない？」

それについては莉央も全くの同意見だ。伊月旬には怒りのメッセージを連投してやったが、一切無視されている。中小企業の社長一人を怒らせたところで、きっと伊月には痛くも痒くもないのだろう。

「お気持ちはごもっともですが、アベプロダクションは業界最大手で力関係ではうちに分が悪い。今後のことも考慮して、従うのが得策と判断しました。むしろ渋谷店の宣伝になったと前向きに捉えましょう」

にっこりと笑った篠宮が、オフィス内に設えてある給湯スペースへと歩き出した。

「そんなことよりお疲れでしょう。今、お茶をお淹れしますよ」

――いや、ここはもうちょっと怒ってくれてもよくない……？

そう思ったが、優しげに見えてビジネスには抜け目のない篠宮のことだ。きっとアベプロには相応の見返りを約束させているに違いない。

ペンを持ち直した莉央は、紅茶を淹れ始めた篠宮を、横目でそっと窺った。

出会って十四年。今年で三十二歳になる篠宮だが、容貌は十八歳の頃と変わらない。

どこか少年のような面影が残る凛々しい顔も、細身ながら硬い筋肉を有した優雅で俊敏な身体つきも昔のままだ。

ただ、サーバントのお仕着せではないオーダーメイドのスーツをまとい、短く刈った髪をきっちりと整えている今の彼からは、あの頃にはなかった大人の匂いがする。

形のいい喉仏や男らしい手。その手首で煌めいているのは、祖父から成人祝いに贈られたオメガのシーマスターだ。スーツ越しでも、しなやかに引き締まった腰や、張り詰めた腿や尻のラインがよく分かる。黙って立っているだけで、そこかしこから色気がだだ漏れになっているような……。

「――お嬢様」

その背中が不意に言った。

ぎょっとした莉央は、大慌てでスリープ状態のパソコンに視線を移す。忘れていた、篠宮は背中にも目があることを。

「な、何？　会社でお嬢様はやめてって言わなかった？」

「申し訳ございません。視線を感じたので何か私に御用かと思いまして」

「別に篠宮なんか見てないし。たまたまそっちを見て考え事をしていただけよ」

莉央はモニターで顔を隠し、忙しげに仕事をするふりをした。

——う……、恥ずかしい。私、職場で何を考えてたんだろう。

最近ホテル暮らしをしているせいで、篠宮と一緒にいる機会が格段に減った。そのせいか気づけば彼を目で追ってしまうのだが、そもそも莉央のホテル暮らしは、篠宮を避けたいがために始めたことでもある。

二人は今——ホテル暮らしを始めたここ数日を除き、同じマンションの隣り合った部屋で暮らしている。隣といっても二世帯仕様の部屋だから、共有玄関をくぐった後、内側でふたつの部屋に分かれているという格好だ。

莉央が武蔵野《むさしの》の実家を出たのは、仕事が多忙になった二十歳の時である。祖父がそれを許すに当たって唯一出した条件が、篠宮を隣に住まわせることで、瀬芥との結婚まで莉央を守るという彼の仕事柄、目の届く場所に住むのは当然と言えば当然だった。

が、そんな二人の暮らしは、最初から同棲同然だった。なにしろ屋敷にいた時と変わらず、篠宮は痒いところに手が届く丁寧さで身の回りの世話をしてくれる。送迎、掃除、日用品の買い物にクリーニング、果てはエステや美容院の予約まで。朝は必ず七時に起こしに来てくれて、その時には浴槽には湯が張られ、テーブルにはフルーツを中心としたヘルシーな朝食が並んでいる。

(こればかりは何度聞いても信じられないんだけど、そんな風に暮らしてて、本当に莉央と篠宮さんの間には何もないの?)

と、シアに驚かれたが、本当に何もない。

というより、九歳から篠宮とそんな風に過ごしてきた莉央にすれば、シアに驚かれて初めて「え? そんなにおかしいこと?」と思ったほどだ。

瀬芥と婚約して以来、篠宮への恋心は完璧に封印している莉央である。

もちろん篠宮には全く気づかれていないし、フェイクの熱愛だって篠宮の前ではさも本当のように演じている。ビッチと誤解されるのは悲しいが、敵を欺くにはまず味方から。一番身近な篠宮を欺かなければ、肝心の瀬芥を欺けるはずがない。

もし篠宮に恋人ができたらという想像は、莉央の心を荒海の小舟のようにかき乱す。今のところ女の気配はなさそうだが、その時は——永遠に来なければいいが——潔く笑顔で応援しようと決めている。

しかし、そんな篠宮と莉央の関係に、先月大きな変化が起きた。

それ以来、篠宮の顔がまともに見られないどころか、思春期に乗り越えたはずの「赤面」とか「ツンデレ」とかいう乙女な条件反射がぶり返してしまったのである。

「社長、今夜のご予定ですが、私が把握している以外で何かございますか」

その篠宮が、莉央の前にウェッジウッドのティーカップを置きながら言った。

ドキッとしたが、そこはかろうじて動揺をのみ込んで、

「別にないけど、当分は渋谷店の様子が見たいから、九時までは会社に残るつもりよ」

「そうですか。実は先ほど瀬芥様から電話がございまして、今夜の〈桜を愛でる会〉に、できれば社長も顔を出すようにと」

どこか浮ついていた気持ちはたちまち吹き飛び、莉央は身体を硬直させた。

「……な、なんで？　今回のことなら、篠宮が事情を説明したんじゃなかったの？」

「いたしましたが、久しぶりに社長のお顔が見たいとのことです」

恐怖でこくりと喉が鳴った。

聞いた話によると、死刑囚の死刑執行は当日の朝に決まり、本人には直前に知らされるのだという。なんて残酷な話だろうと思ったが、二十歳を超えてからの莉央も少なからず似たような状況だ。瀬芥がその気になりさえすれば、結婚は即座に執行されるのだから。

いや、でも今は、少なくとも百日の猶予が確実にある。

気持ちを落ち着かせて頷こうとした莉央は、そこで、はたとあることに気がついた。

「……そう、分かった。じゃ、急ぎの仕事だけ片付けて私一人で行ってくるから」

「いいえ、もちろん私も参ります」

「いいわよ、子供じゃあるまいし。桜の会なら去年も行ったし私一人で大丈夫よ」

「そういう意味ではなく、私も必ず同行するよう申しつかっておりますので」

「へぇー、仲直りしたんだ、二人とも」

不意に中島の呑気な声が、囁き声で応酬する二人の会話を遮った。

「いや、だって最近の莉央さん、やけに篠宮さんを避けてたじゃん。てっきり篠宮さんと喧嘩して、それが原因で伊月さんと二人で会っちゃったんだと思ってたよ」

沈黙。ナチュラルに図星を指された莉央は言葉もない。ただそうなった原因は喧嘩ではなく、もっと複雑で気まずいものなのだが……。

そういった事情を何も知らないはずのシアが、何かしら女の勘で察したのか、助け船を出すように立ち上がった。

「ねぇねぇ、これ、莉央のファンがSNSに上げてるんだけど！」

莉央の前に突きつけられたスマホの画面には、昨日の喧噪が映し出されている。

ドキッとしたのは、それが莉央と、その背中に手を回す篠宮の姿だったからだ。

コメントはハートの絵文字だらけで、

〈超お似合い、莉央社長のダーリンは篠宮たんで間違いなし！〉

「——どうする？　いつもみたいに会社から削除要請しとく？」

「っ、当たり前じゃない。削除削除、篠宮は私と違って一般人なんだから」

「いいんじゃないですか、このままで」

慌てる莉央を、穏やかに遮ったのは篠宮だった。

「私は公表しても一向に構いません。実際、社長と私は結婚しているわけですしね」

◇

東谷莉央が篠宮莉央になったのは、今からおよそ一カ月前——三月中旬のことである。

十三歳で交わした婚約がなくなったからではない。むしろ続いているからこその結婚だ。

きっかけは同月の初めに莉央自身が起こした、若手実業家との熱愛騒動だった。

もちろん、本当に付き合っていたわけでも、恋愛感情があったわけでもない。これまでスクープされた熱愛と同じで、双方示し合わせた上の偽装恋愛。相手にはマスコミに取り上げられることで知名度が上がるというメリットがあり、莉央には婚約者——瀬芥敬一《けいいち》に呆れられ、結婚を躊躇《ちゅうちょ》させるというメリットがある。

実際、この手法のせいもあってか、二十歳で結婚する約束は未だ果たされていない。

瀬芥との結婚は、祖父と瀬芥との間で決められた、いわゆる政略結婚だ。

十年前、祖父は東谷HDを、瀬芥率いる〈ワールド・カンパニー・グループ〉に売却した。瀬芥との婚約はその交渉過程で非公式に決められたもので、東谷HDを将来的に身内に引き継がせたい祖父が、孫との結婚を条件に瀬芥に株を売却したのである。

救いは、瀬芥がまっとうな性癖の持ち主で、二十歳も年下の莉央にこれっぽっちも関心がなかったことだ。

もちろん、だからといって油断はできない。二十歳を過ぎた以上、瀬芥の気さえ変われば結婚の約束はすぐにでも実行される。——どころか十八歳を超えた時点で、いつ肉体関係を求められても不思議ではないのだ。

それを回避するために考えついたのが、瀬芥の嫌うギャルになることと、熱愛騒動を次々と起こして世間の耳目を集め、瀬芥が近寄りにくい空気を作り出すことだったのだが、最後の熱愛騒動でついにそれにもストップがかかった。

偽装熱愛の相手——蜂蜜の定期販売で財をなし、インフルエンサーとしても有名な通称〈蜂蜜王子《はちみつおうじ》〉が、おかしな正義感を発動してしまったためである。

父ほど歳の離れた婚約者がいると打ち明けたことですっかり莉央に同情したのだろう。「その婚約、俺が完璧に潰してあげるよ」とヒーローを気取り、莉央と自分の婚姻届を勝手に作成して役所に提出しようとしたのだ。

莉央もその騒ぎで初めて知ったのだが、たとえ偽造された婚姻届でも、役所に受理されてしまえばひとまず婚姻は有効なのだという。それを無効にするには、裁判を起こすなどかなり面倒な手続きがいるらしい。しかも蜂蜜王子は、莉央を連れて海外移住する算段まで立てていたのだ。

その恐ろしい計画は篠宮によって阻止されたが、さしもの瀬芥も今回ばかりは激怒した。これまでの方針を一転させて莉央の恋愛を禁止しただけではない。二度とこんな企みを起こさせないよう、当面の間篠宮と入籍させて、それを世間に公表しようと言い出したのだ。

瀬芥のオフィスでそれを聞かされた莉央は、最初意味が分からなかった。

「私にも事情があってね。今はお嬢ちゃんと入籍できないんだ。それに以前から思っていたことだが、世間は年の差婚に不寛容すぎる。私はロリコン、お嬢ちゃんは金目当てと、散々バッシングされるだろう。ただ、そこに離婚歴がつくと印象は少し違ってくる」

煙草をくゆらせる瀬芥は、自分の思いつきにひどく満足しているようだった。

「そういう意味で、お嬢ちゃんが結婚を経験しておくのは悪い話じゃない。相手が篠宮なら私も安心だし、それほど男遊びがしたいなら相手は篠宮一人で十分じゃないか」

私も安心だし――と言いつつ、同時に離婚届にサインして、それを瀬芥に預けることが篠宮との結婚の条件だった。日本には再婚禁止期間という制度があり、少なくとも瀬芥と結婚する百日前には篠宮と離婚する必要があるからだ。

瀬芥が本気だと分かった莉央は、驚き、呆れ、そして激怒した。一体瀬芥は、篠宮をなんだと思っているのだろうか。彼はサーバントだが奴隷ではない。しかも、ひどい勘違いをされているようだが、自分と篠宮は決してそういう関係ではないのだ。が――。

「お嬢様、短い間ですがよろしくお願いします」

驚くことに篠宮は、この異常事態をすでに受け入れてしまっていた。

「名前はどういたしましょうか。私はどちらでも構いません。私がお嬢様の籍に入っても、お嬢様が私の籍に入っても」

「……え、じゃ、じゃあ……篠宮で……?」

そのドキドキするようなやり取りで、莉央の理性は欲望に負けた。

とうの昔に諦めながらも、篠宮に対する莉央の想いは変わらない。

その篠宮とかりそめであっても結婚できる。そんな奇跡ってあるだろうか……?

その日は嬉しさのあまり、朝まで眠りにつけなかった。篠宮莉央と紙に書いて、それを手にしてピョンピョン部屋を跳び回ったほどだ。

けれど、その高揚した気持ちは一週間も続かなかった。

なにしろ二人の関係は結婚しても変わらない。会社では「社長」、家では「お嬢様」。部屋は別々のままで、莉央が就寝すると彼は自室に戻り、朝になったら起こしに来る。

そして――これは莉央が結婚相手を公表しないと決めたからなのだが、対外的にも彼は独身のままである。社内外問わずモテモテで、莉央との結婚が噂になってからというもの、何故かますます言い寄る女性が増えている。

そんな篠宮に、徐々に莉央は不満を募らせていった。一体彼はどういうつもりで偽装結婚を引き受けたのだろうか？　瀬芥に命じられたから？　そこに、少しは私への愛情があると思ったのは勘違いだった……？

二週間経った夜、莉央は意を決して篠宮の部屋を訪ね、眠る彼を起こして切り出した。

「わ、私との結婚は、――ふ、……夫婦生活的なものが込みだと思うけど、そのことは、どう思ってるの？」

口にした後、すぐに言葉選びを間違えたことを理解した。もう少し夫婦っぽいことをしてもいいんじゃない的なことを言うつもりが、夜に寝室を訪ねたことも相まって、まるであっちの方をせがんでいるみたいになってしまったのだ。

さすがに意表を突かれたのか、起き上がった篠宮は喉に何かが詰まったような咳をした。しかしすぐに、いつもの優しい笑みを頬に刻むと、

「お嬢様のお相手になるには、私は少しばかり歳を取りすぎています。なので、私が考えることではないと思っていました」

あ、そうなんだ――と思いながら、莉央は全身からぷしゅーっと力が抜けるのを感じた。篠宮にその気は全くないのだ。よかった、早めに聞いておいて。そこにかすかな可能性

を抱いたままでいたら、自分の心がボロボロになってしまう。

よかったよかったと自分に言い聞かせるも、不意に目元が熱くなった。

「あ……うん、そう。私も、篠宮が考えてないなら、全然」

やばい、泣く。莉央は急いで立ち上がると、大急ぎで篠宮に背を向けた。

「ごめん、遅くに。じゃ、おやすみ！」

「しますか」

莉央は足を止めた。彼が何を言っているのかすぐに理解できなかった。

「もちろんお嬢様が、お嫌でなければですが」

薄闇の中、立ち上がった篠宮が近づいてくるのが気配で分かった。莉央は夢でも見ているような思いで、彼の腕が自分の腰に回され、抱き寄せられるのを感じていた。

薄いシルクを通して伝わってくる筋肉の隆起と体温。石鹸にも似た清潔な香り。心臓の鼓動が速まりすぎて、失神してしまうかと思った。彼の吐息が耳を掠め、唇がそっと――。

「っ、ま、ままっ……待って！」

篠宮の腕を振り解いた莉央は、激しく混乱したまま飛ぶように後ずさった。

まずい、心の準備がゼロすぎる。こうなるなんて予想してもいなかったから、下着を含めた諸々がおざなりになっている。何よりまずいのは、莉央にはこういったことの全てが初めてで、それを篠宮が知らないということだ。

「い、今はちょっと。し……渋谷の店のオープンも迫ってるし」

「そうですね」

「——ごめんっ、また、また絶対来るから」

篠宮の顔も見ずに莉央は逃げた。

その夜は、一晩中眠れなかった。

全身に、彼が触れた時の胸がざわめくような感触が残っている。抱き寄せられた時の気が遠くなるような甘い陶酔。それが何度も繰り返し思い出されて、その度に胸が切なく締めつけられる。

その日から莉央はおかしくなった。篠宮の顔をまともに見られない。手が触れただけでくなくなと膝からくずおれそうになる。彼の存在を意識しただけで顔が赤くなるので、意識すまいと気を張るあまり、やたら態度が刺々しくなる。

渋谷店のオープンを理由にホテル暮らしをするようになったのも、篠宮と二人になると、何も手につかなくなるからだ。そのくせ彼がいないと寂しくて堪らず、一方で平然としている彼を見ると子供みたいに不機嫌丸出しになってしまう。——

そんな時に起きた伊月旬との不倫騒動は、さすがに莉央を慌てさせた。

実は伊月のマネージャーからラウンジに誘われた時、真っ先に篠宮に相談しようと、彼を目で探したのだ。が、パーティ会場のかなり目立つ場所で、篠宮は莉央の最も苦手な女

性と親しげに笑い合っていた。

それまでの不満も重なって、後は浅慮、短慮の連続である。そのせいで篠宮は各方面への謝罪と説明に回ることになり、瀬芥にも「お目付役失格」だと叱られたらしい。

結局のところ、莉央は瀬芥の思惑にまんまと嵌まってしまったのである。

篠宮の立場を考えれば、偽装熱愛など二度とできないし、彼を困らせるようなスキャンダルも起こせない。

(本当にいい犬だ。早くもご主人様の心をしっかり摑んでいるじゃないか)

多分瀬芥は、初めて会った日から知っていたのだ。

あの頃も今も、莉央の心は変わらず篠宮に囚われている。篠宮という鎖で縛られてしまえば、どこにも逃げられないことを――。

◇

「私一人でいいって言ったのに」

地下駐車場で車を降りた莉央は、扉を開けてくれた篠宮につんっとした顔を向けた。

「いいえ、そうはいきません。瀬芥様に呼ばれているのは私も一緒でございますから」

その日の午後八時。六本木《ろっぽんぎ》の表参道《おもてさんどう》。

瀬芥率いるワールド・カンパニー・グループ——通称ＷＣＧは、二人が車を降りた五十四階建てのタワービル、その三十二階から三十五階に入っている。

ＷＣＧは、全国に展開する大型総合スーパー〈イーストア〉を主軸に、コンビニ、専門店、フードサービス、アパレルなど各事業の子会社を統括する管理運営会社である。

グループの年間売り上げは七兆円。会長である瀬芥は、四十代という若さでその地位に立ち、経済界の風雲児として一躍時の人となった。

ちなみに社名のワールドは、瀬芥の名前「せかい」から来ている。

今夜、タワービルの最上階で催されているのは、ＷＣＧ恒例の〈桜を愛でる会〉。

とはいえ桜というのはただの季語で、実態は取引先の役員や政治家を招いた接待パーティだ。そのため、タレントやスポーツ選手など各界の著名人が多数招かれている。

「見て、莉央社長と同伴の男。ふるいつきたいほどいい男だけど、新しい恋人かしら?」

「違うわよ。確か元マネージャーで、彼女と結婚してるって噂がある男よ」

会場に入ると、さんざめく笑い声や食器の音に混じって、そんな声が聞こえてきた。

中世ヨーロッパを模した広いホールには、豪華な料理を載せた丸テーブルが並び、様々に着飾った男女がグラスを片手に談笑している。午後七時開始のパーティだが、殆どの人がほろ酔い加減で、そのせいか場違いに大きな笑い声も聞こえてくる。

壁を彩るアンティークな装飾品。宝石の反射光のようなトパーズ色の間接照明。床は最高級の黒大理石で、四方を囲む窓からは地上五十四階の東京の夜景が一望できる。

ここは、選ばれた一握りの人間しか出入りできない特別な場所なのだ。

が、今の莉央にとって、そんなことはどうでもよかった。

清純派で知られる若手女優がちらりと篠宮を振り返る。巨乳が売りのモデルも、流し目で篠宮を追っている……ように見える。

莉央は彼女たちを睨みながら牽制し、急ぎ足でホールを突っ切った。

莉央も芸能界にいたから身に染みて知っているが、選民意識の塊みたいな女性タレントから見れば、社会的ステイタスのない篠宮は皿に載った子羊も同然だ。しかもこの会場のどこかには、莉央が最も警戒している肉食動物が潜伏しているのである。

「お嬢様、ネックレスに髪が」

その時、不意に後ろから篠宮の声がした。

「留め金に絡んでいるのでお直しします。少しの間、動かないでください」

息をのむようにして固まる莉央の耳元に、彼の香りと体温が近づいてきた。

——え？　なになに、今、一体どういう状況？

——ていうか篠宮って、人前でこんなに大胆な真似をする人だった？

彼の指が肌に触れる度に、胸が変な風にドキドキした。しかも今夜莉央が身に着けているのは、背中が大胆に露出したローズレッドのバックレスドレス。ＲＩＯの新作で、二十代の大人ギャル向けにリリースしたものだ。肌出しはギャルファッションの基本だが、さすがに少し恥ずかしいと思っていたところに――この距離感。

そういえば、今日は暑くてやたら汗をかいたっけ。香水、ちゃんとしてきたよね。うん、してる。ずっと愛用している桜の香りのオードパルファム。以前篠宮にも「いい香りですね」と褒められたことがある。大丈夫、大丈夫――。

赤くなったりそわそわしたり――そんな莉央の変化にも気づかないのか、篠宮は焦れったいほど丁寧にネックレスに絡んだ髪を解くと、ようやく莉央の背中から身を引いた。

「ぁ、ありがと」

耳まで真っ赤になった莉央は、両手と両足を同時に出してギクシャクと歩き出した。と、その腰に、突然背後から大きな腕が回される。ずっと背中で意識していた香りに包まれた途端、心臓が巨大な手で握りつぶされてしまったかと思った。

「――失礼しました」

莉央を片腕で抱き寄せた篠宮が謝ったのは、立ち話をしていた高齢の女性である。ろくに前を見ていなかった莉央は、その女性とぶつかるところだったのだ。

「大丈夫ですか、お嬢様」

いや、大丈夫だけど、大丈夫じゃない。色んな気持ちが頭を駆け巡って――思い出さないと決めたあの夜のことまで浮かんできて――目の前がぐるぐるしている。

片腕で莉央を抱いたまま、篠宮はひどく優しい目で莉央を見下ろしている。

今夜、彼がまとっているのはディオール・メンのブラックスーツ。上品な黒は優雅でスマートな彼に憎らしいほどよく似合う。かすかに香るのはイランイランだろうか。普段のビジネスライクな彼と違い、涼しげな双眸や唇から匂うような男の色気が滲み出ている。

腰に回された手が熱い。胸が疼くように切なくなる。どうしよう、こんなに近くで見つめられていると、好きな気持ちで心が溢れてしまいそう……。

「——あら、莉央さん、鷹士さん、そんなところにいたの」

と、いきなりそんな声が、莉央を現実に引き戻した。

声だけで相手を認識した莉央は、反射的に篠宮を背後に押しのける。

——来た、大型肉食獣。

「探していたのよ。着いたらまず私に連絡してくれればよかったのに」

白大島に銀鼠《ぎんねず》の帯。夜会巻きの髪に紅の簪《かんざし》が艶やかな色を添えている。ふっくらした頬に笑くぼを浮かべて微笑んでいるのは東谷翠《すい》。叔父晴臣の再婚相手で、莉央にとっては義理の叔母——と呼ぶべき女性だ。

三十五歳。二年前に晴臣と再婚するまで銀座《ぎんざ》のクラブのママだった。目尻の切れ上がった妖艶な美人で、莉央でも吸い寄せられそうになるほど強いフェロモンを放っている。

全くの逆恨みにはなるが、あの夜、この女が篠宮と笑い合ってさえいなければ、伊月旬との不倫報道が世に出ることはなかったろう。

「わぁ、知らなかった、翠さんも来てたんですか。叔父さんは元気ですか？」

莉央は無理に作った笑顔で、篠宮をさらに背後に押しやった。

もちろん翠がいることは分かっていた。瀬芥絡みのパーティには、百パーセントの確率で叔父夫婦も同席しているからだ。

翠は、莉央にはあっさりした笑顔だけを返すと、一転して艶っぽい目を篠宮に向けた。

「鷹士さん、お仕事ご苦労様。こういう場で見ると、あなたって本当にセクシーね」

「恐縮です。奥様」

いやいや、恐縮じゃないし。篠宮はもう私の夫なんだから、使用人みたいにへりくだらなくていいから！　――と目で訴えても篠宮には伝わらない。

翠は、そんな莉央を見てくすりと笑うと、艶めいた腰を揺らして着物の裾を翻した。

「じゃ二人ともこちらにいらして。瀬芥会長のところに案内するわ」


「じゃ、瀬芥会長、我々はこれで失礼します」

そんな声がして、扉の中から二人の男が現れた。

翠の後をついて歩いていた莉央は、どこかで聞いた声だと思って眉を寄せる。

どちらも、やたら肌つやと恰幅のいい初老の男だ。来ているスーツや立ち居振る舞いから、社会的地位の高い人たちだとすぐに分かる。

二人は慇懃な態度で扉に向かって頭を下げると、談笑しながら、莉央たちとは反対側に向かって歩いていった。

「……翠さん、今の人たちは？」

「アベプロの安倍《あべ》社長と民政党の麻生《あそう》先生。瀬芥会長にご挨拶に来られたんでしょ」

へぇーと思った莉央は、そこではたと気がついた。アベプロの社長？　もしかしなくても今回私を罠に嵌めた張本人？

追いかけて文句を言ってやりたいと思ったが、その前に翠が、男二人が出てきた扉をノックした。このパーティ会場には至る所に個室が用意されていて、瀬芥はその中のひとつ――つまりこの部屋にいるらしい。

煌めく夜景を背景に、瀬芥はソファに腰掛けてワイングラスを傾けていた。

個室とはいえ相当な広さのある部屋だ。薄暗い室内には豪華なミニバーやカラオケセットがあり、奥には別の部屋まである。瀬芥が座るコの字型のソファにはホステスめいた美女が三人いて、その隅には顔を真っ赤にした晴臣の姿もあった。

「やぁ、お嬢ちゃん。何かと忙しいのにこんなところに呼びつけて悪かったね」

上機嫌で笑う瀬芥は、現在五十二歳。ただし見た目は十年前と変わらない。ぎらぎらした精力的な目に顔全体に刻まれた笑い皺。そして漂白したように白いインプラント。

今でも顔を見るだけで嫌悪感が込み上げるが、ある種の女にはこういう男が魅力的に見えるのか、今も、隣に座る若い女がうっとりと瀬芥を見上げている。

「お元気そうですね、瀬芥さん」

「君もね、新婚ほやほやのせいか、なんだか急に色っぽくなったじゃないか」

セクハラ親父――と、莉央は心の中で毒づいた。そこで翠が女たちを奥の部屋に移動させたので、余計に室内の雰囲気がギスギスする。

「座ったらどうかね。お嬢ちゃんのためにロマネコンティのビンテージを用意させたよ」

「結構です。――今回のこと、別に謝る必要はないですよね？　さっき来られていた安倍社長から、事情はお聞きになったと思いますけど」

「伊月旬との醜聞のことなら篠宮から聞いているよ。安倍さんなら挨拶に見えただけだ。いちタレントのスキャンダルに口を出すほど、あの男は暇じゃない」

「まぁ……確かに」

アベプロは芸能界最大の事務所で、政経界とのつながりも深いアンタッチャブルな組織である。しかも瀬芥との婚約は、それが履行されるまで非公表とするのが両家で交わした約束だ。安倍社長が知っているはずがない。

「じゃあ、今夜はなんのために私を呼んだんですか」

「なに、私の騎手が、ちゃんと馬の手綱を取れているか心配になってね」

意味が分からず眉を寄せた莉央だが、すぐに騎手というのが篠宮のことだと気がついた。

「――今の言葉、取り消してください。篠宮は騎手じゃありません」

「はっはは、怒るのはそっちかね。私は今、お嬢ちゃんを馬に例えたんだが」

う……と、莉央が言葉に詰まると、奥の部屋から酒肴のカートを運んできた翠が、からかうような口調で言った。

「心配しなくても夫婦仲は良好なんじゃないかしら。さっきも人目をはばからずにイチャイチャしていらしたし。あれで周りも、莉央さんの結婚相手が誰だか分かったはずよ」

瀬芥は苦笑したが、一転して凄みを帯びた目を莉央の隣に立つ篠宮に向けた。

「――篠宮、この跳ねっ返りに二度とおかしな男を近づけさせるなよ」

「はい、承知しております」

打てば響くように篠宮。

そっか――。と、ようやく莉央は、今夜の篠宮のらしくない行動の理由を理解した。きっと予め瀬芥に、二人の仲の良さをアピールしろとでも命じられていたのだろう。

そもそも結婚相手の名前を伏せることに関しては、瀬芥はあまりいい顔をしなかった。それを無視して、「相手は一般人」とリリースしたのは莉央である。この先起こる離婚、再婚のゴシップに、篠宮を巻き込ませたくなかったからだ。

でも篠宮にしてみれば、そんなことは最初からどうでもよかったのかもしれない。

　今や篠宮は、隅で飲んだくれている晴臣より瀬芥に信頼されている。特に蜂蜜王子の一件以来、毎日のように瀬芥のオフィスに呼びつけられては、莉央の近況を報告させられているようだ。そんな篠宮だからこそ、莉央の結婚相手に選ばれたのだろう。

　その時、かなり酔っているらしい晴臣が、だんっと拳でテーブルを叩いた。

「おいッ、会長がせっかく用意してくださったんだ。さっさと席に着かないか！」

　大理石のテーブルには、クリスタルのワイングラス、そしてロマネコンティの赤ワインが並べられている。ビンテージとなると、ボトル数百万はくだらないだろう。

　莉央を呼びつけた時の瀬芥は、必ずと言っていいほどロマネコンティを用意するが、いかにも金満主義の成り上がりらしくてうんざりする。

　ワインをスルーした莉央は、怒りとも虚しさともつかない目を、だらしなく腹の突き出た叔父に向けた。

　かつて東谷ＨＤの副会長だった叔父は、今や、完全に瀬芥に依存した生活を送っている。瀬芥に与えられたタワーマンションに住み、月々もらう小遣いで、連日、銀座界隈を飲み歩いているらしい。

　祖父が会社を売却した時、株主だった叔父もかなりの売却益を得たはずだが、その資産は全て投資で失った。祖父もまた、その後の投資や会社買収に失敗したため、東谷家にはもう借金しか残っていない。今は莉央が、それを分割返済している状況だ。

「……叔父さん、悪いけど私、明日も早くから仕事だから」

プライドの高い晴臣を傷つけないよう、莉央はなるべく優しい声で言った。

「それよりお祖父ちゃんは元気？　たまには私も会いに――」

「なァにがお祖父ちゃんだ。どこの馬の骨かも分からん私生児のくせに！」

ひどく酔っているのか、呂律の回らない大声で晴臣がまくしたてた。

「父さんがＤＮＡを調べたらしいが、お前が兄さんの子だなんて私は認めてないからな。そもそも兄さんが認知してない以上、お前はうちとは無関係だ。他人だよ、赤の他人！」

「晴臣さん、お酒が過ぎるわよ」と、翠が苦笑いでたしなめる。

「そもそも私のことを叔父と呼ぶのも間違いで、戸籍の上では兄なんだ。法律上、赤の他人の産んだ娘を父さんが養女にしただけの話だよ。なのに、なんだってお前が瀬芥会長と結婚して、元々父さんのものだった会社を受け継ぐんだ。ええ？」

「……叔父さん、私は何も」

「なんだ？　私に口答えするのか？　私生児のくせにいちいち馬鹿にしやがってッ」

爆発したような怒声を放つと、立ち上がった晴臣がタンブラーを持つ手を振りかぶった。

「――っ」

足をすくませる莉央の前に、篠宮が身体を割り込ませる。あっと思った時には彼は片手でタンブラーを受け止めていて、自身の身体でワインの飛沫から莉央を守った。

「落ち着いてください、晴臣様」

　全員が息をのむ中、穏やかな笑みを浮かべた篠宮が、晴臣の前にタンブラーを置いた。

「万が一お嬢様の顔に傷でもついたら、瀬芥様も晴臣様の処遇にお困りになられます。それは晴臣様もお望みではないのでは……？」

　篠宮の顔は見えないが、ソファに腰を落とした晴臣が怯えているのはよく分かった。

　普段滅多に――というか、全く怒らない篠宮だが、時々目から強い圧を感じる時がある。

　穏やかな人ほど怒ると怖いとはよく言うが、もし篠宮が感情を解放したらどうなるのかという怖さは、莉央ですら感じたことがあるほどだ。

　そもそもこれだけ腰の低い篠宮が、ビジネスシーンで他人に舐められているのを莉央は今まで見たことがない。それどころか、どれだけ格上相手との交渉でも、気づけば篠宮が場を支配している。それは、彼の微笑みにうっすらとまとわりつく怖さを、周囲が感じ取っているせいかもしれない。

「――まぁ、大変」

　と、その時、突然声を上げた翠が、さっと立ち上がって篠宮の腕を取った。

「鷹士さん、そのスーツとシャツ、すぐにクリーニングに出さないと」

「あ……いえ、奥様、大丈夫ですので」

　先ほどの迫力はどこに消えたのか、何故か篠宮は翠にはめっぽう弱腰だ。

「いいえ、だめよ。さ、染みになる前にあっちで服を脱ぎましょう」

――ちょっと待てい！

ずかずかと二人の間に割り込んだ莉央は、ハンカチで彼の服や顔をごしごしと拭った。

「――ぅ、お嬢様、そこは大丈夫です」

「黙ってて！」

特に目の辺りを力一杯擦ってやった。もし翠の色気にやられているのなら、その目にワインをぶちまけてやりたい。

その時には、自分の中に束の間沸いた女々しい感情は跡形もなく消えていた。

篠宮が祖父――そして今は瀬芥のために働いていることは莉央だって知っている。

ただそれは、莉央を守るためにしていることだ。篠宮が祖父に託されたのは、瀬芥と結婚するまで莉央を守ること。篠宮は自らの業務に忠実でいるだけなのだ。

そして、篠宮の莉央に対する優しさや思いやりに嘘はない。

子供の頃からずっと一緒にいる莉央だけは、それをよく知っている。

突然瀬芥が、大声で笑い出した。

「――っ、何がおかしいんですか」

「いや、失敬。本当に篠宮は使える男だと思ってね。まぁ、それはいい。ここからが本題だから、いったん座って飲まないか」

莉央は答えず立ったままでいた。視界の端では、翠が晴臣を起こして別室に誘っている。ひどい言葉で莉央を侮辱した晴臣だが、憎む気持ちにはなれなかった。

女遊びなどしたことのない生真面目な晴臣を、翠の店に連れていったのは瀬芥だろう。そこで翠に骨抜きにされた晴臣は、妻と離婚までして翠と結婚した。そこからの絵に描いたような転落人生に、瀬芥が陰で糸を引いていると思うのは絶対に考えすぎではない。

その時、奥の部屋から晴臣のわめき声が聞こえてきた。瀬芥はチッと舌打ちし、

「篠宮、晴臣君の様子を見に行ってくれ。翠一人じゃどうにもならん」

「かしこまりました」

あ、待って――と思ったが、篠宮は莉央に軽く会釈してから奥の部屋に入っていった。

瀬芥と二人になるのはなんでもないが、翠と篠宮が一緒にいると思うとじっとしてはいられない。追いかけていこうかと迷っていると、ワインを注いでいた瀬芥が口を開いた。

「実はこれを機会に、お嬢ちゃんのイメージを改めさせようと思ってね」

「イメージ……？」

「というより、そろそろ我々の結婚に向けた下地を作っておきたいんだ」

瀬芥はグラスを片手に足を組み替え、白い歯を見せてにやりと笑った。

「お嬢ちゃんには、尻軽なギャルから良識ある大人の女性にシフトしてもらう。まずは夫婦揃って雑誌の取材を受けるんだ。そうだな、テレビのトーク番組に出るのもいい」

「ちょ……なんの話をしてるんですか」

「今や最低レベルにまで落ちた、お嬢ちゃんの評判を上げる話だよ」

威圧的な上目遣いでジロリと莉央を見ると、瀬芥は再び上機嫌に語り始めた。

「篠宮はお嬢ちゃんの初恋の相手で、派手な男遊びは篠宮に振り向いてもらうため。本当は純情一途な女性だったということにしておこう。――世間の評価は面白いほど一変する。知ってるかい、悪い奴ほどちょっとの美談が輝いて見えるものなんだ」

莉央は眉をひそめ、瀬芥の露悪的な顔を見ていた。

「次にＲＩＯを売却して社長を引退する。買うのは私だ。二十億は出してやってもいい。目的は東谷家の借金を清算するためで、世間はますます君をいい子だと思うだろう」

悦に入ったように瀬芥は続ける。

「君がそうやって苦労している間に、篠宮は若い女性モデルと浮気をしている。それこそ大々的にスクープさせよう。誰もが納得する離婚原因になるじゃないか」

「…………」

「君は世間の同情を一身に買い、しかも若くしてビジネスの成功者になる。そのイメージのまま私と結婚するんだ」

「――馬鹿馬鹿しい。そんなの、私が承知すると思います？」

返事の代わりに、瀬芥はなみなみとワインを注いだグラスを莉央の前に差し出した。

「君がしなくても篠宮は承知する。あの男はお嬢ちゃんが思う何倍も賢く、利口だよ。どう立ち回れば自分が一番得をするか、それをよく分かっているんだ」

莉央は心の中で耳を塞いだ。莉央の一番近くにいる篠宮のことは、色んな人が色んなことを言っている。でも、莉央が信じているのは自分の目で見た篠宮だけだ。

「なので、間違っても篠宮を本気で好きにならないことだ。篠宮は、誰との関係においても常に最適解を選んでいる。奴のためを思うなら、その判断を誤らせないことだよ」

「――篠宮、帰るわよ」

これ以上話を聞きたくない莉央は、扉に向けて声を張り上げた。

「瀬芥さん、さっきの話はお断りします。それに、離婚した後の篠宮のことなら私がちゃんと考えていますから」

「――何か勘違いをしているようだから、言っておくがね」

打って変わって、ひどく冷たい声だった。

「あれから十年が過ぎ、私が欲しかったものは全て手に入れた。私にとって、もはやお嬢ちゃんとの結婚で得るメリットなど何もないんだ」

扉が開いて篠宮と翠が出てくる。莉央は瀬芥を見たまま動けなかった。

「私はただ、今の地位を私にくれた東谷さんとの約束を守ろうとしているだけだ。気の毒に、事故の後遺症がひどくて、未だお嬢ちゃんを認識できないそうじゃないか」

莉央を見上げた瀬芥は、さもおかしそうに苦笑した。

「さぞかし心配だろうが、お嬢ちゃんには面会することも治療方針に口を挟むこともできない。後見人である晴臣君と翠の許可がいるからね。さて、自分の立場が分かったところでワインをどうかね？」

◇

「……、篠宮、水」

何日かぶりに倒れ込んだ自宅のベッドは、清潔な日なたの香りがした。酔いでおぼろになった頭でも、室内のあらゆる場所が綺麗に片付けられているのが分かる。

「飲みすぎですよ」

篠宮の、さすがに咎めるような声がした。

「ボトル一本一人で空けるなんて。瀬芥会長もそこまで強要したわけじゃないでしょう」

「てか、あそこで引き下がれる？　あれはねぇ、私の最後の意地なんだから」

あの後、莉央は反抗心を剝き出しにした目で瀬芥を睨みつけたまま、ボトルに残ったワインを手ずから注いで、次々にそれを飲み干した。そして空になったボトルを瀬芥に突きつけ、飲むものがなくなったので帰りますと、せめてもの啖呵《たんか》を切ったのである。

「それにね、私、お酒はかなり強いんだから、らいじょうぶ、布団きもちぃ……」

――私、何日、家を空けてたんだっけ……。

熱くなった瞼を閉じて、莉央はぼんやりと考えた。そもそもなんで家を出たんだっけ。そもそもなんで……。

祖父が事故を起こしたのは今から三年前、莉央が一人暮らしを始めたばかりの頃である。自分で車を運転しての自損事故。自宅近くの植樹に衝突し意識不明の重体となった。命は助かったが、代わりに残ったのが重度の記憶障害だった。初めて面会が許された日の衝撃は、今でもはっきりと覚えている。

(――どうしてお前がここにいる！　二度と私の前に姿を見せるなと言ったはずだ！)

(おい、貴臣《たかおみ》をどこへやった。貴臣を返せ！　私の貴臣を返さんか！)

貴臣とは、写真でしか顔を知らない莉央の父で、晴臣の兄に当たる人である。

祖父は、莉央を亡くなった母――つまり莉央を産んだ人だと誤認していたのだ。

(売女め、最初からお前が金目当てで貴臣に近づいたのは分かっていたんだ。いくらでもくれてやるから、二度と私の息子に近づくな！)

元々莉央の戸籍に父親の記載はない。母は、山陰の片田舎で莉央を産み、莉央が三歳の時に急性アルコール中毒で亡くなった。

その四年後に児童養護施設に入っていた莉央を探し出し、養子縁組をしてくれたのが祖父である。むろんその前にＤＮＡ鑑定をしたらしく、莉央は初めて、自分の父親が東谷貴臣という人だと知ったのだった。

（お前の父親は、とても頭が良くて親思いの、心根が優しい男だった。ただ残念なことに生まれつき腎臓が弱くてね……二十六歳という若さで亡くなってしまったんだ）

父を語る時の祖父はいつも双眸を涙で潤ませ、深い悲しみと後悔にうちひしがれているようだった。その反面、母のことには一言も触れず、むしろ最初から存在しなかったかのように振る舞うところがあった。

それだけで子供だった莉央にも察しがついた。きっと祖父は息子の結婚を許さず、結果的に両親を別れさせたのだろう。だから母は東京を離れ、人知れず莉央を産んだのだ。

それでも莉央は、祖父に対しては感謝の気持ちしかなかった。

施設での生活は文字通り地獄のようだった。何故か一部の職員に嫌われていた莉央は、食事を減らされたり、体罰を与えられたりと、精神的にも肉体的にも追い詰められていた。祖父はそこから莉央を救い出し、本当の娘のように慈しんで育ててくれたのだ。

東谷家の資産を考えれば、息子の結婚相手に慎重になるのも無理はない。きっと結婚を反対したのにも理由があって、祖父も心を痛めていたのだろう。

祖父は、母を心の底から嫌い、激しく憎悪していたのだ。——

が、白髪を振り乱し、鬼の形相で摑みかかってくる祖父の姿を見た時によく分かった。

「……お嬢様、どうされました」

篠宮の声がした時、莉央の鼻筋を温かなものがつうっと伝った。自分が泣いていることを意識した途端、どっと涙が溢れてきて、莉央は顔を覆ってしゃくりあげた。

「ぉ……、お祖父ちゃんに会いたい……」

身体を丸めて泣きじゃくる莉央の傍らに、篠宮が腰掛ける。

「……お祖父ちゃんに謝りたい。許してくれるかな、わ、私のこと、許してくれるかな」

莉央の髪を、温かくて大きな手がそっと撫でた。

「お嬢様が謝ることは、何もないと思いますが」

「わ、わた、私の気持ちなんて、しの、篠宮は、何も知らないから」

後は溢れだした嗚咽で言葉にならなかった。わぁわぁ泣き出した莉央の髪を、篠宮はよしよしでもするかのように、優しく撫で続ける。

――私に、篠宮に慰めてもらう資格なんてない。

だってお祖父ちゃんが事故を起こしたのは、間違いなく私が原因だから。

三年前、莉央は、ＲＩＯが軌道に乗ったのと同時に家を出た。会社と大学、そしてまだ続けていた芸能活動のためには、都心に住まいを構えた方が便利だったからだ。

が、その表向きの理由の他に、家を離れて自由になりたいという思いがどこかにあった。

ＲＩＯの成功で経済的には自立した。このまま海外にでも逃げてしまえば、祖父からも瀬芥からも解放される——そんな思いがわずかでもなかったと言えば嘘になる。

祖父は何も言わずに送り出してくれたが、莉央は内心、自分の本音を見抜かれているような気がしてならなかった。そして引っ越しから二カ月も経たない内に、祖父は滅多に運転しない車に乗って、自損事故を起こしたのだ。

原因はアクセルとブレーキの踏み間違いだと聞いたが、もし、あれが事故ではなく故意だったら……。

会社を手放してからの祖父はめっきり老け込んで、日がな一日、亡くなった貴臣の部屋で過ごし、事あるごとに瀬芥への恨み言を口にするようになった。

(瀬芥は元々、福岡《ふくおか》くんだりで投資詐欺の片棒を担いでいたようなあくどい男だ。中学もろくに出ておらず、他人の財産を騙し取ることで今の地位までのし上がってきた)

(もう何年も前から、瀬芥は私の会社を狙っていたんだ。関連企業の株を卑怯なやり方で奪ったり、うちの悪評をでっち上げて株価を暴落させたりとやりたい放題だった)

(莉央、お前が瀬芥から会社を取り戻してくれることだけが、今の私の生きがいだよ)

祖父の妄執にも似た願いは、大学に仕事にと忙しく飛び回る莉央には次第に重くなっていった。そんな莉央の心の変化を、祖父は敏感に読み取っていたのではないだろうか。

今、祖父は、二十四時間介護つきの施設に入所している。莉央の顔を見ると過去の記憶が蘇って暴れ出すため、面会は禁止されたままだ。

一方で、祖父の事故を契機に東谷家は完全に崩壊した。祖父の法定代理人となった叔父は、その借財を整理するために瀬芥を頼り、殆どの不動産はその時瀬芥のものになった。かつて莉央が暮らした武蔵野の豪邸も今は瀬芥が所有している。

が、何故か瀬芥は、莉央との婚約だけは絶対に破棄しようとしない。

結婚せざるを得ない何かの事情があるのかもしれないが、その理由は分からない。そして莉央にしても、もうこの結婚から——祖父との約束から逃げるつもりはない。

ただ、だからといって、自分の人生を諦めたわけではない。今はまだ夢物語だが、RIOを大きくして、いずれワールド・カンパニー・グループを莉央自身が買収すれば……。

そのわずかな、奇跡みたいな可能性を追い求めて、莉央は今も、瀬芥との結婚をできる限り先に延ばそうとあがき続けているのかもしれない。

——待っててね、お祖父ちゃん。いつかいい報せを持って絶対に会いに行くからね。

そうだ、泣いたって何も解決しない。こういう時こそ笑うんだ。もっともっと強くなって、篠宮もお祖父ちゃんも私が守らなきゃ……。

「お嬢様……お休みになられますか」

耳元で聞こえる声に、泣き疲れてうとうとしていた莉央は、子供みたいにこくんと頷いた。そっと抱き締められて、その優しい温かさに安心して身を委ねる。

が、まどろみに落ちていきそうになる間際、ふと我に返って目を開けた。

――あれ？　なんで篠宮が私の隣にいるんだろう。

ちょっと待って。この状況は一体何？　私の部屋、寝室、ベッド、そして篠宮。

（しますか）

ドックン、と心臓が跳ねた。

実のところ篠宮の言葉は、決して解けない呪いのように、莉央の中で息づいていた。

男性経験ゼロの莉央だが、知識はそれなりにあるつもりだ。なにしろ高校生の時から芸能界にいたから、性に奔放な女性タレントからそっちの情報だけは入ってくる。

一回キスしたら、最終段階まではあっと言う間。そしてその最終段階が滅茶苦茶痛い。もし濡れない体質だったら痛みは激烈かつ地獄で、男も挿《い》れるのに相当苦労する。なかなか貫通しなかったために四回トライし、結局別れたというモデル仲間の話は、想像だけで莉央を恐怖に陥れた。

（でも、痛いのなんかどうでもよくなるほど、相手が愛おしくなるんだよね）

（そうそう。この世に女として生まれたことを初めて感謝するっていうかさ）

その相反する感情は分かるようで分からなかった。でも、もし体験するなら相手は篠宮以外考えられない。というより、篠宮以外の人なんて死んでも嫌だ。

その篠宮が身じろぎするように身体を動かし、莉央の首からゆっくりと腕を引き抜く。

ビクッとした莉央は、目をぎゅっと閉じて寝たふりを装った。心臓が胸から飛び出すかと思うほど強い鼓動を立てている。ここからどういう展開になるんだろう。キスかな、やっぱり最初はキスなのかな……！

耳元で響く衣擦れの音。身体を包む温もりが離れた後の息詰まる沈黙。ベッドが軋み、思わず両手を握り締める。その直後、パイル地のタオルケットがふわりと肩にかけられた。

「おやすみなさいませ、お嬢様」

――あれ……？

咄嗟に目を開けると、思わぬ近さに篠宮の顔があった。彼は莉央の枕元に腰を下ろし、どこか不思議そうな、それでいて優しい目で莉央を見下ろしている。

「どうしました？　それとも、このままお傍にいた方がよろしかったですか」

よろしいも何も、このまま置いていかれる方がショックに決まっている。

篠宮は苦笑すると、ベッドに広がる莉央の髪にそっと自分の指を絡ませた。

「あれ以来ずっと避けられていたので、てっきり嫌われたのだと思っていました」

――嫌われた……？

「今夜は久しぶりにいつものお嬢様だったので安心しました。これからも、今まで通りお嬢様のお傍にいてよろしいですか」

そんなの、当たり前すぎて答えるまでもない。ていうか、篠宮がそんな風に思っていたなんて知らなかった。篠宮を嫌いになるなんてあり得ないのに、何を言ってるんだろう。

そこではたと、今さらのように気がついた。——いや、誤解されても仕方ないか。

この二週間篠宮を避けまくってホテル暮らし。挙げ句、伊月旬と密会をスクープされた。もしこれが逆の立場だったら、苦しくて食事も喉を通らなかったろう。

「それと、今夜は不躾な真似をしてすみません。実はパーティの席で、不快な視線を感じたものですから」

半身を起こそうとした莉央を遮るように、優しい口調で篠宮は続けた。

「ネックレスを口実に、周囲からお背中を隠すような真似をしました。お気に障ったのならお許しください」

その瞬間、胸が締めつけられるように切なくなった。

「お、お気に障ってなんか……っ、わ、私の方こそ、色々心配させてごめんなさい」

「いいえ。私が気を遣いすぎていただけですから」

もう言っちゃおうかな——と、微苦笑を浮かべる篠宮を見ながらふと思った。

篠宮のことが好きだって。本当は子供の頃から大好きだったって。

篠宮だって、結婚してもいいと思ったくらいだから、少しは私のことを——。

(間違っても篠宮を本気で好きにならないことだ。篠宮は、誰との関係においても常に最適解を選んでいる。奴のためを思うなら、その判断を誤らせないことだよ)

こくりと小さく喉が鳴った。

最悪だ。なんだってこんなところで、瀬芥の言葉なんかを思い出してしまったんだろう。

莉央と篠宮の最適解──その残酷な答えは、瀬芥の言葉を聞いた時から分かっている。

結婚後、意を決して篠宮の寝室に行った時──その時彼が見せた反応──思えば、そこに全てが詰まっていたのだ。

あの夜の莉央は、本心では篠宮の愛情を確認したかったし、篠宮もそれは分かっていたはずだった。なのに彼は、その核心部分については肯定も否定もせず、ただ、莉央と身体の関係を持つことだけを了承してくれた。

瀬芥がいつも言っているように、篠宮は本当に優秀だ。莉央の心を摑みながらも深入りさせず、人参をぶらさげながら遠ざける方法をよく知っている。

莉央は唇を閉じ、切ないようなおかしいような不思議な気持ちで篠宮の顔を見た。冷静になってしまえば、彼の残酷な有能さがしみじみと腑に落ちてくる。

どうすれば莉央の機嫌が直り、何を言えば喜ぶか、彼ほど熟知している人はいない。

さっき莉央をきゅんとさせた言葉にしてもそうだ。パーティ会場で篠宮に親密な態度を取られた莉央は、それが瀬芥の指示だと分かった途端にがっくりと気落ちした。もしかすると篠宮はそれを察していて、今、さりげない嘘でフォローしてくれたのかもしれない。

今夜に限らず、篠宮の心の奥底にあるものなんて、九歳も年下の莉央には死んでも分からないだろう。でもひとつだけ、絶対に揺るがないことがある。

篠宮が莉央を大切に思っていて、莉央もそんな篠宮が大好きだということだ。

十三歳のあの日、彼がカートを蹴り飛ばしたのを見た時から、莉央は揺るぎなくそれを確信している。

「篠宮……私ね」

莉央は深呼吸して、揺れる感情をのみ込んだ。

「酔うと……すごく、したくなるんだ」

「……ん？」

大丈夫、きっとこれが、私と彼の最適解だ。

そう思いながら莉央は半身を起こし、驚く篠宮の肩にしがみついた。


莉央に抱きつかれた篠宮は、少しの間驚きで声もないようだった。

そんな彼の首に腕を巻きつけて引き寄せると、莉央は後ろ向きにベッドに身を沈めた。上になった篠宮は、咄嗟に手をついて自分を支える。その彼を莉央はさらに抱き寄せる。

頬と頬がくっつき、胸と胸が重なり合った。篠宮はそれでもまだ両腕をついて自重を支え、困惑しつつも莉央の意図を探っているようだ。

莉央は目をつむって首を曲げ、思い切って彼の頬に口づけた。その途端、胸が燃えるように熱くなった。

「お嬢さ――」

その勢いのまま、顔を背ける篠宮の頬や顎に、やみくもなキスを繰り返す。衣擦れと吐息と無言の攻防。「少し、冷静に」腕と腕、足と足がもつれ合い――「酔っておいでの時は」気づけば莉央が上に、篠宮が下になっている。

彼はまるで手込めにされる小姓のように、落ち着きなく目をしばたたかせ、呼吸をかすかに弾ませていた。

必死に駆り立てていた気持ちがそこで切れた。これはただのセクハラだ。もし男女逆転だったら――いや、逆転でなくても完全にアウト。同じ真似を好きでもない男にされたらと思うと、その罪深さに手が震える。

「ご、ごめんなさ……」

いきなり篠宮が起き上がった。驚いた莉央の腰に腕が回されて、再び体勢が逆転する。頭が枕に沈んだ途端、自分を見下ろす射貫くように鋭い眼差しに息が止まった。

「ど――」

どうしたの？　と言いかけた唇が、チュッとキスで塞がれる。心臓が大きな手で鷲掴みにされ、そのまま握りつぶされてしまうような衝撃だった。

固まる莉央の唇から、篠宮の唇が離れ、再び優しく重ねられる。温かくて乾いた唇。表皮が触れ合い、吐息が唇を湿らせる。

一瞬頭を埋め尽くした疑問は、いつの間にか霧散していた。心臓がドキドキして、もうその音しか聞こえない。彼の体温、息づかい、唇の動き――これがキスだということが、ようやく実感として込み上げてくる。

唇がようやく離れ、鼻呼吸さえできなかった莉央は詰めていた息を勢いよく漏らした。胸が弾み、視界がうっすらと潤んでいる。

いや待って。今、一体何が起きた？　キスした？　なんで？　私がせがんだからリクエストに応えてくれた的な？　そんなキスなら――。

いらないと思った時、彼の手がうなじに回され、心持ち顔を上向かされた。顎を指で持ち上げられ、ドキンと胸が切なく疼く。至近距離で見る篠宮の目は暗い影に覆われていて、こんな表情をした彼を見るのは初めての莉央は、瞬きもできなかった。

もう一度キス――今度は最初から篠宮の唇が開いている。濡れた感触が唇の間を滑るのが分かり、一瞬で全身の細胞がざわめいた。目の奥で星が瞬くような感覚だった。

――あ……。

心臓が、千切れそうなくらいドキドキしている。そのドキドキに、唇の立てる濡れた音と衣擦れの音が混じっている。篠宮の吐息と香りと胸の鼓動。熱いほどの体温と乾いた指の温かな感触。身体に被さる彼の重みに、ズキンズキンと胸が疼く。

「……ン、ふ」

篠宮の舌が莉央の口の中で、生き物のように動き始める。固く縮こまる莉央の舌に優しく触れ、誘い出すように舌腹を舐める。その度に莉央の全身はピクンッと震え、思わず顎が引けている。それを篠宮が、後頭部に添えた手で抱き寄せる。

「ん……ぅ」

篠宮の思わぬ強引さに胸が疼き、目の奥で何度も白い火花が瞬いた。気づけば莉央も引き込まれるように舌を差し出し、彼のそれとぎこちなく擦り合わせている。最初はおずおずと――次第に滑らかに、まるで昔からやり方を知っているようにスムーズに。

胸が締めつけられ、腰の奥が痺れるように熱かった。はぁっはぁっと忙しなく胸が弾む。

「ぁ……、篠宮……」

長いキスの後、莉央は全身を薄桃色に火照らせて、ぐったりと彼の肩に頬を預けるだけになっていた。彼は、そんな莉央の背中に手を添えて抱え起こすと、ドレスから覗く肩口に、温かくて淡いキスを落とす。

「続けてもよろしいですか?」

ピクッと身体を震わせた莉央は、彼の熱を帯びた声に、弾かれたように頷いた。突然積極的になった篠宮の真意は分からないが、それが単純に雄としての情動でも、もうそれで構わなかった。むしろこの熱を絶対に途切れさせて欲しくない。

その気持ちを伝えたくて、篠宮の腰に自分から両手を回して抱き締める。篠宮は莉央の髪や耳に優しく口づけながら、ドレスのショルダーに指をかけた。

あっと息をのむ莉央の肩から、肌にフィットしたドレスが緩やかに引き下ろされる。肌が空気にさらされていく感覚に、思わず細い声が漏れた。尾てい骨の辺りまで剝き出しになった背に、篠宮の指が――。

「っ、――ぁ、ちょっと」

突然、莉央の脳裏に、今自分がまとっているインナーのことが蘇った。

「ちょっ、ちょっと待って、まず、まず言い訳させて」

「……ん?」

戸惑う篠宮を片手で押しのけながら、莉央はもう片方の手で自分の胸元を隠した。

莉央が今夜身に着けているのは、バックレスドレス用の特殊なインナーだ。

背中の開いたドレスには、バックベルトの付いたブラを合わせることができない。なので、この手のドレスを着用する時は、いつも社交ダンス用のインナーを着けるようにしている。そのデザインが少しばかり……いや、かなりセクシーなのだ。

「こ、これは今夜のドレス用ので、いつもこんなの着けてるわけじゃないからね」

肌が透けるほど薄いパールベージュのインナーは、レオタードに似た形状をしている。肩は透明なストラップで、汗で蒸れないようフロントホックの下には臍までの広い切れ込みが入っている。そしてボトムはショーツラインを出さないためのTバック。背後から見ると、下半身に何もつけていないと思えるくらいヒップが剝き出しになっている。

篠宮の経験値がどれほどのものかは知らないが、さすがにこんな下着を見るのは初めてだろう。篠宮との初体験に備えて可愛らしい下着をあれこれ買いそろえていたのに、よりによってこれかよという心の突っ込みが、熱くなった頭の中を駆け巡る。

「知ってますよ」

しかし篠宮は、苦笑まじりの優しい目で、莉央を見つめながらそう言った。

「お嬢様の衣装の管理は私の仕事なので。もちろん着けておられるのを見たのは初めてですが」

「……へ、変じゃない？」

「うーん、どう言っていいのか……、脱がせるのがもったいないなという感じです」

——はい？

耳まで赤くなった莉央を、篠宮は優しい手つきで抱え起こした。

「皺にならないよう気をつけますので、私につかまっていてくださいね」

なんだかいつもの二人に戻った気がするが、それでようやく莉央の中から緊張や焦りが消えた。篠宮が思いのほか冷静であることや、にもかかわらず今夜の行為をやめるつもりがないことが、じんわりと嬉しくなる。

篠宮に促されるままに、その肩に両手を添えて膝立ちになると、篠宮は、薄皮を剝ぐような丁寧さで、莉央のドレスを腰から引き下ろしていった。

ドレスが腿を滑り落ちた時、莉央はもう覚悟を決めて、篠宮の首にしがみついた。彼の唇が顎や首に押し当てられる心地よさに陶酔しつつ、ヒップの丸みが空気にさらされる恥ずかしさにピクンッピクンッと身を震わせる。

「し、篠宮、電気……」

「ん?」

聞こえていないのかと、もう一度電気を消すよう訴えると、返事の代わりに甘く唇を塞がれた。同時に大きな手がくびれた腰を撫で下ろし、二片の丸みを包み込む。

「……ゃ……」

合わさった唇の狭間で細い声が漏れた。篠宮は、水蜜桃のような瑞々しい膨らみを優しいタッチで撫で回し、そうしながら唇の中に舌を滑らせてくる。下半身に意識を集中していた莉央は、羞恥で咄嗟に反応できない。すると、閉じていた歯を少し強引にこじ開けられ、熱く濡れた塊が口の中に入ってきた。

「ン……っ」

先ほどとは違う荒々しい動きに、胸が苦しいほど引き絞られ、頭の中が真っ白になる。

篠宮の舌が口内を満たし、口の中に甘い唾液が溢れてきた。二人の舌が、上になり下になりして生き物のようにヌルヌルと絡まり合う。莉央は胸と息を弾ませながら、懸命に篠宮のキスに応え続ける。

自分がこんないやらしいキスをするなんて、想像してもいなかった。なのに、舌の動きを淫らにすればするほど、気持ちよさで恍惚となっていく。

「ン……、ン」

「お嬢様、とてもお上手です」

褒められた嬉しさで目が潤む。剝き出しの背筋がざわめいて、恥ずかしいくらい腰がひくつく。きゅっと締まった滑らかな尻は、温かな手で撫でられているうちに熱を帯び、触れられてもいない内腿の間まで熱くなり始めていた。

「や……」

彼の手が包み込んだ双花を押し開くようにしたので、莉央はか細い声を上げて腰を引いた。元々クロッチ部分の締めつけがきつかっただけに、そんな身じろぎひとつで敏感な果肉に紐が食い込んでしまう。その部分には、さっきからずっと甘い浮遊感が立ち込めていて、少しの刺激で中に溜まった何かがとろけだしそうな予兆がある。

そんな莉央を片腕でしっかり抱き支えた篠宮は、舌先同士をこね合わせるように動かしながら、ぴっちりと締まる尻の狭間に右手の中指を滑らせた。

思わず泣きそうな声が漏れた。指は絶対に触れて欲しくない小さな窄まりを布の上から淡く掠め、紐状のクロッチにかろうじて収まっている花びらにたどり着く。

恥部を覆う柔毛はモデル時代の習慣で処理しているが、赤ん坊の肌のようにぷにぷにした柔らかい花びらを、彼の硬くて骨太な指で探られるのは、想像以上の恥ずかしさだった。

「……ぁ、ぅ」

彼の指が敏感な場所を擦る度に甘苦しい浮遊感がさざ波のように広がった。つるりと丸い尻たぶがピクンピクンと可愛らしく震え、腰がもじつくように前後に揺れる。篠宮はなおも指を上下させ、蜜にまみれた果肉を優しく引きずり出してはこね回す。

やがて内腿全体がヌルヌルとした恥ずかしい感触で満ちてくる。

「ァ……はぁ……ゃ……ぁ」

彼の肩に額を押し当てて喘ぎながら、セックスっていきなりこんなにエッチなんだと、莉央は目もくらむような思いで考えていた。

というより莉央は、きっと篠宮はどこまでも紳士的に——まるで少女漫画の男主人公のように優しく、スマートにことを終わらせてくれると思っていたのだ。

現実は全然違った。唾液を奪い合うようなキスは生々しい情動に満ちていて、篠宮の動作の何もかもが官能を煽り立てるようにいやらしい。莉央もまた、甘い喘ぎ声を絶え間なく漏らし、彼にすがりついたままで淫らに腰をひくつかせている。まるで自分が、自分ではない別の生き物になってしまったかのようだ。

「お嬢様……」唇を離した篠宮が、艶めいた声で囁いた。

「差し支えなければ、私の膝にお乗りください」

その目は情欲で薄く濡れ、見つめられただけで胸が切なく疼いてくる。頷くと、身体を逆向きに抱え直され、背中から篠宮の膝に座らされた。

——こっち？　と莉央は内心動揺する。子供の頃だってこんな風に抱かれたことはない。思わず耳を熱くすると、その耳にチュッと口づけられる。

「ァ……」

小さな声を漏らした途端、インナーの両脇から忍び込んだ指が、胸を直に包み込んだ。小ぶりだが、形の良さだけは同性にも羨ましがられる自慢の乳房だ。その丸みに沿って彼が指を這わせ、半分ほど顔を覗かせている小さな乳首を親指の腹で優しく擦る。

「ン……っ」

恥ずかしさと、背筋を駆け上ってくるむずむずとした痛痒感に、莉央は唇を噛んで顎を引く。けれどうつむいた視界に飛び込んでくるのは、あり得ないほど煽情的な光景だった。

持ち上げられたブラカップの下、篠宮の手で包まれた雪白の乳房が見えている。無骨な指で薄桃色の乳首がくにくにと潰され、優しく転がされているのも目に映る。

篠宮の手は、しっとりした柔肉の感触を楽しむかのように、丸い膨らみを丹念に撫で、やわやわと優しく揉みほぐす。甘く疼き始めた桃色の蕾を親指と中指でつまみ、人差し指で淡く擦り立てる。

「ン……、ふ……ぁ」

いつしか莉央は眉根をきつく寄せ、額の生え際にうっすらと汗を滲ませていた。

さっきまで指で弄られていた場所が、甘く疼いてたまらない。それをなんとかしたくて、自然に膣肉に力がこもる。その度に腰がヒクヒクと前後に動き、無自覚にヒップを彼の腿に擦りつける形になっている。

クロッチからはみ出た花びらは温かくぬるついて、スーツパンツの生地と擦れる度につんと甘い痺れが走った。篠宮は莉央に合わせて小刻みに腿を動かし、耳に唇を這わせてくる。濡れた舌が耳朶に差し込まれ、クチュリと卑猥な音を立てる。

「ぁ……ぁ、篠宮……ぁ、や……っ」

ついに堪りかねたような声が出た。首を強く横に振った途端、これまで感じたことのない官能の昂りが下腹の奥で膨らんで弾け、背筋を甘やかに走り抜ける。

「ぁう……っ、や、……んっ、や……ぁ」

莉央は腰を浮かせ、内腿を切なく震わせた。その弾みでストラップが肩から落ち、白桃のような乳房が露わになる。最初控え目に顔を覗かせていた乳首は、今はもう艶めくような薄桃色の突起になって、なおも篠宮の指で甘く弄り立てられている。

「ぁ……ぁ……」

諦念を滲ませた喘ぎ声を漏らし、莉央はぐったりと身を伏せた。自分が今、束の間のオルガズムに達したことだけはうっすらと理解できた。こんな感じなんだ——こんな……頭の中のもの全部が搾り取られて空っぽになってしまうような。

こんなの抗いようがない。こんなこと……好きな人にされたら……。

力をなくした身体がベッドに横たえさせられて、篠宮の腕が首の後ろに回された。そうして優しく唇をついばまれながら、手のひらで腿を撫で上げられる。温かな手はいとも簡単に内腿の間に滑り込んで、もう用を成さないクロッチを脇に押しのけた。

「っ、……」

覚悟はできていたはずなのに、最も恥ずかしい場所を暴かれていく感覚に、莉央は総身を震わせた。合わさった二双の花びらは蜜の雫で潤って、その狭間に篠宮が指を滑らせる。花筋に沿って指を上下させ、クチュクチュと濡れた音を立てて擦り立てる。

「ァっ……、ぁ」

「お嬢様……とても、お綺麗です」

篠宮の掠れた声が、切なく喘ぐ莉央の胸をずくりと甘く疼かせた。

「教えてください。どうされるのが一番気持ちいいですか」

意味が分からず、莉央は濡れた目をまたたかせる。

「どこが一番好きですか。いつも、ここをどうされているのですか」

そう囁きながら、篠宮はくちゅりと指を動かし、花溝に溜まった蜜をすくい上げた。

「ゃ……っ」

「外ですか、中ですか？　それともお口でした方がよろしいですか」

最後の口以外の意味が分からず、分からないまでもひどく卑猥なことを言われていることだけは理解できて、莉央は耳まで熱くした。あまりに近すぎてぼやけて見える篠宮の顔は、気のせいでなければかすかな笑みを浮かべているように見える。

「ひどくされるのと優しくされるのと、どちらがお嬢様のお好みですか」

クチュ、クチュ、ヌチ、ヌチュ。指の音と篠宮の甘い囁き。

「ふ……っ……ぁ」

「お答えをいただけそうもないので、順番に試してみましょうか」

意地悪く指を遊ばせていた篠宮は、不意にその指を上側に滑らせ、合わさった花びらの上部に添えた。そこに官能の源泉でも詰まっているのか、触れられただけで、ピクンッとはしたなく身体が跳ねる。指は、花びらの奥にちょこんと佇む芽芯を捉え、触れるか触れないかの巧みなタッチで極小の円を描き始めた。

「ぁ……あ……」

みるみる甘ったるい浮遊感が高まって、莉央は胸を弾ませながらはぁはぁと切ない息を吐いた。閉じた目の奥が暗く輝き、眠りに落ちていく時のように頭の中が重くなる。

指は、花を剝いたような薄桃色の小粒に、やわやわとした微弱な刺激を与えてくる。優しい気持ちよさに思考がとろけ、膣口が切なく痙攣する。寝室は甘い花蜜の匂いで満たされ、その香りに酔ってしまいそうになる。

篠宮は一度指を離すと、今度はそれを花溝にぴったりと押し当てた。同時に手のひらで花芽を包む肉鞘を押し上げ、花芯を剝き出しにしてから、指をリズミカルに振動させる。

「――っぁ……はぁ」

甘い快感が下半身いっぱいに広がって、莉央は重たくなった睫をぶるぶると震わせた。篠宮は莉央の耳を舐め、首に回した手で胸の蕾をほぐしたり転がしたりしながら、右手の中指を小刻みに動かし続ける。

総身に薄汗が滲み、足の指が突っ張った。三方向から同時に押し寄せてくる官能の昂りに、初心な莉央はなす術もない。

「ぁ……い……」

睫が震えて、白い歯がこぼれ、唇から思いも寄らない言葉が溢れ出た。

「イ……、い、イく……あ、ん、やっ、だめ、イっちゃう」

ビクビクッと腰が跳ね、足の指がはしたなくシーツを踏みにじる。

虚ろになった頭が枕に沈み、ついで手足が同じように布団に沈んだ。身体の芯が甘く痺れ、指先にまで淡い電流が流れている。さっきの軽いオルガズムとは全然違う。もっと深くて濃い何か。心臓がドクドクと重たい音を立てている。仰向けになった胸が弾み、濡れた花肉は、なおもヒクヒクとふしだらな痙攣を繰り返している。——

「……お休みなさいませ。スマホは充電器に、アラームは六時にセットしてあります」

篠宮の囁きで我に返った時には、彼はすでに身を起こし、貴重品を扱うかのような丁寧さで、莉央をベッドの中央に移動させている最中だった。

知らない間にナイトガウンまで着せられている。多分、少しの間、泥に沈むように眠ってしまっていたのだろう。

莉央は慌てて起きようとしたが、身体がどうしようもなく重かった。けだるい心地よさと睡魔とが波状攻撃のように襲ってくる。

「……やだ」

それでも必死に篠宮の手を摑んで訴えると、彼は薄く微笑して莉央の耳元に唇を寄せた。

「続きは明日。今度は中を試してみましょうね」

唇に柔らかなキスが落とされ、電気が消えた。足音と共に彼の影と匂いが遠ざかる。

——……中？　中って何？

ていうか、この続きが明日またあるの？　つまり私たちの関係は……ええと……。

甘ったるくて切ない思考が、溜まりに溜まった疲れとアルコールと睡眠欲に侵食されていく。莉央は彼を追う手をぱたりと落とし、そのまま意識を手放そうと——した時、ベッドサイドテーブルのスマホが鳴った。

『俺俺、旬、伊月旬』

殆ど条件反射でタップしたスマホから、余韻をぶち壊しにする声が響いた。

仕事用の着音だったから無意識に手が動いたのだが、失敗だった。莉央は目をつむったまま、指だけをのろのろと動かし、この耳障りな声を遮断しようとする。

『ほんっと悪かった。マジでごめん。俺はやめとけって言ったんだけど武田《たけだ》さんがさ。ちょうど莉央社長が一人でいたから、もう今しかないってタイミングで』

武田さんとは、伊月旬のマネージャーをしているやり手の中年女性である。

『だからCMの件は勘弁してよ。RIOは人気ブランドだし、若いタレントにとってCM起用はチャンスだからさ。これからも持ちつ持たれつでうまくやっていこうよ』

なんの話かようやく分かった。騒動後に伊月旬に送ったメッセージのことだ。とにかく腹が立っていたから、〈アベプロのタレントは二度とCMに使わない〉と幼稚な脅し文句を打ち込んでしまった。実際のところ、頭を下げてでも人気アイドルを起用しなければならないのはRIOの方なのだが――。

なのに思いのほか、伊月は必死になっているようだ。

『多分誤解してると思うから言うけどさ。週刊エイトに撮らせた莉央社長と俺とのスクープ、あれは映画の宣伝じゃないのよ。アベプロのスキャンダル隠しなのよ』

「はい……？」

再び眠気が勝ってきて、莉央はスマホをずるずると顔の近くにまでたぐり寄せる。

『だから、エイトがうちの社長のやばいネタを摑んじゃったの。で、それを出さない代わりに、俺の恋愛ネタを、スクープさせる約束をしちゃったわけ』

さすがに眠気も吹き飛んで、莉央は隣室にいる篠宮の様子を窺いながら半身を起こした。

「……ごめん。聞いてる分には面白いけど、それ、どういう作り話なの？」

アベプロのトップアイドルを週刊誌に売るほどのスキャンダルって、そもそも何？

『だからガチ。莉央社長も噂程度に聞いたことあるでしょ。うちの社長が、ワールドさんとか裏社会の連中と組んで、ほら、なんかこう女優を使った枕営業的なさ』

――ワールドさんとか……？

「それって、もしかしてＷＣＧのこと？」

『そうそう。あそこの社長、九州辺りの筋の悪い連中とつながってるから莉央社長も気をつけなよ。つまりその辺のネタをエイトが摑んじゃったのよ。分かるでしょ？』

莉央はこくりと唾をのんだ。分かる……というより、今、分かった。

瀬芥との結婚を回避し、かつ祖父の願いを叶える方法がここにもあった。

もし瀬芥を社会的に破滅させることができたなら、それがひとつの正解にならないだろうか――？

第二章　妻と夫と婚約者

突然降り出した雨が、灰色の石壁にポツポツと黒い染みを作っている。

行政が作ったという共同墓。少年の目には、それは墓というより牢獄のように見えた。

三月も今日で終わりだというのに風は冷たく、少年の吐く息も白く濁っている。

「ご主人は？」

「最初からいなかったそうよ。名前も偽名で出身地もでたらめだったんですって」

「……気の毒にねぇ。あんな小さなお子さんがいるのに無縁仏になるなんて」

背後で交わされる会話が、雨音に紛れて聞こえなくなる。握り締めた小枝を雨から庇うように引き寄せた時、前列に立つ数人の集団から声がした。

「リオちゃん、そろそろ帰ろうか。雨も大分ひどくなってきたし」

幼稚園児ほどの小さな女の子が、三人の大人に囲まれて立っていた。リオと呼ばれたおかっぱ頭の女の子は、弾かれたように首を横に振る。

「やだ！」

「わがまま言わないの。ほら、他にお墓参りに来ている人もいるんだから」

「やだ！」

「――おい、逃げたぞ」

「気をつけて、この子足が速くて、何度も施設から逃げ出してるから」

共同墓を回る大人と子供の追いかけっこは、短時間でけりがついた。墓の裏側に逃げ込んだ女の子は、そこに回り込んだ大柄な男に抱き上げられる。

女の子は、じたばたと手足を振って抗った。

「お母さんと一緒にいる！　お母さんと一緒にいる！」

「リオちゃん、落ち着いて、また一緒にお墓参りに来てあげるから、ね？」

「いやだ、お母さんと一緒にいる！」

大声で泣き出した幼女をもてあまし気味に抱えたまま、大人たちがこちらに向き直った。その中の一人が待たせてすみませんとでも言うように会釈し、足早に通り過ぎていく。

少年は、反射的にその後を追いかけていた。水たまりを蹴散らして彼らの前に回り込み、立ち塞がるようにして手を差し出す。

突き出された木の枝を、女の子も大人たちも驚いたように見つめていた。ようやく意図を察したように大人の一人が目を輝かせる。

「――リオちゃん、桜だよ」

一振りの小枝には一輪の桜が咲いていた。多分この地域ではまだ開花していない、遠方から運んできた早咲きの桜だ。

「よかったねリオちゃん。このお兄ちゃんが桜をくれるんだって」

女の子は不思議そうに泣き濡れた目を瞬かせている。少年は、その紅葉みたいな手に枝を押しつけてから、逃げるように元の場所に駆け戻った。

「よかったのかね」

ここまで連れてきてくれた男が、目深帽の下からくぐもった声で呟いた。

「君の妹さんのためにわざわざ持ってきた花だろう。やってしまってよかったのかね」

黙っていると、大きな手で優しく頭を叩かれる。

「お別れの挨拶をしてきなさい。東京に行けば、当分ここに来ることはないだろう」

名も知れない何百人もの魂を収めた墓標を、涙のような雨が濡らしている。

少年の頭の中には、まださっき聞いた女の子の叫び声が残っていた。

（お母さんと一緒にいる！　お母さんと一緒にいる！）

その声に、ホームに滑り込んできた電車の警笛が重なった。胸を引き裂くブレーキ音、ものがぶつかって弾ける音、叫び声――。

不意に真っ黒な塊が腹の底から込み上げてきて、少年は屈み込んで嘔吐した。

「大丈夫か、准也《じゅんや》」

男の手を振り払った少年は、足元の砂利を摑んで墓標に向かって投げつける。まるで見えない何かに抗うように。制止しようとする大人を振り払って、何度も、何度も——。

＊＊＊

薄く開いた視界に、見慣れた部屋の天井がぼんやりと見えてくる。

瞬きをした篠宮は、昨夜の余韻が残るベッドで、仰向けになったままため息を吐いた。

——油断したな……。

今朝五時半に起きた時には、すでに莉央の姿はなかった。

玄関のロックが開いた時刻を確認すると、四時前にはマンションを出ていたようだ。ベッドサイドテーブルにはメモが一枚残されていて、

〈昨日はありがとう。やっぱり篠宮と一緒にいると仕事に集中するのが難しくて——〉

そこから延々長い言い訳が続くが、要約すると〈渋谷店が軌道に乗るまで当面ホテルで暮らします〉という趣旨だった。

「……うーん」

どこで失敗したかな、俺。

昨夜――莉央は明らかに泥酔し、離れて暮らす祖父のことで情緒不安定になっていた。それに加え、ここ数日の疲労が限界近くまで蓄積していた。

モデル時代は脳天気キャラで通していたが、本当は真面目で人に迷惑をかけることがストレスになる性格だ。人一倍頑張り屋でしかも完璧主義だから、渋谷店のオープンに向けては社員の誰より仕事を背負い込んで頑張っていた。

そんな彼女が、昨夜、不意に態度を豹変させて篠宮に迫ってきた。あまりにも可愛らしい嘘をついて、何かを決心したような思い詰めた目で――。

昨夜、自分は何か失言をしただろうか。彼女を不安にさせることを言っただろうか。

確かにここ数日来、二人の間には微妙な空気が流れていた。原因はもちろんあの夜だ。結婚してまもなく、莉央が突然寝室にやってきた夜の出来事。

(わ、私との結婚は、――ふ、……夫婦生活的なものが込みだと思うけど、そのことは、どう思ってるの?)

驚いたといえば、昨夜よりあの夜の方が驚いた。というのも、篠宮に対する莉央のスタンスは、十代の頃からずっと一貫していたからだ。

(篠宮、私、新しい彼氏ができたの。今夜は彼のところに泊まるから)

(今、私、二・五次元俳優のリョウといい感じなんだ。篠宮も早く彼女ができるといいね)

むろん、嘘だというのは分かっていた。莉央の行動なら、篠宮は彼女が思う以上に把握している。本当に恋人ができれば、あらゆる手を使って別れさせていただろうし、そもそもそんな男を、近づけさせたりはしない。

肝心なのは、それが莉央のスタンスだということだ。篠宮を男として見たことがないというポジションアピール。それは同時に、篠宮が取っているポジションでもある。

莉央のことを主人としか見ていない——それを言外に示すことで、恋人よりも密接に、しかも自然な立場で莉央の一番近くにいることができる。だから、莉央もきっと同じ気持ちだと思っていたのだ。

それ故に、入籍する時も不安はなかった。結婚したところで、すぐに二人の関係性が変わるとは思えなかったし、瀬芥の手前、莉央もその辺りは慎重になっているはずだ——と、思い込んでいたのが篠宮の見当違いで、莉央が募らせていた期待と不満が爆発したのが、多分、あの夜だったのだろう。

あの時、どういう態度を取れば正解だったのか、今でも篠宮には分からない。

が、あの夜、衝動的に見せてしまった中途半端な感情が、昨夜の出来事につながったことだけは分かっている。

それでも昨夜、二人の関係は、なし崩し的に彼女が望んだ方向に変わったはずだった。

なのに今、莉央が消えた部屋で、自分一人が取り残されているのは何故だろう。

「……やりすぎたかな」

その可能性は、少しある。でも長年莉央を見てきた篠宮には、昨夜の行為が彼女の気分を害したとも思えなかった。では、何か他の原因が考えられるだろうか？

莉央がまだ幼かった頃、彼女の気持ちをコントロールするのは、篠宮にとって実にたやすい作業だった。

疑心暗鬼になっている時は少しだけ本心を見せ、嫉妬している時は、辟易するまで甘やかしてやる。寂しがっている時は傍にいて、突っ走って周りが見えなくなっている時は、助けを求められたタイミングで手を差し伸べる。

そうやって、彼女の心を揺るぎなく摑んでいたつもりだったのに、いつの間に見失っていたのだろう。

いや、見失ったというより、知らない間に彼女に心を惑わされ、冷静な目で見ることができなくなっていたのかもしれない。

昨夜の莉央は、いつも以上に美しく見えた。星の輝きを宿した双眸、白磁のように滑らかな肌と、うっすらと濡れた愛らしい唇。息をのむような首筋の白さや、なまめかしい腰のくびれなど、篠宮には珍しく、目のやり場に困ったほどだ。

そのせいか、莉央を見る男たちの目がやけに気になった。苛立ちのあまり、ネックレスを口実に長く背後に張り付いていたのは、莉央に告白した通りである。

不思議だったのは、着飾った莉央のお伴など、これまで数え切れないくらいこなしてきたのに、何故昨夜に限って気持ちが乱されたのかということだ。

昨夜は分からなかった答えが、今なら分かるような気がする。

あの夜——莉央が寝室にやってきた夜。二人の関係を変えたがっていることが分かった時から、篠宮もまた、知らず同じ思いに取り付かれていたのだ。

まるで、長年せき止めてきた情念の箍《たが》を、無自覚に外されたようなものだった。溢れたそれは二度と元には戻らない。だから昨夜も、理性では止めるべきだと分かっていたのに、感情に押し流されてしまったのだろう。

少なくとも、二人の関係を進めるのは昨日であってはならなかった。莉央の気持ちが冷静でない時に、あんな真似をするつもりもなかった。せっかく長い年月をかけて築いてきた信頼が、男と女になった途端に揺らいでしまうのが何より怖い。さらにその変化を、まだ瀬芥に勘づかれるわけにはいかない。

でもそれは全部言い訳で、本当は、いつまでも今の場所からあの美しい宝石を見つめていたかったのかもしれない。——

閉じていた目を開けた篠宮は、ふと気づいて、もう一度メモを手に取った。

——そういえば、電話があったな。

昨夜遅く、莉央のスマホにかかってきた電話。ちょうど隣室にいたタイミングだったから、話し声も聞こえてきた。

　莉央の口調から、相手はシアだと判断したのだが、今にして思えば、その割には口数が少なかった。もしかすると、会話を聞かれないようにしていたのかもしれない。

「………」

　なんだろう。偽装恋愛作戦は諦めたと思っていたが、他に企み事でもあるのだろうか。

　だったら少し様子を見てもいいかもしれない。正直言えば、何かに夢中になっている時の彼女を見ているのは好きだ。まるで太陽のように、生きる力が内面からキラキラと溢れ出て、こちらまで幸せな気持ちになってくる。

　やがて陽が沈んで夜の静けさが訪れた時、疲れて戻ってきた彼女をそっと包み込んでやるのも自分の役目だ。私がずっとお傍にいますと言い聞かせて——少しずつ彼女の心に、消えないほど深く、自分の存在を刻み込んでいく。

　ベッドには莉央の残り香がほのかにこもっている。十代の頃から彼女が愛用している桜をイメージしたオードパルファム。

　淡い甘さを含んだフローラルな香りは、満開の桜並木の近くを歩いている時の、風に乗って漂う春の匂いを想起させる。

　スーツの内ポケットに手を被せた篠宮は、そこに潜めているものを思い浮かべ、幸せなイメージを追おうとした。

けれど閉じた視界の中で静かに広がったのは、束の間眠りで見た夢の情景だった。

（お母さんと一緒にいる！　お母さんと一緒にいる！）

やがて、タールのような夜に沈んでいきながら、篠宮はあの時の少女に呟いている。

それは呪いだ、お嬢様。そっちには最初から何もない。

あるのはただ――闇のような地獄。

◇

『今日のゲストは、莉央社長こと篠宮莉央さん、そして旦那様の篠宮鷹士さんです』

ル～ルルというお馴染みのテーマ曲が流れ、モニター画面に収録スタジオが現れる。名物司会者柳田銀子《やなぎだぎんこ》とその斜め前に座るゲスト二人が、笑顔でカメラに手を振った。

篠宮はゼニアのブリティッシュスーツ。莉央は薄萌葱の結城紬をまとい、髪は下めシニヨンで上品にまとめている。

『家での呼び方ですか？　恥ずかしいな。彼女が年下なので莉央ちゃんって呼んでます』

『私は、ええと……たっ、鷹士君です』

――ここ、リアルに頬を染めた私を見る篠宮の優しい目がたまらない。

呼び方はもちろん嘘。このパートだけは莉央の希望を汲んだ夢シナリオだ。

そしてここからが篠宮のアドリブパートである。

『妻の好きなころですか？　……全部、と言いたいんですが、一番は頑張り屋なところです。ビジネスにしてもファッションにしても、彼女は本当に勉強しているんですよ』

『いつからと言われると難しいのですが、僕はずっと傍で彼女を見てきましたから……いつの間にか、かけがえのない人になっていました』

瀬芥と打ち合わせの上での創作だというのは百も承知だが、顔が自然ににやけてしまう。しかもこのカメラマン、天才じゃなかろうか。篠宮が一番かっこよく見える角度を初見で見つけてしまうとは――。

「ねぇ、一体何回観れば気が済むわけ？」

シアの声で、でれでれとモニターに見入っていた莉央は、大慌てでリモコンを摑んで映像を消した。

「っ、な、何？　びっくりするじゃない、突然入ってこないでよ」

「だったら他人にスペアキーを渡さないことね。てか、いつまで思い出に浸ってるのよ」

午後七時。莉央が定宿にしているホテルの客室。

わたわたとテーブルの雑誌を片付け始めた莉央を、シアは呆れた目で見下ろした。

雑誌は全て篠宮と莉央のインタビュー記事が掲載されたものだ。二週間前のテレビ出演を皮切りに、二人で女性向け週刊誌、ファッション誌、情報誌の取材を受けまくり、全てにおいて特ダネ扱いで掲載された。以来、莉央の公式SNS（スタッフ運営）のフォロワー数は増え続け、RIOの売り上げも前月比五倍にまで伸びている。

〈身分違いの初恋を実らせた莉央社長かっけー〉〈これまでの男全員当て馬で草〉〈莉央社長を守るための顔出しインタビュー。篠宮たんマジ尊い……〉等々、今もSNSは二人を過剰に褒め称えるコメントで溢れ返っている。

「──で、篠宮は？」と、雑誌を片付け終えた莉央が聞くと、

「莉央が退社してすぐに、取引先と打ち合わせがあるって出ていった」

莉央は思わず眉を寄せた。どうせ相手は瀬芥だろう。最近の瀬芥は、連日篠宮を呼びつけてはストーカーよろしく莉央の動向を報告させているからだ。──マジでキモい。

今日、莉央とシアは六本木のバーで伊月旬と会う予定になっている。

アベプロのタレントをCM起用することと引き換えに、先日、電話で聞いた話の詳細を教えてもらうためだ。

「また伊月旬に騙されてるんじゃない？」──と、最初は懐疑的だったシアだが、瀬芥の弱みを握りたいという莉央の気持ちを汲んで協力してくれることになった。

ホテルのエントランスで客待ちタクシーに乗り込むと、そのシアが思案げに口を開いた。

「てか、本当に篠宮さんは大丈夫なんでしょうね。後でバレて、私が巻き添えで叱られるのは勘弁して欲しいんだけど」

「……大丈夫、そこはちゃんと手を打ってあるから」

あれから二週間――莉央にしてみれば切ないことこの上ないが、再び篠宮と別居する日々が続いている。これからすることを絶対に篠宮に悟られたくないのと、万が一瀬芥に企みが漏れた時、篠宮に累を及ぼさないためだ。

むろん、別居しているからといって油断はできない。なにしろ篠宮の仕事は、莉央の行動確認と見守りなのだ。何故家を出たのか、隠れて何をしようとしているのか。様々な手法を駆使してそれらを突き止めようとすることは、さすがに莉央も予想している。

そこで莉央は、もう一人の取締役――中島良人を使った偽装工作をすることにした。

瀬芥の女性関係を調べると嘘を言って、調査会社の選定を中島に依頼したのである。

(今から準備しておけば、将来離婚する時の材料になると思うんだ。信頼のおけるいい会社を探してくれないかな。もちろん篠宮には絶対内緒で)

有名国立大学の工学部を卒業している中島は、その気になれば大企業のシステムに侵入できるほどの技術を持っている――らしい。もちろんそんな真似を本人にさせるわけにはいかないが、学友からつてをたどれば、かなり有能な調査会社をセレクトできるはずだ。

ここで肝心なのは、莉央の企みをさりげなく中島に伝えることである。

中島は昔から嘘が苦手で、篠宮には格好の情報源になっている。過去にもシアと秘密で進めていたことが、中島経由で篠宮に漏れてしまうことが何度もあった。

（篠宮さん、とにかく誘導尋問が上手くてさ。最後は全部喋らされちゃうんだよ……）

今回はそれを逆に利用した。莉央の企みを中島が篠宮に喋るまでが織り込み済みの作戦だ。莉央は瀬芥の女関係を調べており、それを篠宮に隠したいから別居して単独行動を取っている——篠宮には、そう思わせておくことが肝要なのだ。

瀬芥は元々女関係にあけっぴろげで隠そうとさえしていない。篠宮から報告がいっても、それで瀬芥が怒ることはないだろう。そこもまた織り込み済みだ。

「あ、そうだ。これ、今日うちに届いてた報告書」

そこでシアが、バッグから角二サイズの茶封筒を取り出した。

中島から紹介された調査会社のひとつに、シア名義で依頼したものだ。莉央が別の会社に依頼した女関係の調査がダミーなら、こっちが本命。瀬芥が過去に買収した会社のリストとそのバックグラウンドである。

「てか、あんまり良人を変なことに巻き込まないでよ。ただでさえ、うちの家族に結婚を反対されてへこんでるのに」

「ご、ごめん。……シアの家、まだ中島さんを認めてないんだ」

「ママとオッパは許してくれそうなんだけど、パパがね。自他共に認める嫌日家だから」

オッパとは韓国語で兄という意味だ。シアは家族のことを、両親はパパ、ママ、十歳年の離れた兄はオッパと呼んでいる。

そのパパは、繊維業を中心としたグループ企業の会長で、ヨン家は韓国では有名な財閥だ。シアの言うように嫌日家を公言してはばからない父親は、娘の日本留学までは渋々許してくれたそうだが、中島との交際については、発覚した当初から猛反対していた。

シアがＲＩＯの経営者になった理由のひとつは、日本に在留する資格を得るためである。今では大分落ち着いたが、ＲＩＯの起業当時、ヨングループからの嫌がらせは相当なものだった。同グループの基幹会社〈四星《サソン》ケミカル〉は、日本を除くアジア諸国で絶対的なシェアを誇っている。嫌がらせは収まっても、同社勢力圏への進出は実質不可能な状況だ。

「てかさ、莉央って一見世間知らずのお嬢様なのに、実は相当の策士だよね」

車窓に目をやっていたシアが、不意にそう呟いた。

「瀬芥さんとの結婚を先に引き延ばすために、ギャルになったり派手なスキャンダルを起こしたり。最初は無駄なことやってんなと思ってたけど、会社興して自立して、結局篠宮さんとも結婚してさ。すごいよ、マジで尊敬してる」

「いや、前にも話したけど篠宮との結婚は……」

「離婚前提なんでしょ？　でも、そうさせないために今は瀬芥さんの悪事の証拠を摑もうとしてるじゃん。その発想と行動力がすごいって言ってるんだよ」

振り返ったシアは、ちょっといたずらっぽい目になって苦笑した。

「莉央には悪いけど、そういう謀略家っぽいところ、ちょっと瀬芥さんと似てるよね」

封筒をバッグに収めようとしていた莉央は、驚きのあまりゴホゴホと咳き込んだ。

「今回の、莉央のイメージアップ戦略だって瀬芥さんが考えたんでしょ？　このタイミングで篠宮さんをテレビに出すのは悪手だと思ったけど、莉央の評判は上がるわ、売り上げは伸びるわ、最初からここまで読んでいたなら大したものよ」

「そ、それは偶然の産物よ。そもそもあの男、ＲＩＯを売却しろとまで言ってるのよ？」

「そのためにも会社の時価総額は高い方がいいに決まってるでしょ。案外お似合いの、」

そこで莉央が拳を持ち上げたので、シアは「冗談だって」と笑って言葉を引っ込めた。

瀬芥は悪辣な男だが、経営者として有能なことは莉央にだって分かっている。似ていると言われたのは癪に障るが、仮に似ていたとしても今の莉央では足元にも及ばない。

その瀬芥から、今さらイーストアを取り戻したところで……。

莉央はぶるっと首を横に振り、弱気になりそうな思考を追い払った。いや、今はそのことは考えない。私は私のやり方でお祖父ちゃんの無念を晴らすんだ。——

◇

「——Ｓ島の保養施設？」

莉央が思わず聞き返すと、伊月旬はサングラスを注意深くかけ直してから頷いた。

「うん、S島にあるアベプロの保養施設。社員が利用する、スパや温泉付きの超高級ホテルみたいなもん。観光シーズンには一般人にもホテルとして開放されてるよ」

そこで年に数回、社長が主催するやばめのパーティがあるんだよ——と、伊月旬は二人の顔を交互に見ながら、声を潜めて囁いた。

六本木の会員制バー。ここは完全個室で、出入り口は外部から見えない場所に設置されている。要するに芸能人御用達の密会場所だ。

約束した午後九時。その店の一室で、莉央とシアは伊月と向き合っていた。

「やばめって、どんな感じのパーティなの？」

莉央は聞き返しながらスマホでS島を検索した。東京湾に浮かぶ離島で人口は七千弱。東京港から高速船で一時間の距離だ。飛行場もあるから飛行機で行き来することもできる。

「招待客限定の覆面パーティ。施設の地下にでっかいパーティルームがあって、そこで歌ったり踊ったり、大麻あり合成薬ありのとにかくやりたい放題って感じ。——で、こっからは噂で、俺が実際見たわけじゃないんだけど」

伊月はそこで言葉を切ると、水割りを一口飲んだ。合計六本の指に様々なデザインの指輪が光っている。小柄で、取り立てて美男子でもない伊月だが、そこは腐ってもトップアイドルなのか、サングラスをしていても大物芸能人の風格が漂っていた。

「地下には政治家とか大企業のお偉いさんとかその筋の人とかがお忍びで来てて、別室で待機してるんだってさ。で、薬で気持ちよくなった芸能人の卵や売り出し中の女優がそっちに移動させられて……後はまぁ、そういうこと」

シアが露骨に眉をひそめた。

「はっ？　つまり枕営業ってこと？　もちろん本人も合意の上なんでしょうね」

「知らね」と、伊月は肩をすくめる。

「その女優の所属事務所がクソだったら、何も知らずに連れてこられるパターンもありなんじゃないの？　芸能界じゃよくある話。莉央社長なら分かると思うけど」

確かに、枕営業は莉央も耳にしたことがある。というよりそれは構造的な問題だ。組織力でタレントを売り出す日本の芸能界では切っても切れない悪習と言ってもいい。

でもアベプロのようなキャスティング権を持つ巨大事務所がそんな真似をしているなんて——もし声を掛けられれば、弱小事務所のタレントは抗いようがないだろう。

「何それ、やばすぎ。そんなことやってて今まで一度も問題にならなかったの？」

「まぁ、違法薬物やった上にジジイと寝てるなんてばれたら、清純派女優なんてこの世界で生きていけないしね。訴えたところで握りつぶされて終わりだろ。天下の週刊エイトですら、記事にするのを見送ってんだぜ」

その通りだ。自身も芸能界にいながらどこかで目をつむってきたその闇深さに、莉央は目頭に力を込める。

「……前の電話でWCGの名前が出たけど、瀬芥会長もパーティに関係しているわけ？」

「関係も何も、この悪魔のスキームを考えたのが瀬芥会長なんだよ」

さすがに莉央は驚きに目を見張り、シアと顔を見合わせていた。

「さっきその筋の人も来てるって言ったじゃん？　九州筋の大物ヤクザでそっちを仕切ってるのが瀬芥会長。アベプロは元々神戸《こうべ》のヤクザにケツ持ちされて、上納金絡みで揉めに揉めてた時代があったんだけど、それを瀬芥会長が仲裁した経緯があってさ。——だから安倍社長は、瀬芥さんに頭が上がらないんだよ」

「だ、だからってそんなパーティを開いて、瀬芥になんのメリットがあるのよ」

動揺のあまり呼び捨てになっていた。シアが慌てて目配せしたが、伊月は気にならないのかのんびりした口調で続ける。

「そりゃメリットだらけでしょ。筋モンへの義理立てにもなるし、政治家を取り込んでるから、自社に都合のいい規制緩和が国会を通りやすくなる。瀬芥さんは民政党の麻生幹事長ともツーカーだっていうから、芸能界どころか日本の闇だね」

莉央は、自分の身体が冷たくなるのを覚えた。

それは同時に、瀬芥に取り込まれてしまったイーストアと東谷家の闇にもなる。

そんな男と結婚して——その時自分とＲＩＯはどうなってしまうのだろうか。

「……そのパーティって、いつあるの？」

「さぁ。でも友達が毎回参加してるから、行ってみたいなら聞いてあげようか」

「――ちょっと待った！」と、そこでシアが遮った。

「なんでそんなとこに私たちが行かなきゃなんないのよ。てか、さっきからあんた、妙に口が軽すぎない？　これ、下手すればアベプロが潰れかねないスキャンダルでしょ」

「俺、独立したいんだよね」

伊月は肩をそびやかし、試すような目で二人を見た。

「芸能界はアベプロ一強だから、独立なんて企んだだけで干されて終わり。正直、潰れてくれた方が俺には都合がいいんだよ。――で、どうする？　聞く？　聞かない？」

◇

【ケース①　福岡市S区〈株式会社青崎《あおさき》不動産〉。一九××年設立。代表取締役社長青崎吾朗《ごろう》、同副社長青崎志保《しほ》、以下社員二十五名】

そこで傍らのスマホが振動したので、莉央は書類をめくる手を止めて、スマホ画面に目をやった。時刻は深夜零時前、二週間ぶりに帰宅したマンションに篠宮の姿はなかった。

画面には、シアからのメッセージが映し出されている。

〈さっきの話、絶対に行ったらだめだからね！〉

莉央が〈分かってる〉とスマホに打ち込んだ時、今度は伊月からメッセージが届いた。

〈連絡どーも。例のパーティ、今週末にあるんだってさ。明後日だけどどうする？〉

莉央は唇を引き結び、再び書類に目を向けた。

【一九××年ゴルフ場投資に失敗して同社は倒産。社長の青崎は、自称投資家の瀬芥敬一を投資詐欺で訴えたものの、訴えを取り下げて失踪。同社はその後吉富《よしとみ》不動産に買収されている（※吉富不動産は、福岡を拠点とする暴力団後藤《ごとう》組の系列企業）】

【妻の志保は夫が失踪した三年後に子供二人を連れて無理心中を図り、十歳の長男だけが生き残った】

莉央は眉をひそめて書類を閉じた。

ケース①と記されたこの一件は、瀬芥の名前が公で確認できる最初の事件で、反社会的組織とのつながりが唯一色濃く疑われる案件でもある。

翌年、東京で起業した瀬芥は、企業買収と売却を繰り返して会社を巨大化させていった。そのやり口はなんとも汚く、街宣車による嫌がらせ、株主への怪文書送付、家族への脅迫など、不穏な記載が並んでいる。

買収された側が、後に一家離散となったり離婚したりするケースが多いのも気になった。はっきりと明記されていないが、そこにも反社会勢力の影があったのではないだろうか。

二十件以上続く報告書の最後は、東谷ＨＤの買収で締めくくられていた。

【東谷HDのケースは、東谷家の長男貴臣と瀬芥との交流が、買収の端緒となっている。貴臣は瀬芥を先輩と仰いで友好を深め、ゴルフや海外旅行などを再々共にしていた。二人で共同事業を計画する中で、多くの情報を瀬芥に提供していたと思われる】

【貴臣は東谷HDの中核を担う〈イーストアコミュニケーションズ〉の単独株主だったが、未公開株の半分を瀬芥に売却。その後、およそ三百億円が使途不明金として同社から流出した。その最中、貴臣は持病が悪化して死亡。なお同時期に恋人と目される女性が失踪したとの情報もある】

そこで、読み続けることが耐えられなくなった莉央は、書類を閉じて立ち上がった。きっとこの辺りの事情が祖父が瀬芥を憎む源になっているのだろう。失踪した女性は母だろうか。失踪の理由は本当に祖父に結婚を反対されたことだけだったのだろうか？

瀬芥が善人でないことは分かっていたつもりだが、ここまでひどい過去があるとは思ってもみなかった。いや、自分はどこかで瀬芥の本性から目を背けていたのだ。そこに深入りしてしまえば、結婚など絶対に受け入れられなくなると分かっていたから。

——篠宮……。

自分はともかく、篠宮だけは瀬芥から引き離さなければならない。瀬芥は篠宮を気に入っている。このままでは悪事の片棒を担がされてしまうことだってある。

伊月と別れた後、帰途の車中で報告書に目を通した莉央は、いても立ってもいられなくなってマンションに帰宅した。しかし、すぐに戻ると思っていた篠宮はまだ帰ってこない。

その時、テーブルのスマホがメールの着信を告げた。取り上げて見ると相手は翠だ。叔父と再婚した肉食獣。滅多に連絡など寄越さない相手からこのタイミングで——？

〈鷹士さん、随分酔っているから気をつけてあげてね〉

その時、ガチャリと鍵の開く音がした。

「——お嬢様？」

扉を隔てた玄関の方から篠宮の声がする。莉央は反射的にスマホを背中に隠した。

「こちらに戻られていたんですか。連絡してくださったら私もすぐ帰りましたのに」

いつもと同じ篠宮の声だ。それでも答えられずに立ったままでいると、リビングの扉が開いて鞄を手にした篠宮が現れた。

今日、職場で見たのと同じクラシコイタリアのビジネススーツ。髪も整っているし酔っている風ではない。それでも彼が入ってきた時、莉央は微妙な空気の淀みを感じた。ほんのわずかではあるが、アルコールと香水が混じり合ったような夜の匂いを感じたのだ。

「どうなさいました」

立ったままの篠宮は不思議そうに微笑すると、その目を中央のローテーブルに向けた。

「——っ、なんでもない。仕事を持ち帰っただけだから」

そこでようやく我に返った莉央は、かき集めた報告書をバッグの中に突っ込んだ。

「お手伝いしましょうか」

「いい！」

なんだろう。心臓が嫌な風にドキドキする。理由はともあれ篠宮は翠と一緒にいたのだ。こんな時間まで――一体なんで？　どうして？

「――わ、忘れ物を取りに寄っただけ、今からホテルに戻るから」

「でしたら、タクシーをお呼びします」

つまり、篠宮は運転できない。――そういうことだ。

バッグを肩にかけながら、色んなことが頭の中を駆け巡る。シアには行かないと言ったものの、莉央はすでにアベプロのパーティに潜入することを決めていた。あんなひどい話を聞いた以上黙ってはいられない。今まで瀬芥の悪事から目を背けてきたことへの、これはある種の贖いでもある。

この無謀な企みが、しかし莉央には成功するとは思えなかった。きっとどこかで失敗するだろう。でも、それが瀬芥へのダメージと警告になるならそれでいい。

けれどシアと中島、そして篠宮だけは、そこに巻き込ませるわけにはいかない。

「……篠宮、もう、うちにも仕事にも来なくていいから」

スマホを耳に当ててタクシーを呼んでいた篠宮が、不審そうに振り返った。

「すみません、ちょっと待ってください。――なんですって？」

「だからもう顔を見たくないの。し、篠宮にあんな真似をされて、本当はすごく嫌だった。自分から誘っておいてあれだけど、私、ああいうことがすごく苦手だったみたい」

だめだ。これ以上喋るとボロがでる。とにかく今は、どんな手を使ってでも、篠宮を瀬芥と翠から引き離さなくては。

「慰謝料と退職金を振り込むから明日にでもここを出ていって。――あと、篠宮に無理やり嫌なことをされたって瀬芥さんに話しておくから、今後は近づかない方がいいと思う」

篠宮の顔をまともに見られないまま、莉央はバッグを抱き締めるようにして後ずさった。

「話はそれだけ……。後は、弁護士を通じて話しましょう」

◇

「――えっ、何これ」

中島良人は思わず声を上げていた。

木曜日の午前八時。ＲＩＯのシステム全般をほぼ一人で管理している中島の朝は早い。今朝も一番にオフィスに入り、コーヒーを淹れてから自席のパソコンを起ち上げた。

心地よい音を立ててパソコンが起動するまでのわずかな時間、中島は楽しかった昨夜の出来事を思い返していた。

シアと二人で久しぶりに過ごした甘い時間。シアの両親の手前、二人は別々の部屋で暮らしているが、週に一度は中島の部屋で過ごすようにしている。

昨夜は週末でもないのに突然シアがやってきた。やたらと篠宮の様子を聞かれたのが気になったが、その後は――と、思わず唇を緩めた時、メールボックスに届いた奇妙なメールに気がついた。送り主は莉央で送信時間は今日の午前五時。そのタイトルが、

〈秘書室篠宮鷹士の解雇について〉

「……フィッシングメール？」

目をぱちくりさせながら、中島はメールを開封し、様々な角度からチェックした。いや、間違いなく莉央本人から発信されたメールだ。午前五時にＲＩＯの全社員に一斉送信されている。本日付をもって篠宮鷹士を解雇したことをお知らせします――なんだよこれ。

「おはよう、中島君」

「うわぁっ」

つんのめりながら振り返った中島の前に、にっこり笑う篠宮が立っていた。

中島より頭半分背の高い篠宮は、前屈みになってパソコン画面を覗き込む。その隣で中島は、先生に指された生徒みたいに突っ立っていた。なんだろう、もしかして夫婦喧嘩的な？　篠宮さん笑ってるけど、目が全然笑ってないぞ――。

「中島君、このメール送信、取り消すことができるかな」

「……、み、未読分なら多分。この時間ならまだ誰も出勤してな――や、無理です！」

「というと？」

「社員ならともかく、発信者が莉央さんじゃないですか。俺の権限じゃ社長のメールアカウントにアクセスできないんですよ」

しごく当たり前のことを言ったつもりだが、篠宮は最初と同じ笑顔を中島に向けた。

「……というと？」

「……いや、で、できます」

篠宮が微笑んで椅子を引いてくれたので、中島はぎくしゃくと腰を下ろした。

つまりやるしかないってことだ。てか、莉央さんに知られたら、やったのは絶対俺って分かるじゃないか。そもそも莉央さんどこ行ったんだ？

「篠宮さん、莉央さんは……」

「取締役の連絡用ＳＮＳに、さっき通知が来ていたよ。今日から週末にかけて墓参りに行くから会社を休みたいそうだ。それより昨日の夜、シアちゃんと何か話した？」

「……な、何って？」

「んー……例えば最近、僕と何を話したかとか。僕が何を気にしていたかとか」

まさに昨夜シアに問われたことばかりである。目を泳がせながら固まっていると、ぽんっと肩を叩かれた。

モニターに映り込んだ篠宮の笑顔が、これまで見たどんなホラー映画より怖く見える。

「急ごうか、中島君。君にはまだやってもらわないといけないことが沢山あるからね」

◇

特別にチャーターされた高速ジェット船が、夕暮れの東京湾を航行している。

金曜日の午後六時。乗船しているのは美しく着飾った女性たちばかりだ。様々な彩りのパーティドレスや着物に身を包み、濃い化粧と香水の匂いを漂わせている。定員百五十人の座席のおよそ三分の一が埋まっているから、総勢五十名ほどだろうか。

どの顔を見ても若そうなのに、無駄なおしゃべりをしている者は一人もいない。それは彼女たちが夜嬢の中から選抜されたプロ中のプロ——いわば精鋭だからだ。

この船に乗せられた女たちは、夜の世界で重鎮と呼ばれる人物らの紹介で、今夜のパーティに参加する資格を得ている。莉央もそうだったが、事前に秘密保持契約書にサインして、前金としてかなりの額をもらっているはずだった。

「あなた、どこかの事務所の人？」

不意に斜め前の若い女性に話しかけられ、莉央はぎくっと肩を震わせた。

「い、いえ……銀座の篠田《しのだ》ママの紹介で」

会話はそれで終わったが、莉央はバッグを抱えてこそこそと客席を出た。風で髪が乱れるが到着までデッキにいた方がよさそうだ。いくら変装しているとはいえ、最近ではメディアに出まくっているだけに油断ならない。

とはいえ変装に関して言えば、莉央には絶対的な自信があった。

長かった髪を顎までのラインでばっさり切り、前髪も作って黒く染めた。草花模様の入った藍色の友禅をまとい、帯は銀彩で朱色の帯紐をアクセントに添えている。

目は黒のカラーコンタクトレンズで色味を変え、メイクはビビッドな赤リップを基調とした中国風。印象としては、ハリウッドで好まれそうな日本人女優といった感じだ。

心細いのは、外部との連絡手段が全くないということである。財布もスマホも船に乗る前に回収されると聞いたので、港のロッカーに入れてきた。カメラや録音機器の持ち込みは当然厳禁。会場では赤外線探知機で持ち物検査をされるというから念入りである。

莉央は帯をそっと撫でた。この中に三センチ四方の超小型カメラを隠し持っている。電源さえオフにしておけば探知機に引っかかることもないし、最悪、捨ててしまえばいい。万が一見つかった時には――。

莉央はこくりと唾をのんだ。伊月旬や、その伊月に紹介してもらった篠田ママに迷惑をかけるわけにはいかないから、その時は瀬芥の名前を出して開き直るしかない。

――会社……今頃、大騒ぎだろうな。

昨日の早朝、莉央は篠宮を解雇する旨のメールを全社員宛に送信した。

とはいえその解雇に法的な意味はない。殆どの社員が知らないことだが、篠宮はＲＩＯの社員ではないからだ。彼の報酬はあくまで東谷家から出ており、いわば莉央の私設秘書としてＲＩＯの仕事をしているのである。

あのメールは、言うならば篠宮に対する決意表明だ。退職金と慰謝料は、昨日莉央の口座から送金した。貯金の殆どに当たる二千万。篠宮の働きに見合うとは思えなかったが、第二の人生を歩む足がかりにはなるだろう。

――篠宮……。

じわりと目の奥が潤んできて、莉央は急いでハンカチを目元に押し当てた。

いや、今は自己憐憫に浸っている場合じゃない。遅かれ早かれ、篠宮とは別れることになっていたのだ。まだ傷が浅い内で……もう十分深いかもしれないけど……。

船は一時間ほどで島の港に着き、大型バスに乗り換えていよいよ会場入りとなった。

アベ・プロダクションレクリエーションファクトリー。それが建物の正式名称だ。地上七階地下二階で、周囲を海とゴルフ場に囲まれている。見渡す限り人家はなく店らしい建物もない。リゾートにはぴったりの場所だが、もし騙されて連れてこられる女性がいたなら、とても一人では逃げられないだろう。

濃い夕闇の中、頭上ではヘリコプターが轟音と共に旋回し、ホテル周辺の駐車場にはベンツやロールスロイスなどの高級車がずらりと並んでいる。裏口でボディチェックをしているのは、いかにも夜職にいそうな黒服の男たちだ。その列に並ばされた莉央の胸に、今さらながらとんでもない場所に来たという実感と不安が込み上げてきた。

「西山《にしやま》リカさん。クラブ麗《れい》の篠田社長の紹介ね。ちょっと帯と襟、確認させて」

ようやく順番が来て、名簿を見ながら莉央の偽名を読み上げた男が、有無を言わさず帯と襟元に太い指を滑らせる。

「はい、ＯＫ」

心臓が止まりそうなくらい緊張したが、帯のかなり奥の方にまで押し込んだカメラには気づかれなかった。別の場所ではスマホをこちらに向けている男がいる。盗聴器や盗撮カメラを探知するアプリがあるというから、そっちでもチェックしているのかもしれない。

ようやく館内に通された時には、うなじと額に冷や汗がびっしり浮いていた。

「コンパニオンの方は、各自指示された持ち場についてください。お客様の素性は決して詮索しないこと。問題が発覚したら即刻退場してもらいます」

簡単なオリエンテーションの後に非常階段で地下に降りると、すぐに空気を震わすようなクラブミュージックが聞こえてきた。

先頭の男の手で観音扉が開けられる。室内は暗く、スモークで室内全体が曇っている。床が振動するほど大音量の音楽。めまぐるしく色を変える照明。中央にステージがあって音楽はそこから流れている。仮面をつけた若い男女がその周辺で踊っており、壁際にはパーティションで仕切られたボックス席がいくつもある。とにかく暗い。照明が中央に集中しているため、壁際の席となると暗くて何をしているのか分からない。

「じゃ、お酒の準備ができた人からボックス入って！」

莉央は促されるままにカートを押して指定されたボックスに向かった。時折垣間見えるボックス席の客は、男も女も顔にベネチアンマスクを着けている。暗くてよく見えないが明らかに性行為の体勢を取っている客もいる。

莉央は震える指を帯の隙間に差し入れた。カメラ——早く証拠を撮影して、とにかくこの場を離れないと。伊月の言った通り、これは本当にやばいパーティだ。

カメラのスイッチを入れて手の中に握り込む。指の隙間からレンズを覗かせるような形で撮影しながら、ゆっくりと移動する。闇と照明に目が慣れてくると、マスクをつけた客の中に、以前仕事で一緒になったタレントがいるのが分かった。その隣に座る男にも見覚えがある。あれは確かサクラテレビの編成部長——。

「お姉さん、どこの記者の人？」

いきなり手首を掴まれた。はっとして振り返ると、入り口でボディチェックをしていた黒服の強面が立っている。

「えっ、な、なんの話ですか」

「いや、そういうのもういいから」

問答無用で手を開かされ、握り締めていたカメラを奪われた。その時には他の黒服も駆けつけてきて、莉央の周囲を取り囲んでいる。

「別室で着物を脱がせて調べろ。他にも機材を持ち込んでるかもしれない」

「ちょ、ちょっと待って、触らないで、離しなさいよ！」

左右から両腕を摑まれる。莉央は懸命に抗ったが、声は大音量の音楽にかき消された。

「美人なお姉さん、裸にして、全部の穴を丁寧に調べてあげるからね」

「ははっ、こりゃ楽しい仕事になりそうだ」

まずい。素性バレは覚悟していても、こういう展開は想定していなかった。

「わ、私を誰だと思ってるの、私はね、ワールドの」

言葉を遮るように大きな手で口を塞がれる。莉央は咄嗟にその指に嚙みついた。

「──っ、この女、嚙みつきやがった」

怯んだ男の胸を突き飛ばし、身を翻して駆け出した。が、すぐに着物の袖を摑まれ、前のめりに転倒する。それを押さえつけるように馬乗りになった男が莉央の襟を摑んで片腕を振り上げた。叩かれる──そう思った刹那、不意に男の影が頭上から消えた。

次の瞬間、骨と肉がへしゃげるような音がして、男の身体がボックス席の壁に激突する。

「きゃあああっ」

仕切り板が破れ、複数のガラスの砕ける音と、女たちの悲鳴があちこちで上がった。

「――な、なんだお前」

そう叫んだ別の黒服が、今度は反対側に吹っ飛んだ。それが床を転がって踊りの輪に突っ込んだため、そっちの方でも悲鳴が上がる。

場が騒然とする中、不意に音楽が止み、目の前に見慣れたシルエットが現れた。

「お嬢様、お怪我はございませんか」

――篠宮……？

グレーのスーツをまとっている篠宮は、普段と変わらぬ佇まいで、目元には優しい微笑を浮かべていた。だからなおさら目の前で起きたことが信じられない。立て続けに二人の男が――おそらく最初の男は襟首を掴まれ半立ちになったところを回し蹴り、次の男は殴りかかろうとした腕をホールドされて、肘で顔面を強打されたのだ。それも時間にしたら数秒に満たない間に。

「――野郎ッ」

その時、莉央からカメラを奪った黒服が横から飛び出し、猛然と篠宮に殴りかかった。

篠宮は左腕をかざしてその拳をブロック、すかさず繰り出した右拳を男の鼻頭に叩き込む。ぱっと血飛沫が散るのが莉央にも見えた。蛙が潰れたような声を立て、殴られた男の身体が跳ね飛ばされる。

静寂――篠宮は表情ひとつ変えず、汚いものでも払うように右手を振った。その顔は氷のように冷ややかで、目には一切の感情がこもっていないように見える。

「サトウさん！」

「何すんだ、てめぇ！」

周辺で立ちすくんでいた黒服が一気に殺気立った。中には棒状のものを持っている者もいる。「やめて！」莉央は思わず口走り、篠宮を庇うようにその前に立った。

篠宮を守るというより、これ以上篠宮に暴力を振るって欲しくなかったからだ。

「い、言っとくけど、私はワールドの瀬芥会長の紹介で来てるのよ。嘘だと思うなら誰か瀬芥に電話してみなさいよ！」

「――やめないか！」

大喝が周囲を震わせ、篠宮を背にした莉央は息をのんだ。立ち込めるスモークの中、こちらに向かって歩いてくる集団が見える。その中心に、今口にしたばかりの瀬芥がいた。

「篠宮もそのくらいにしておけ。――安倍さん、申し訳ないね。うちの身内がうっかり紛れ込んでしまったようだ」

瀬芥の背後では、安倍社長が蒼白な顔で立ちすくんでいた。

政治家とも堂々とわたりあえる男がこうも怯えているのは、あまりに凄惨な現場を目にしたせいなのか、口調こそ静かな瀬芥の顔にどす黒い怒りが浮かんでいるからなのか――

莉央には分からなかった。

◇

「とんでもない真似をしてくれたな」

ヘリコプターが空港を飛び立つと、それまで無言だった瀬芥が口を開いた。

瀬芥が所有するヘリ。乗員は瀬芥とその秘書を名乗る男、莉央と篠宮の四人である。

革製のシートに瀬芥と莉央が並んで座り、対面に篠宮と、瀬芥の秘書が座っている。

秘書——と瀬芥は紹介したが、実態はボディガードだろう。プロレスラーのような巨体にスーツは全く似合っておらず、何より異様に攻撃的な目をしている。明るい目の光彩がやたら爛々と輝いて——初めて見たが、いわゆる獣眼というやつだ。

「私としたことが、篠宮から報せを受けるまでこんなことになっているとは想像してもいなかった。——自分が一体何をしたのか分かっているのか」

「……何って、探られたらまずい真似をしてるのは、瀬芥さんじゃないですか」

莉央は懸命に虚勢を張った。目論見は全て裏目に出て、最悪の一夜になった。

篠宮はどうして今夜のことを知ったのだろう。シアから？　でも例のパーティが今夜開催されることまでシアは知らなかったはずだ。なのに、どうして——。

ただ、そのおかげで最悪の事態は回避されたのかもしれない。あんな連中に裸にされて弄ばれていたと思うと……思い返すだけで足が震えそうになる。そんな自分の弱さを認めたくなくて、莉央は必死に声を張り上げた。

「さっきのパーティ、焦って私を迎えに来るほどやばいことをやってたんですよね。それが本当なら、あなたみたいな人を東谷の身内にさせるわけにはいきませんから」

「一体、誰に何を吹き込まれたか知らないがね」

瀬芥は冷淡な目でうそぶき、煙草に火を点けて口に挟んだ。

「もしあそこで、本当に薬物を使った枕営業が行われていると思っているならお笑いぐさだ。そんなものはネットに溢れている都市伝説、富裕層を貶める陰謀論のひとつだよ」

吐き出された煙が狭い機内に充満し、莉央は嫌悪に眉根を寄せる。

「普段聖人君子を演じている芸能人が少しばかりはめを外すパーティだ。多少の合法薬物は使われるかもしれないがね。芸能記者を警戒する理由なんてその程度のものだ」

正直、君には呆れたよ――煙草の煙を鼻から出しながら、瀬芥は冷めた声で続ける。

「きっと私を失脚させるいい機会だと思ったんだろうが、愚かにもほどがある。言っておくが私の周囲には君を邪魔に思う連中だっているんだぞ」

「他にもあります」遮るように莉央は言った。自分が間違っていたのは百も承知だが、死んだって瀬芥に偉そうに説教されたくない。

「せ、瀬芥さんが過去にやってきたことを、今、色々調べてますから。九州にいた頃はヤクザとひどいことをしていたみたいですね。青崎って会社のことも」

ドンッと音がして頭が揺れた。瀬芥が莉央のシートのヘッド部分を拳で叩いたのだ。

「何を調べたって？」

その凄みを帯びた、猛禽類のようにギラギラした目に、莉央は声もなく凍りついた。

「――おい、言ってみろ、私の何を調べてるんだって？」

今の今まで、莉央はどこかで瀬芥のことを甘く見ていた。東谷家を凋落させた大悪人ではあるが、二十歳も年下の莉央に対してはどこか甘く、何をしても許してくれるような寛容さがあったからだ。

でも今、本性を剝き出しにした目で莉央を威嚇する瀬芥は、莉央など逆立ちしても敵いそうもないほどの邪悪さを全身から立ち上らせている。先ほど見た黒服の連中や安倍社長とは「悪人」としての格が違う。――今、分かった。安倍社長があああも怯えていたのは瀬芥が怒っていたからなのだ。

「身の程知らずの馬鹿娘め、お前を甘やかすのはもう終わりだ」

吐き捨てるように言うと、瀬芥はシート脇の灰皿に煙草を捩じ込んだ。

「今夜から私のマンションで暮らしてもらう。心から反省するまで二度と外には出させないから覚悟しておけ。――ワン、この娘の監視は任せたぞ」

「承知しました」と、獣眼の秘書が明らかに日本人とは違うアクセントで答える。

「っ、ちょっと待って、そんなことが許されると思ってるの？」

「誰の許しも必要ない。どうしても逃げ出すと言うなら、篠宮に責任を取らせるまでだ。言っておくが、篠宮が綺麗な男だと思うなよ。後ろ暗いところがあるから私の下についている。この男を生かすも殺すも私次第だということを忘れるな！」

そして鋭い目を篠宮に向けると、

「篠宮、後のことはお前に任せた。ＲＩＯは当面お前が舵を取れ。うちがすぐに買収できるよう、早急に準備を進めておけ」

「かしこまりました」

莉央は、信じられないような気持ちで、淡々と瀬芥に応じる篠宮を見た。

篠宮はややうつむき加減で、最初から一度も莉央の方を見ようとしない。

ヘリは都内上空を飛んでいる。空から見下ろす夜の東京は現実のものとは思えないほどの美しさだ。でも今の莉央にはその全てが虚像にしか見えなかった。

ＷＣＧが入っているタワービル屋上のヘリポート。四人を乗せたヘリが着陸すると、屋上で待ち構えていた複数の男たちが駆け寄ってきた。

莉央は何も考えられないまま、瀬芥に腕を引かれてヘリから降りた。逃げようにもどうしようもなかった。財布もなければスマホもない。助けてくれる人もいない。

「彼女を私のマンションに送ってやれ。ワン、お前も一緒に行け」

莉央は歩きながら、背後を歩く篠宮の気配を感じていた。

今、篠宮に助けを求めたら彼は助けてくれるだろうか。つい数時間前の莉央なら迷いもなくそう信じていた。でも今はよく分からなくなっている。

篠宮が昔格闘技をやっていたことは知っていた。莉央も子供の頃、護身術を教えてもらったことがある。けれど日常生活で、彼は暴力の片鱗すら見せたことはなかった。あれほど無慈悲な――心の何かが欠落したような、あんな冷たい顔を見せるような人じゃ……。

待機していた男たちが莉央を囲むように近づいてくる。後ずさった途端、背後から腕を引かれ、よろめいた身体が大きな腕で抱えられた。振り返ると篠宮の顔がある。

「帰りましょうか」

――え……。

莉央を見下ろす篠宮の目は、いつもの優しい、穏やかな彼のものだった。

「おい、何やってんだ」

近くにいた男が、篠宮の肩を押しのけようとする。しかしその腕は一瞬で捉えられ、腕ごとひねられた男の身体が、もんどり打って転倒した。

突然の変転に、全員が声もなく立ちすくむ。――と、その静寂を切り裂くように、けたたましい警報音が鳴り響いた。

『火災です、火災です。現在五十四階から出火中、直ちに避難を開始してください』

「騒ぐな！」

騒然となりかけた場を瀬芥が止めた。その眼は不穏な光を宿して篠宮に向けられている。

「……どういうことだ、篠宮」

「瀬芥会長、今夜は妻のためにわざわざご足労いただき、ありがとうございました」

篠宮は丁寧な口調で言うと、傍らの莉央を優しい目で見下ろした。

「私たちはこれで帰ります。会長と同居の件ですが、それは夫としてお断りさせてください。それより火元は五十四階のようですが、行かれなくてよろしいのですか？」

対峙する二人の背後では、なおもベルが鳴り響き、今度は英語での警告メッセージが流れている。

「確か五十四階には、会長が大切にしているものがあったと思いますが」

その刹那、瀬芥の目にはっきりとした動揺がよぎった。が、瀬芥はすぐに凶悪な笑みでそれを上書きすると、

「何が言いたいか知らないが、このまま帰れると思っているならお笑いぐさだ。ワンは元傭兵だ。お前などものの数秒で半殺しにするぞ」

「数秒は買いかぶりすぎです。数分程度なら、私でもお相手できるでしょう」

かっと目を見開いたワンが飛び出そうとするのを瀬芥が手で制する。その間にも警報音は鳴り響いている。

「会長、五十四階には誰もいません。警備室からこちらに人が向かっているようです！」

スマホでどこかと連絡を取っていた男が声を上げた。篠宮はかすかに笑って、

「数分も殺し合いをしていたら、駆けつけた警備員が警察を呼ぶかもしれませんね。事情を説明した場合、配偶者の私が有利になると思いますが」

瀬芥は毒々しい眼で笑ったが、どこか別のことを気にしているような風だった。

「随分と強気だが、離婚届のことを忘れたか。莉央とはすぐにでも離婚させてやる」

「今日は金曜なので書類が正式に受理されるのは月曜になりますね。つまり今夜のところは、妻を連れて帰ってもよろしいというご判断でしょうか」

瀬芥は何も言わない。篠宮は胸に手を当てて一礼すると、楽しげな目で微笑した。

「では、瀬芥様の仰せの通りに」


「説明して、一体何がどうなってるの」

車が走り出すや否や、莉央は堪りかねて声を上げた。

ビル前の路上には黒のアコードが停まっていて、篠宮を待っていたかのように運転手が降車した。今は運転席に篠宮が、莉央は助手席に座っている。

「レンタカーです。運転手は運転代行を頼んでおいたんですよ」

「そういうことじゃなくて！」

「ヨン専務が伊月旬との密会を打ち明けてくださったので。それで全てが分かりました」

篠宮は落ち着いた手つきでステアリングを右に切る。逆に落ち着かない莉央は再三背後を振り返ったが、誰かが追いかけてくる気配はなかった。

「し……篠宮が、火を点けたの？」

「まさか。警報器に仕掛けをしただけです。どうやら瀬芥会長は、お嬢様より五十四階にあるものの方が大切なようですね」

五十四階ってなんだろう。ＷＣＧのオフィスは三十階辺りにあるはずだけど――。

「話を戻せば、今回のキーマンは伊月旬です。これはもっと早くにお嬢様にお話ししなかった私のミスでもあるのですが」

前を見る篠宮は、口元に冷ややかな笑みを浮かべていた。

「実は、伊月旬がお嬢様との写真を週刊誌に撮らせたのは、偶然でも思いつきでもないんです。スクープを提供する必要があったのは本当の話ですが、その相談を伊月旬から受けたある女が、いたずら半分でお嬢様を巻き込むことを提案したんですよ」

――え……？

「それだけなら見過ごすつもりでいましたが、それに乗じて、今回はいたずらでは済まない罠を仕掛けてきました。ヨン専務から伊月旬の名前を聞いた時、即座にその女のことが頭に浮かんだので、お嬢様の行き先も分かったのです」

　しばらく眉根を寄せた莉央は、恐る恐る口を開いた。

「その女って、もしかして翠さん……？」

　なんの根拠もないが、自分にそんな真似をする女といったら、翠しか思い浮かばない。

　篠宮はあっさり頷いた。

「翠奥様は、瀬芥会長がお嬢様に執着しているのが面白くなかったのでしょう。もしかすると、お嬢様を邪魔に思っていたのかもしれませんね」

　つまり私に馬鹿な真似をさせて、瀬芥を怒らせようとしたってこと？

　馬鹿馬鹿しくて開いた口が塞がらない。そんなの、十七歳の時からずっとやり続けていることなのに！

「なかなか翠奥様が口を割らなかったので、タイミングとしてはギリギリになってしまいました。瀬芥会長を巻き込みたくはなかったのですが、他に策がありませんでしたので」

「……す、少し前だけど、私がマンションに立ち寄った夜、翠さんと会ってたよね」

　ずっともやもやしていたことを思い切って聞くと、篠宮は横顔に微苦笑を浮かべた。

「やはりそのことで、翠奥様はお嬢様に揺さぶりをかけていたのですね。——お気を害されたなら申し訳ございません。あの夜は、週刊エイトの記事のことで、翠奥様を問い質す必要があったものですから」

それが、今夜のからくりの全てだろうか。いや、そうじゃない、私が本当に聞きたいのはそんなことじゃなくて……。

「……どうして」

どうして篠宮は、突然瀬芥を裏切ったのだろうか。瀬芥は激怒していたし、ワンと呼ばれた秘書は篠宮を殺したくて堪らないというような眼をしていた。これから篠宮はどうなってしまうのだろう。もし篠宮に何かあったら、私——私……。

「……し、篠宮、私やっぱり瀬芥さんのところに」

気づけば車が、マンションの地下駐車場に停まっていた。シートベルトを外した篠宮が、そっと莉央の目元を拭ってくれる。自分が泣いていることにそれでようやく気づいた莉央は、みるみる顔を歪ませた。

こちらに身を寄せた篠宮が莉央のシートベルトを外してくれる。そのまま広い胸に抱き締められ、莉央は子供のように泣きじゃくりながら彼の背中に両腕を回した。

「し、篠宮に何かあったら、私、生きていけない。わ、私、私にはもう篠宮しか……」

両親もなく、唯一愛してくれた祖父にも会えなくなった。篠宮だけが、莉央にはたった一人の家族なのだ。その篠宮までもいなくなってしまったら……。

「あの島に一人で行かれたと分かった後、私がどれだけ焦燥したか分かりますか」

苦しげな声に、莉央は驚きで息を止めた。背中に回された篠宮の手が細かに震えている。

「こんなことなら、中途半端な真似などせずに、お嬢様の心も身体も私のものにしてしまえばよかったと、頭がおかしくなるくらい後悔しました。お嬢様が翠奥様に惑わされたのも、一人で無茶な真似をされたのも、全て私の責任です」

「しの――」

「私と結婚してください」

数秒、何を言われたのか分からなかった。

「嘘の結婚を本当にしてください。いえ、私は最初から、いつかそうするつもりでした。最初からお嬢様を瀬芥に渡すつもりなどなかった」

莉央は泣き濡れた目を瞬かせた。まだ、彼が言っていることが理解できない。

「愛しています、心から」

「………」

「これを、受け取っていただけますか」

スーツの内側に手を入れた篠宮は、五センチ四方の小さな箱を取り出した。

「入籍した時に買ったものです。安物ですが……いつか、私たちを取り巻く問題が解決して、本当にお嬢様と家族になった時にお渡しできればと思っていました」

目を見張る莉央の前で、彼は手のひらに載せた小箱の蓋を開けた。

中にはふたつ並んだプラチナリングが収められている。もしかしなくても結婚指輪。すごく欲しかったけど、篠宮が何も言わないので知らないふりをしていた結婚指輪だ。

言葉が出ないままに篠宮の顔を見上げると、彼は少しだけ微笑んで莉央の左手を取り、小さい方の指輪を左手の薬指に嵌めてくれた。莉央も、少し慌てながら、もうひとつの指輪を取り上げ、篠宮の左手に手を添える。

長くて形のいい綺麗な指。けれど指の関節の節々が赤黒く腫れている。思わず息をのんで手を止めると、篠宮は自分の指を添えて莉央が指輪を嵌めるのを手伝ってくれた。

「……痛くないの？」

「全く。幸せでドーパミンが出ているせいかな」

「――な、何言ってるのよ、篠宮らしくもない」

ようやくいつもの二人に戻った気がして、莉央は泣き笑いのような笑顔になる。けれど、消しようもない不吉な予感が、なおも喜びに暗い影を落としていた。

「……篠宮、私たちは」

月曜に瀬芥が離婚届を出せば全てが終わる。役所で不受理の手続きを取ればいいのかもしれないが、そうなると篠宮がどんな報復をされるか分からない。――それに、叔父さんを怒らせたら二度とお祖父ちゃんには……。

「お嬢様、二人でＲＩＯをもっと大きな会社にしませんか」

そんな莉央をそっと抱き寄せると、労るような声で篠宮が言った。

「時間はかかるでしょうが、ＲＩＯを世界的なファストブランドに成長させれば、いつかＷＣＧを傘下に置く日が来るかもしれない」

「………」

「旦那様のご恩に報いたいというお嬢様のお気持ちを大切に、今日までお支えしてきました。でもこれからはそういう形で、二人で旦那様の願いを叶えていきませんか」

莉央はうつむいたままで、目を何度もしばたたかせた。

それは、ＲＩＯを起業した時から密かに抱いていた思いである。でも、口にすれば笑われそうで——あまりにもあり得なさすぎて、これまで誰にも打ち明けたことがなかった。

「結婚を口実にしていますが、瀬芥会長はＲＩＯを本気で欲しがっている。ＲＩＯにそれだけの価値があると、会長には分かっているのです。——自信を持ってください。諦めない限り、決してあり得ない未来ではありませんから」

篠宮と二人で、お祖父ちゃんの夢を実現させる——そんな風に生きていけたらどんなにか幸せだろう。でもそれを、瀬芥が黙って許してくれるだろうか。

「心配しなくても、瀬芥会長に私たちを離婚させることはできませんよ」

ひどく暗い声で言った篠宮は、そっと莉央を自分から引き離した。

「そして結婚という法制度に守られている限り、私とお嬢様が強制的に離されることもない。――どうか心配なさらずに、後のことは私に任せてください」

「……、任せるって？」

「瀬芥会長に、お嬢様を諦めさせる材料があります。それで会長と交渉します」

莉央は思わず息をのみ、玲瓏とした夜に翳る篠宮の顔を見上げていた。

「――き、危険はないの？」

「ありません。お嬢様さえ、私のもとにいてくださるなら」

本当だろうか？　相手は政治家や大企業はおろか、反社会勢力まで味方につけているような男なのに。

「むろん様々な妨害があるでしょうし、お嬢様を翻意させるために心理的な揺さぶりをかけてくると思います。――なので、会長とは一切連絡を絶つと約束してくださいますか」

戸惑う莉央の手を、篠宮は怖いほどの力を込めて握り締めた。切迫した目には、何故だか目の前の莉央ではなく、どこか別の場所を見ているような暗い深淵がある。

彼の変容に驚きながらも、莉央はいつだったか――今と同じ目をした篠宮を、どこかで見たような気がしていた。

「――これは私を安心させるための約束だと思ってください。会長との交渉が終わるまで、晴臣様や翠奥様とも接触してはなりません。信じてください。必ず私が、お嬢様を自由にしますので」

迷いと不安が心の中で渦を巻いている。頷くにはあまりに危険すぎるし、晴臣とまで連絡を絶つのは、祖父のことを思えば難しい。

けれどもう、篠宮は崖から足を離しているのだ。今さらどう謝罪したところで、今夜篠宮のしたことを、瀬芥は絶対に許さないだろう。

「……分かった」

落ちていくなら自分も一緒だ。それに、絶対に篠宮を落とさせはしない。そんな決意を込めて頷くと、篠宮はようやく安心したように表情を緩め、莉央を力一杯抱き締めた。

「私が、必ずあなたを守ります。……なので、絶対に私から離れないでください」

◇

何度も足を踏み入れた部屋なのに、まるで初めて入ったような不思議な心持ちがした。

篠宮の部屋は、武蔵野の実家にいた頃からモノトーンで統一されている。

オパールグレーのシーツに覆われたベッドからは、かすかに篠宮の匂いがした。ほのかに甘くて優しい、明け方の森林のような爽やかな香りだ。

まだ何もかもが信じられなかった。そのベッドに今、篠宮と並んで腰掛けているなんて。

二人の前にはお茶を載せたカートがあって、篠宮がいつも就寝前に用意してくれるフレーバーティの優しい香りが漂っている。

「も……、もう一杯、飲む？」

「いえ、私はもう結構です」

篠宮は少しだけ小首を傾げ、からかうような誘うような、不思議に優しくて危険な目で、カップを持つ莉央を見下ろしている。莉央はまだ緊張が解けきらない身体を固くさせ、それでも二度とないこの時間を惜しむように、ゆっくりと二杯目のお茶を飲み干した。

「お代わりをお淹れしましょうか」

「――、もういい。でも、もうちょっと」

「こうしていたい？」

恥ずかしさに視線を泳がせながら、莉央はこくりと顎を引いた。

だってせっかく両思いになれたのに、恋人期間がゼロなんてもったいなさすぎる。結婚する前に――してるけど――本当にそうなる前に、恋人になりたての時間を満喫したい。

篠宮を上目遣いに見上げ、もじもじと莉央は聞いた。

「……わ、私のこと、いつから好きになってくれたの？」

「ん？　最初からですよ」

さも当然とばかりに微笑され、莉央は、上げた口角を下ろせなくなった。――いや、それはさすがに適当すぎない？

「もちろん恋愛感情とは違うものですが、私には、最初からお嬢様だけでしたので」

「……そうなの？」

「はい。お嬢様がどうやったら幸せになるか、私が考えていたのは、いつもそのことばかりでしたから」

篠宮がどこまで本気で言っているか分からず、莉央は瞬きをして彼の目を覗き込んだ。

篠宮は不思議そうに微笑したが、ふざけているわけではなさそうだ。

「そ、……そう？　それにしては、結構放置されていたような気がするけど」

莉央を見つめたまま篠宮は答えず、不意に全身が熱くなった莉央は、手でぱたぱたと顔をあおいだ。なんだか誤魔化されたような気もするけど、ま、いいか。これ以上この会話を続けたら、私一人が心を撃ち抜かれて終わりそうだ。

「もう、いいですか」

「え……？」

「もう少し、お傍に寄ってもよろしいですか？」

ベッドが軋む音がして、心臓が痛いくらいドキドキした。

反射的にうつむくと、そっと温かな胸に抱き寄せられる。額に触れる篠宮の髪が少しだけ湿っていた。首筋から匂い立つ清潔なシャボンの香り。入浴して間もないせいか、触れ合う互いの肌がしっとりと潤っている。

篠宮が首を傾け、そっと顔が近づいてきた。反射的に目をつむった莉央の唇に、軽くて優しいキスが落とされる。

「ン……」

ピクッと肩を震わせると、安心させるように肩を優しく撫でられる。

ただ触れるだけの淡いキスは、やがてついばむような肉感的なものに変わっていった。口内に広がるフレーバーティの香り。おぼろな視界の中、篠宮の睫毛が瞬いているのがうっすらと見える。胸がきゅうっと締めつけられて、切ない感覚が全身を満たしていく。

全身が浮遊していくようなこの感じ。ずっとこの感覚が欲しかった。このまま……また、あの夜みたいに……。

呼吸が弾み始めた間合いで、唇の間に彼の舌が滑り込んでくる。

「ぁ……」

温かく濡れた舌の感触に、胸が引き絞られるように苦しくなった。莉央の口中で互いの舌腹がぬるぬると絡み合って、口いっぱいに甘い唾液が溢れてくる。

頭の芯がとろけてくるような気持ちよさに、莉央は鼻から細い声を漏らした。頬裏や舌の裏、これまで触れられたことのない場所にまで、篠宮は舌を這わせてくる。口の中が彼の舌と自分の舌でいっぱいになって息ができない。上向かされた喉に彼の唾液が流れ込み、酔った時のように頭がぼうっと霞んでくる。

どうしよう、まだ篠宮に初めてだってことを打ち明けていない。こうなる前に話さないといけなかったのに、頭がうまく回らない……。

「お嬢様、舌を」

囁かれ、莉央は潤んだ目をしばたたかせて篠宮を見上げた。篠宮は、からかうような目で自分の舌を少しだけ出してみせる。その生々しい赤さと思いもよらない淫らさに、心臓がドキンッと跳ね上がる。

篠宮の意図を解した莉央は、躊躇いながらも、おずおずと舌を差し出した。彼は自身の舌先で莉央の舌をくすぐるように舐め、こね合わせるように上下させる。そして唇で優しく舌先を挟むと、ゆるゆると前後に動かして扱き立てる。

「ン……ふ」

敏感な粘膜に繰り返し与えられる淫らな刺激に、腰がピク、ピクとひくついた。背筋がざわめき、総身がもどかしく波打ち始める。

――あ……何、これ……。

互いに差し出した舌を唇の外で触れ合わせるのは、口の中でそうしている時と似ているようで全く違う感覚だった。肌が粟立つほど気持ちいいのに、その起点がどこにあるか分からない。触れ合う粘膜のようでありもっと深い場所のようでもある。腰の辺りが甘く疼いて、とてもじっとしてはいられない。

やがて唇が離れた時、莉央は半ばとろけたように篠宮の腕に抱き支えられていた。彼は、そんな莉央の目を覗き込むようにして見つめながら、掠れた声で囁いた。

「私にも、同じようにしていただけますか」

彼の唇から覗く舌を、莉央は目眩がするような気持ちで見つめた。あまりに扇状的で目の奥がちかちかする。しかも同じようにするなんて――今、何をされたかさえよく分かっていないのに。

それでも気づけばおずおずと顔を近づけ、彼の舌先をそうっと唇で食んでいた。心臓が限界まで高鳴って今にも破裂しそうな気がした。息を詰め――ゆっくりと――ぎこちなく、彼の仕草を真似て唇をゆるゆると動かしてみる。

「……は、ぁふ……」

ちゅぷ、ちゃぷと、小さくとも淫らな水音が耳に響く。粘膜で味わう彼の舌は、厚くて弾力があってぬるぬるして柔らかかった。唇で挟んだ舌を、顔を前後に動かして抜き差ししているだけなのに、瞼が重くなり、胸の先が甘ったるく疼いてくる。

入り混じった二人の唾液が口内に溜まり、飲み下せない一筋が顎を伝った。呼吸が弾み、額の生え際にうっすらと汗が浮き始める。

「……お嬢様、お上手です」

囁いた篠宮の手が、ナイトガウンの腰から胸までを優しいタッチで撫で上げた。大きな手が丸い膨らみにそっと被さり、やわやわと押し揉まれる。

自分の心臓の音があまりに速く、このまま気を失ってしまいそうだった。彼の舌を含んだ口は、もうかすかに喘ぐだけになっている。

「ぁ……は」

莉央はこくんと喉を鳴らし、口内に溜まった唾液を飲み下した。ぐったりした身体が抱き上げられて、ベッドの中央に下ろされる。淡い常夜灯が、莉央に覆い被さる篠宮の髪を美しいオレンジ色に縁取っている。

莉央の頬や耳に口づけながら、彼は優しい手つきでナイトガウンの紐を解いていった。

胸を熱くしながら身を任せていた莉央は、ふと入浴後に鏡で自分の姿を見た時のことを思い出し、咄嗟に胸元に手をやった。

「……、へ、変かな」

今、身に着けている純白のベビードールは、いつか篠宮とこうなる時に備え、二カ月も前に購入していたものだ。ショルダーはリボン、腿までの裾にレースをあしらった、かなり可愛らしいデザインである。

「……、まさか、また変わったものを着けていらっしゃるのですか」

「っ、違うわよ。あまり、この髪には似合ってないような気がするから」

もちろん購入した時は、自分に一番似合うと思っていた。でも、今の莉央は当時と雰囲気がまるで違っている。ボブカットに黒髪では、あまり可愛い系の下着は似合わない。

「――何故？　とてもよくお似合いなのに」

篠宮は優しく苦笑すると、莉央の両手を自分の指で搦め捕った。

「でも、少し後ろめたい気持ちにはなるかな」

「――後ろめたいって？」

「こんな可愛らしい髪をしているお嬢様を見ると、出会った頃を思い出してしまうので」

「…………」

それが九歳の時のことを言っているなら、当時は長い髪を三つ編みにしていたはずだ。多分勘違いだろうが、そんな風に思わせてしまったのなら、この髪型は失敗だった。

それどころか、もしこのタイミングで男性経験がないことを知られたら、余計に篠宮が後ろめたくなってしまうのでは……。

「ひとつ、お断りしてもよろしいですか」

「――っ、な、何？」

「実は、今夜は指が使えません。傷を負ったばかりの指で、お嬢様のデリケートな場所に触れるのは、少々不衛生かと思いますので」

莉央は、かあっと頬を赤くした。いや、そんなことを真面目に言われても困る。

「なので、以前お約束したことですが、順番を入れ替えてもよろしいでしょうか」

「……順番？」

照明が除々に暗くなる。篠宮の顔が近づいてきて、そこで莉央の思考は霧散した。


「ぁ……ぅ……」

チュプチュプという温った水音が、自分の胸元から聞こえてくる。

莉央ははぁはぁと喘ぎながら、仰向けになった胸を切なく上下させた。

もうどのくらいこうされているだろう。胸には篠宮の顔が被さり、桃花色の可憐な乳首を、舌先で舐めたり舌腹で転がしたりしている。

「ン、……ぁ」

ベビードールはショルダーの紐が解かれ、細い腰に絡むだけになっていた。白い肌は薄赤く染まり、めくれ上がった裾からは、形のいい太腿が剝き出しになっている。

トパーズ色のシーリングライトが、絡み合う二人をどこか淫らに照らし出していた。衣擦れと吐息と、濡れたキスの音。最初柔らかかったふたつの乳首は硬くなって立ち上がり、彼の唇と舌で愛される度に、朝露に濡れる花蕾のようにいじらしく震えている。

「……ぁ、篠宮、もう……」

「もう？」

意地悪く囁いた篠宮は、片方の乳首を指腹で優しく擦りながら、もうひとつの乳首を口中で包み込んだ。舌でくるんで飴玉のようにしゃぶり、唇でゆるゆると上下に扱く。

「っ……ぅ……ふ」

莉央は指を唇に当てて声を堪えた。ピクンッピクンッと腰が跳ね、内腿の奥から温かなものが溢れてくる。

「気持ちいいですか、お嬢様」

顔を上げた篠宮が、指で乳首をコリコリと揉みほぐしながら囁いた。

「前もここで気持ちよさそうになさっていましたね。お嬢様は乳首の感度がいいのかな」

「……っ、そんなこと……」

再び片方の乳首を温かな口中に含まれ、莉央は声にならない嬌声を上げた。

「ゃっ……だめ……あ……は」

ぬるぬると舐められている場所から、糸のような甘い電流が全身に広がっていく。それが指の先まで満ちて、甘ったるい快感の予兆が下腹部の奥で膨れ上がる。

ヒップや腿に無意識に力がこもった。力んだり弛緩したりを繰り返す総身はしっとりと汗ばんで、瞳が切なく潤み始める。

ただ、どれだけ切なく身体を波打たせても、求めている快感には遠く届かない。——

不意に篠宮の唇が胸から離れ、みぞおちの辺りに軽く触れた。彼の両手が腰に回されて、滑らかな曲線に沿って撫で下ろされる。

ようやく甘い責め苦から解放された莉央は、小さく息を吐いて身体から力を抜いた。が、すぐに別の驚きで全身を強張らせる。篠宮の唇が臍を掠め、ショーツの近くにまで降りてきたからだ。

「……っ、篠宮……？」

腰を滑り降りた手が、ふたつの丸みを優しく包み込む。サイドをリボンで留めたショーツの縁をキスでたどり、心持ち浮いた恥丘の中心にそっと唇を持ってくる。

「ぁ……っ」

ふっくらとした花びらに、布越しとはいえ彼の唇が押し当てられるのが分かり、莉央は腰を振って逃げようとした。が、彼の手と体重で押さえつけられた身体はぴくともしない。逃げられないと分かった莉央は、みるみる全身に血がのぼるのを感じた。

「っ、ぁ……ゃ……いや、いや！」

恥ずかしい柔肉に、篠宮の熱い息づかいが感じられる。弾力を帯びた舌の感触。それが薄い布越しに蠢き、肉の割れ目をつうっと優しくたどっていく。

莉央はひっと息を引っこめるような声を上げた。信じられなかった。あんな場所を篠宮に――ショーツ越しとはいえ、キスされているなんて。

そのショーツも、ごく薄いシルクで秘部を隠すのが精一杯の小ささだ。

彼の濡れた舌先が、クロッチからはみ出た花肉に触れる。そこはもう花蜜でしっとりと潤って、内腿まで生暖かく濡れている。

「——だ……だめ……っ」

サイドを留めるリボンが解かれ、ショーツが下肢から取り払われる。恥毛のない滑らかな肉丘が淡い照明の下で震えながら息づいている。そこに篠宮が唇を当て、柔らかさを確かめるようにチュッチュッと甘く口づけた。舌先が、割れ目にそっと入ってくる。

「ぁ……っ、ぁ……」

莉央はショックに目を見張り、身体全体を緊張させた。ヌルリ、ヌルリ、恥ずかしい場所で生き物のように舌が動く。現実に起きていることに、頭がまだ追いつかない。篠宮の手が心持ち腿を開かせ、舌がより深い場所に入ってくる。

「あ……、あ」

最初、異様な感触しかなかったそこに、徐々にとろけるような甘い疼きが広がっていった。莉央は睫を虚ろに瞬かせ、細い声を上げてヒップをもどかしく浮き上がらせる。足の指に力がこもり、ヒクッヒクッと膣の奥が収縮する。

——あ……気持ちぃ……。

彼の舌が花溝の間で生き物のように蠢いている。ジクジクと滲み出す甘蜜を舐め取り、溢れたものを舌先ですくい取る。そうかと思えば唇で果肉全体をぴったりと覆い、口全体でチュクチュク吸い上げるようにする。尖らせた舌先でコリコリとした肉芽を弄られて、莉央は鼻から抜けるような声を漏らした。

「ぁ……っ、あはぁ」

とろ火で炙り上げられるような気持ちよさが、理性と羞恥を完全に凌駕していた。莉央は白い歯をこぼし、シーツを握り締めたままでなまめかしく腰を波打たせる。

——わ……私……どうしたの……。

瞼が重くなり、まどろんだ時のように頭が虚ろになっていく。それでいてどうしようもないほど腰がひくつき、下腹部に溜まる甘い掻痒感をなんとか放出しようと、全身がますます汗ばみ始める。

篠宮は、そんな莉央の足の間に自身の肩を割り込ませると、太腿が脇腹につくまで片方の足を押し上げた。そして朝露にきらめく薔薇のような深淵に顔を寄せ、指で二枚の花びらを押し開く。

「見……、見ない……っ、あぅ」

めくりあげられたひだの間に熱い吐息が近づいてくる。

ひだに隠されていた繊細な器官が、篠宮の舌で優しく暴かれる。ゼリーを寄せたような柔らかい果肉に熱い舌がまとわりつく。声もなく睫を震わせる莉央の腿は小刻みに震え、みるみる高まる快感が雪白の肌を薄紅色に染め上げた。篠宮はそんな莉央の両腿に手を添えて割り広げると、可憐な蜜口に舌先をこじいれてくる。

「っ……んぅ」

莉央はピクンッと腰を震わせ、唇をわななかせた。何が起きているのか、分かるようで分からなかった。ぬめぬめとした熱い塊が、まるで生き物のように蜜口を割り開き、少しずつ奥に侵入してくる。

「っぁ……、ゃ、ぁ……」

あまりに異様な感覚に、瞬きすらできなくなった。完全に思考が麻痺して、頭の中が真っ白になる。

小さな肉片が、花筒の浅瀬を淫靡な音を立てて犯し始める。痺れるような甘ったるい快感。それが下腹部いっぱいに広がって、莉央は首を横に振りながら双眸を潤ませた。

「……ぁ……だめ……だめ……」

篠宮の舌が埋められている場所が切なく疼き、ヒクヒクと小刻みに収縮する。熱い吐息、腿をくすぐる髪の感触。不意に両腕が伸びてきて、わななく乳房をすくい上げる。温かな指腹が、立ち上がった乳首を焦れるほど優しく擦り立てた。親指と人差し指でつままれ、コリコリと甘く揉みほぐされる。

「ン……んぁ、ぁ……」

莉央は睫を震わせて、シーツをギュッと握り締める。足の指が痙攣し、白い腹がへこんだり膨らんだりを繰り返す。

「……っ……ぁ、……は……、だめ……だめだめ……っ」

キーンと耳鳴りがして、パァッと目の前が明るくなった。弾けるように意識が浮遊し、待ちわびた快感が腰骨を甘くとろけさせる。

彼の舌が埋まった場所が切ないくらいきゅんきゅんと疼いていた。浮き上がった腰が沈むと、熱い蜜が会陰を濡らして滴り落ちる。彼はそれを指ですくい取ると、ようやく舌を抜いて唇を離した。

「……傷のない指を使います。このまま私のものを入れたら、お辛いと思いますので」

掠れた声は切迫した艶を帯びていて、莉央は言葉もなく喉を鳴らした。舌を埋められていた場所に指が当てられ、何度か浅瀬を行き来した後にゆっくりと中に入ってくる。

「ぁ……」

太くて硬い指が自分の奥を暴いていく不思議な感覚。胸が熱くなり、鈍い痛みがじわりと下腹部に広がった。篠宮は莉央の顔を見つめたまま、指を前後に動かし始める。やがて、クチュッヌチュッという濡れた音が、寝室に響き始める。

「ァ……ふ」

莉央は羞恥で睫を震わせた。指をのみ込む度に淡く滲む気持ちよさに、腰が切なく波打ち始める。呼吸が掠れて浅くなり、指が届かない奥深いところに甘い痺れが立ち込める。

――と、そこに、ヌルリとした別の感触が入り交じった。

「……？　っ……ぁ」

屈み込んだ篠宮が、指を咥えて剝き出しになった花びらの割れ目に舌を当てたのだ。

「ン……やっ、ンッ」

もう感情が、この現実に追いつかない。莉央は見開いた目に涙を滲ませ、息を喘がせながら足指を突っ張らせた。篠宮はそんな莉央の尻を抱き、いっそう自分の方に引き寄せる。

「ああっ、ぁっ、だめ、ん、んんッ」

敏感な真珠を収めた肉鞘に口づけながら、篠宮は二本に増やした指で蜜道を甘く穿ち続ける。そして開いた手で薄皮を剝がすと、剝き出しになったパール色の尖りを舌先で舐め転がした。唾液をたっぷり乗せた舌腹で、寝かしつけるように左右に舐め上げ、口に含んでちゅっと吸い上げる。

「ン……っ、ふっ、あはぁ」

突然びくびくッと腰が跳ね、目の前が真っ白になった。

下腹に濃密な浮遊感が立ち込め、目の奥で暗い光が瞬いては消えていく。

気づけば、ぼんやりと滲む視界の中で、篠宮がゆっくりと半身を起こしていた。自分の速い心臓の音と、浅い息づかいがやけに大きく感じられる。篠宮は掠れた息を吐くと、莉央を見下ろしながら額に落ちた前髪をかきあげた。

暗い光を帯びた双眸、濡れた上唇を舐める舌。莉央の知っている篠宮とはまるで違う男がそこにいる。

思わず息をのむ莉央の前で、彼は膝立ちになってローブの紐を解いた。何年も一緒にいるが、彼の裸身を見るのは初めてだ。滑らかな肌はしなやかに引き締まり、それでいてどこか危険な強靭さを漂わせている。

固まる莉央に気づいたのか、篠宮はふとその目に暗い微笑を滲ませた。

「どうしました?」

「う、ううん……」

容姿も性格もＡＩのように完璧なはずの篠宮だが、何故だか今夜の彼からは危うさにも似た不安定さが感じられる。今だけではない。思えば車の中で指輪を渡された時から、いつもの彼とは少し様子が違って見えた。

そのせいか、彼から目が離せない。まるで見知らぬ男と相対しているような恐ろしさと、ようやく素顔を見れたような不思議なときめきが胸の中でせめぎあっている。——

避妊具をつけた篠宮が身を屈め、莉央の足の間に身体を割り込ませてくる。膝裏に手を入れられて、足を折り曲げた状態で上げさせられる。

それまでの、篠宮に対する様々な思いがその瞬間吹き飛んで、現実の——これから起こることへの不安で、頭の中がいっぱいになった。痛いってどのくらい？　もし入らなかったらどうしよう。篠宮が、途中で諦めたらどうしよう——。

「心配しなくても大丈夫ですよ」

ふと苦笑した篠宮は優しく囁き、莉央の髪を指で梳いた。

「優しくします。もし耐えられそうもなかったら、おっしゃってください」

「……ん」

――……あれ？　ちょっと待って。私、初めてだって篠宮に言ったっけ。絶対言ってないはずだけど、今の言い方って……あれ？

困惑している内に片方の手首を取られ、優しく彼の背中に持っていかれる。

ああ、そうか――とその時ようやく気がついた。もちろん篠宮は知っている。誰より莉央を理解している篠宮が、そんな大切なことを見落とすはずがないからだ。

緊張が少し緩んだ途端、不意に目の奥が熱くなり、ずっと言いたかった言葉がこぼれた。

「……大好き」

「私の方が、もっと好きです」

壁にゆらめく影と、吐息の音。ベッドが軋み、莉央の漏らす苦痛のうめきが、時折そこに混じっては消える。

「……ぁ……ぅ」

莉央は、額に薄汗を滲ませて、篠宮の肩を握り締めた。篠宮の前髪が鼻先を掠め、顎に苦しげに囁く篠宮の肌は薄く汗ばみ、呼吸さえも掠れて聞こえる。

「お嬢様、……全部入りました」

唇が押し当てられる。

「ん……嬉し……」

言葉を返す莉央の総身はしっとりと汗ばんで、濡れた前髪が額に張り付いていた。

篠宮に包まれた身体全体が鈍い痛みに支配されている。下肢の感覚はとっくになくなり、その代わり、股関節から下腹にかけてを灼熱の鉄杭で貫かれているようだった。

あれから、一体どれくらいの時が過ぎたのだろう。莉央には果てしなく思えたが、時間にすれば三十分くらいかもしれない。

最初、肉体の帳を破って彼のものが入ってきた時、身体が軋み、骨盤がめりめりと音を立てたような気さえした。それはまさに壊されるという感覚で、想像の何倍もの痛みは、血の気が引いて脂汗が浮くほど激烈なものだった。

悲鳴だけはかろうじて堪えたものの、目には涙が滲み、腰が無自覚に逃げていた。篠宮はすぐに動きを止め、莉央の唇に甘いキスを繰り返してから、また少しだけ腰を進める。それを何度も、気が遠くなるほどの時間をかけて、辛抱強く繰り返してくれたのだ。

「……まだ痛みますか？」

「……、全然」

苦しくはあっても、かろうじて笑うことができた。

「ド、ドーパミンが、出てるせい、かな」

莉央を見下ろす篠宮の目に、優しい笑いが滲んだ。そのまま顔が近づいてきて、唇をそっとついばまれる。

優しいキスは、徐々に深く、思考をとろけさせるほど甘くなり、やがて口の中が彼の熱い舌で満たされる。溜まった唾液が喉を伝い、それに呼応するように胸が熱くなった。

「……少し、動きやすくなってきました」

「ん……」

キスの心地よさに酔いしれていたせいか、篠宮が腰を動かしていることにも気がつかなかった。莉央の表情を窺いながら、彼が少しずつ抽送の幅を大きくしていく。鈍い痛みが再びじわりと押し寄せてきたが、それも束の間のことだった。身体が、受け入れた異物の大きさにようやく馴染んできたのだ。

篠宮は莉央の両手に指を絡めると、自身の昂りを莉央の中に深々と埋め、それをゆっくりと半ばまで抜いた。力強く突いて、優しく抜く。それを単調なリズムで繰り返す。

「ぁ……は……ぅ」

次第に瞼が重くなってきて、莉央は甘い吐息を唇からこぼした。

太い肉茎で膣を割り拡げられていく度に、どうしてだか腰が浮遊するような感覚になる。

あんなに痛かったものが、何故こんな風に変わったのか理解できなかった。篠宮の揺れる前髪が額を掠め、暗い眼差しが覗き込むように莉央を見つめている。

「……お嬢様、すごく、いい」

「……ぁ……は」

腰の動きが少しずつ大きく、速くなる。視界が揺れて、ずり上がる頭が篠宮の腕で抱き止められた。莉央は喘ぎながらもその肩に両腕を回し、自分の方に引き寄せる。

「はぁ、はぁ」

今、呼吸を喘がせているのは、莉央だけではなかった。苦しげな篠宮の吐息を聞いているだけで胸が疼き、身体の内から温かな花蜜が溢れてくる。

荒々しく唇をついばまれ、口の中に強引に舌が入ってくる。

乱れた吐息が入り混じり、口を塞がれた身体がくの字に折り曲げられる。片足を篠宮の肩に抱えられ、先ほどとは違う角度から肉茎が力強く入ってくる。

「……っ、ぁ」

目の奥がちかちかした。彼のもので満たされている身体が、ここことは違う場所に浮遊していくようだった。やがて揺れ始めた視界の中で、莉央の片足を抱いた篠宮が、膝立ちになって腰を打ちつけている姿がうっすらと見えてくる。

乱れた髪、熱っぽい眼差し、濡れた唇を舐める舌。この人は誰——と思った。いや、誰でもない、篠宮だ。ずっと知りたかった本当の篠宮……。

「……好き……、好き」

莉央はうわごとのように囁き、再び屈み込んだ彼と夢中になって口づけを交わした。

「私も……」

篠宮は掠れた声で囁くと、莉央の指を搦め捕り、腰の動きを強くする。

「ぁ……っ、あ……は……」

パチュッパチュッという濡れた音が、二人がつながった場所から響いている。篠宮の端整な眉が苦悶に歪み、唇から掠れたうめき声が漏れた。

「……、申し訳ございません。……あと少し、我慢していただけますか」

囁いた篠宮の動きが、驚くほど荒々しくなった。抉られるような深くて重いストローク。揺さぶられる身体が大きな腕で抱き支えられ、頭を守るようにして抱き締められる。

莉央は、うわごとのように篠宮の名前を呼び、汗ばんだ背に両腕を回してしがみついた。苦しさはとうに消え、ただこの時間が終わってしまうことが切なかった。

ずっとこのまま——できることなら命が尽きるまで一緒にいたい。ようやく一人の男として、必死に自分に向かってきてくれる篠宮が、愛おしくてたまらない。

「……っ、く」

うめいた篠宮の昂りが、莉央の中でビクビクッと震えた。胸を喘がせる莉央の視界に、

しっかりと結ばれた二人の手が見えている。絡んだふたつの薬指に光る指輪。胸が幸福でいっぱいになった。

今、ようやく二人は本当の夫婦になったのだ。──

◇

『せ、瀬芥会長、悪い報告です。セーフルームのラップトップから未知のマルウェアが検出されました』

マルウェア。つまりトロイの木馬などを代表とするコンピューターウィルス。

自宅でスマホを耳に当てていた瀬芥は、親指の爪をギリリと噛んだ。あり得ない。

「五十四階のセーフルームに入れるのは私だけだ。しかもあのパソコンはネットワークに接続していない。ウィルス感染することはないと、お前がそう言ったんだぞ！」

『な、なので、USBなどの外部デバイスが原因ではないかと』

瀬芥が個人的に雇っているネットセキュリティの専門家は、声を震わせながら続けた。

『お使いのものを調べれば、感染ルートが分かるかもしません。け、けれどご安心ください。全てのファイルには鍵がかかっておりますので、そう簡単には──』

「ふざけるな！　ひとつでも盗まれていたら、二度と表を歩けないと思え！」

凄みを帯びた声で言い放つと、瀬芥は一方的に通話を切った。外部デバイス——もしそれが原因だとしたら、唯一使っているのがデータをやり取りしているUSBだ。しかしあれは、常に会長室の鍵付き金庫に収めてある。

いや、——常にではないか。

急なトラブルがあった時など、何時間か机の引き出しに入れていたこともあったはずだ。会長室に日参していた篠宮なら、そのタイミングで抜き取ることも可能だったろう。ウイルスを仕込む作業など、専用デバイスを使えば十秒もかからない。

額に青筋が立つほど眉を逆立てた瀬芥は、破ったばかりの離婚届の一片を握り締めた。

「あのクソガキが、やってくれたな……！」

帰宅してすぐに確認したその書面からは、篠宮の名前が魔法のように消えていた。時間が経てば消えるペンを使ったのだ。瀬芥をして一瞬唖然とさせるほどの馬鹿げたトリック。ただしそれは、どこか滑稽で皮肉でもある。自分ではなく篠宮にとって。

——馬鹿な男だ。私が何も知らないとでも思っているのか。

何故お前と莉央を結婚させたのか、本当に何も分かっていなかったのか。

もう少しうまく立ち回ると思っていたが、完全な買い被りだった。

瀬芥は、一度は投げたスマホを取り上げた。

「——翠か、私だ。ひとつやって欲しいことがある。それがうまくいけば、お前が莉央にしたことを帳消しにしてやってもいい」

力尽くで莉央を取り戻したところで、莉央の心が篠宮にある以上意味はない。

篠宮の正体を暴くのは簡単だが、どうせ篠宮は、それを見越して先手を打っているに違いない。今頃――何をしているのかは考えたくもないが、莉央は二度と篠宮から離れたくないと思っているだろう。

――賢い男だ。でも、俺を侮るなよ。

施設に入所している東谷を使えば、莉央を揺さぶることなど簡単だ。どこに逃げようと簡単に呼び戻せる。

そして、もうひとつ、早急に調べておかなければならないことがある。

（九州にいた頃はヤクザとひどいことをしていたみたいですね。青崎って会社のことも）

あの瞬間、初めて十年前の違和感に気がついた。

むしろ、これまで気づかなかったことが信じられないくらいだ。

第三章　偽装夫婦が本当の夫婦になる方法

夏の終わりの夕暮れが、墓標の林立する霊園を、どこか物憂く照らし出している。

「……あれが？」

莉央が聞くと、「はい、そうです」と背後に立つ篠宮が答えた。

夏休み最後の日曜日。親子ほど背の違う二人の影が灰色の石畳に伸びている。

白の御影石で作られた墓石は、莉央が知っているそれとは大分様相が変わって見えた。

石壁で区切られた広いスペースには美しい緑の芝生が敷き詰められており、座布団をふたつ並べたくらいの大きさの石板が、その中央に、斜めに設置されている。

橙色の夕日に照らされた表面には、ローマ字でTakaomiと刻まれていた。

莉央の父、東谷貴臣の名前である。

「……もしかして、大勢の人と一緒に入ってるの？」

「いえ、お嬢様のお父様だけのお墓ですよ」

篠宮は苦笑すると、ここまでの道中で買った供花を莉央に手渡した。カーネーション、アイリス、グラジオラス、りんどう。父が何を好んでいたのか知らないので、花屋の店員に見繕ってもらったものだ。

けれど墓石の前には、すでに溢れんばかりの胡蝶蘭が供えられていた。おそらく朝に用意されたものだろう。純白の花はやや萎れ、芝生には無数の花びらが散っている。

莉央は黙って墓標の前に歩み寄ると、花束を置いて手を合わせた。

見晴らしのいい山頂。この墓石の主が別格であるかのように、周囲の墓石とは距離が置かれている。母が眠る共同墓より何倍も広いスペースにたった一人。それが、なんだかひどく寂しいことのように思えてしまう。

ここに母の遺骨を移したら？　父は喜んでくれるだろうか。

その謎は永遠に解けることはない。けれどその思いつきを、祖父が歓迎しないことだけは分かっていた。

（莉央、今日は私にとってとても大切な一日なんだ。今日だけは私を一人にしておくれ）

三年前の今日——莉央が東谷家に引き取られた最初の夏、祖父にそう言われた凜央は、サーバントの女性と一緒に一日屋敷を離れていた。翌年も同じようにして過ごし、三度目となった昨年は、新たに同伴者となった篠宮と、やはり一日屋敷を離れていた。そして今年——例年通りの一日を過ごす予定だったのだが、数日前、偶然サーバントの会話を聞いて知ってしまったのだ。

その日が、亡父の命日であったことに。

武蔵野の屋敷に引き取られて三年が過ぎたが、莉央は未だ父の部屋に入ったことがない。

位牌も遺影も全てその部屋に収められているらしいが、祖父はそれを莉央に見せる気も礼拝させる気もないようだ。何故だろう。その人は私のお父さんのはず……なのに。

「……篠宮、もしかして私のお母さんって」

お祖父ちゃんに嫌われてた？

口に出かけた言葉を、莉央は不意に込み上げた不安に駆られてのみ込んだ。

何故だかそれを確認したら、もう祖父の傍にはいられないような気がしたのだ。

篠宮に頼んで、こっそり父の墓前に連れてきてもらったが、多分このことも、祖父には言わない方がいいのだろう。

「お嬢様」

背後から、篠宮の声がした。振り返って見た篠宮は、ちょうど背後からの夕日が逆光になって、黒い影のように見える。

その時、午後六時を告げる寺院の鐘が鳴り響いた。

「………です」

鐘の音で、篠宮の声が聞き取れない。すると篠宮は莉央の前に歩み寄り、地面に片膝をついて、莉央の肩を両手で抱いた。

「……なんて、捨ててしまえばいいんですよ」

ちょうど鐘と被さったところだけ、またもうまく聞き取れない。それより莉央は、ひどく不安な気持ちで篠宮の顔を見つめていた。肩を抱く篠宮の手が怖いほど力強かったのもあるが、その目が――。

＊＊＊

はっと莉央は目を覚ました。

室内が青い闇で満ちていた。夢の情景が脳裏に焼きつき、心臓がドキドキ鳴っている。

思い出した――あれは小学校五年生の夏休みだ。夢ではなく、現実に起きたこと。

篠宮と二人で、初めて父の墓参りに行って――。

「どうしました？」

今度こそ夢から醒めたように、莉央は睫を跳ね上げた。声がした方を見上げると、微笑した篠宮が、暁闇の中から莉央を優しく見下ろしている。

首に回されている温かな腕。寄り添うことにすっかり馴染んでしまった身体からは、同じボディソープの香りがした。

現実の篠宮の姿にようやく安堵した莉央は、微笑んで彼の肩に額を寄せる。

「……、昔の夢を見て」

「昔の？」

笑いを帯びた声で囁いた篠宮が、抱き寄せた莉央の髪を優しく撫でた。

「うん。昔、二人で、お父さんのお墓参りに行ったのを、覚えてる？」

「もちろん。お嬢様と一緒に行ったのは、あれが最初で最後でしたから」

交わす言葉にも、何度も情を交わし合った男女の、甘えと気安さが滲み出ている。

「じゃあ、覚えてないかな。あの時、最後に何か話してくれたよね。篠宮が私の肩を抱いて……その時、すっごい大きな鐘の音がして」

「そんなことありましたっけ」

「あったよ。ありました。ねぇ、あの時なんて──」

会話を遮るように、屈み込んだ彼の唇が首筋に甘く押し当てられた。同時に温かな手が腿を撫で上げ、ナイティの中に滑り込んでくる。

「っ、ちょ、待って、話……」

シルクのナイティが抗う両腕から簡単に抜き取られる。乳首に舌先を当てられて、莉央は「ぁ……」と細い声を上げて身をよじらせた。

雪原の薔薇のような蕾が、篠宮の温かな口中で包まれる。いつの間に入り込んだのか、ショーツの中で彼の指が蠢いて、二層の膨らみを指腹がそっとたどった。

「ヌルヌル……」

「ゃッ……」

意地悪く囁いた篠宮が、花びらを指でゆっくりと割り開く。触れられる前から潤っていたそこは、すぐに彼の指をのみ込み、いやらしい蜜音を立て始めた。

「……ゃ……やだ、……も、……だめ」

昨日、一日の殆どを過ごした寝室には、なまめかしい情事の匂いが立ち込めていた。

その匂いは、莉央に否応なしに昨夜の出来事を思い起こさせる。昨夜と言っても初めて結ばれた夜のことではない。今日は日曜日。もうあの夜から一昼夜が過ぎているのだ。

ようやく篠宮と結ばれた夜――緊張から解き放たれた莉央は、彼の腕に抱かれたまま、夢も見ずに熟睡した。

目覚めると朝で、篠宮はいなかった。彼を探して急いで部屋を出ると、キッチンの方からバターの甘い香りが漂ってくる。

篠宮はキッチンに立ち、ダイニングには朝食が並んでいた。ジンジャースープ。半熟卵のオムレツ。苺と葉野菜のサラダ。彼はパンケーキを焼いている最中だった。

「おはようございます。お嬢様」

白いシャツとデニムをまとう篠宮の爽やかな笑顔に、胸がきゅんとときめいた。と同時に、裸にシーツを巻きつけただけの自分が、とんでもなく恥ずかしくなる。

莉央は自分の部屋に戻ろうとしたが、それは篠宮が許さなかった。

「行かないでください。週末は、このまま私の部屋で過ごしましょう」

彼は、戸惑う莉央をシーツごと抱き上げると、有無を言わさずに浴室に連れて行った。

そこで一糸まとわぬ姿にされた莉央は、もうどこにも逃げることができなくなる。

彼は自分もシャツを脱ぐと、ボディソープを手のひらにつけて、莉央の裸身を焦れるほど丁寧に洗ってくれた。明るい日差しの差し込む浴室で、羞恥で目もくらむばかりの莉央は、前向きにされ、後ろ向きにされ、彼の思うままに全身を甘く弄り立てられる。

それは、とても身体を洗う行為とは言えなかったが、どこで篠宮がその境界を越えたのか、まともに目を開けられない莉央には分からなかった。

ぷるんと立ち上がった乳首を執拗に転がされ、膣に指を入れられてゆったりと抽送される。耳を舐められ、指を増やされ、敏感な粒をいやらしい指遣いで捏ねられる。

「い……いや、も……許して、いや」

「昨夜は、お辛い思いをさせたので……。初めてなら、このくらいしっかり馴らしておくべきでした」

篠宮がどこまで本気で言っているのか分からなかったが、タイル床や浴槽で様々に体位を変えさせられ、到達したくてもなかなかできないソフトさで延々と愛撫されるのは、昨夜の痛みがまだましだとさえ思えるほどに、切ないものだった。

すすり泣く声も嗄れ、もう立つこともできなくなった莉央は、気づけば再び寝室に運ばれていた。篠宮は、なまめかしく喘ぐ莉央をベッドに横たえると、膝立ちになって、猛々しく屹立する自身の漲りに手を添える。

「――ぁ、……だ、めっ……」

昨夜の、全身が引き裂かれるような激痛を思い出した莉央は、思わず顔を背けて歯を食い縛った。

灼熱の昂りが、濡れた花びらをヌルヌルと擦り上げる。浴室で甘く焦らされた余韻がたちまち込み上げてきて、莉央は細い声を漏らした。やがて入るべき場所を探し当てた先端が、ぐっと圧をかけてきて、ヌプリと花筒に沈み込む。

「ン……んぅ」

剛直が柔肉をゆっくりと割り開いていく感覚に、莉央は全身を震わせた。痛みがないことに気づいたのは、半ばまで彼のものをのみ込んだ時だ。驚きで声も出ないでいる間に、篠宮の昂りが莉央の奥深くに沈み込んでいる。

内腿に篠宮の叢が当たっているのが分かった。彼の、うめき声にも似た息づかいが頭上から聞こえ、それだけで胸が疼くように熱くなる。

「……動きますね」

篠宮は掠れた声で囁くと、莉央の両手を自分の指で搦め捕るようにして押さえつけ、ゆっくりと腰を動かし始めた。

最初は圧迫感しかなかったそこに、昨夜と同じような、甘い浮遊感が立ち込めてくる。

「は……ぁ……ぅ」

ヌチャッ、ヌチャッと淫らな打擲音が響き、攪拌された蜜が内腿に垂れてくる。

腰が浮き上がるような甘ったるい快感は、抽送を重ねる度に強くなり、莉央は自分が、昨夜とは全く別の身体に作り変えられてしまったことを否応なしに理解した。

「お嬢様、すごくきつくて、ヌルヌルです」

「ぁ……や、……い……ンぅ」

彼の昂りをのみ込む度に、腹の底がじぃんと痺れ、ピクッピクっと足の指が痙攣する。

篠宮は、莉央の唇を甘くついばみながら、単調な抽送を飽きることなく繰り返した。時折、指腹で乳首を優しく転がし、そこに舌を当ててヌルヌルと舐めしゃぶる。それが延々と繰り返される。

湯の中をたゆたうような心地いい快感が——同じリズムで優しく続く抽送が——次第に莉央をうっとりするような官能の海に誘っていった。

やがて、散々甘やかされてとろとろに溶けた身体が抱え直され、うつぶせにされる。腰を抱えられた莉央の中に、彼のものが深々と奥まで入ってくる。

「——あっ、ぁ……っ、あ」

突然、目の前で火花が散った。全身が甘くわななき、彼のものをのみ込んだ身体がブルブルと切なく震える。その身体が、背後から激しく揺さぶられる。先ほどとは別人のような荒々しい動きに、声も出ない。

彼の下腹が莉央の丸い尻で弾けて、バチュンバチュンと濡れたいやらしい音を立てる。浮遊感にも似た官能の塊があっと言う間に下腹で膨らんで、それがみるみる甘苦しい快感に変わっていった。

「っ、ア……だめ、あ、だめ、だめだめ、だめっ」

背中がたわんで波打って、頭の中が真っ白になった。自分が何かを叫んだような気がするが、その声も耳に入らない。

意識が戻った時には、甘いけだるさに包まれた身体が、篠宮の雄茎に貫かれ、なおもゆさゆさと優しく揺さぶられていた。

「分かりましたか、お嬢様。これが、中でイく感覚です」

時刻は昼を過ぎていた。

それから後のことは、もうはっきりと思い出せない。気づけば夕陽の差し込む部屋で、莉央は彼の上に跨って、突き上げられるままに腰を上下させていた。

「ぁっ、……ぃ……、ンっ、気持ちぃ……」

　耳に響く淫らな声が、自分のものだとは思えなかった。弾む視界の下では、篠宮が薄く笑って莉央を見上げている。

「……そうそう、とてもお上手ですよ。お嬢様」

　寝て、起きて、セックスしてまた寝て。あの後、いつ食事を取ったのかも思い出せない。ただ、ずっと篠宮のベッドにいて、彼に愛され続けていたような気がする。——

　そして今、その延長のようなベッドの中で、今も莉央は、篠宮の指で花筒を甘く穿たれながら、全身を薄桃色に染めて双眸を潤ませていた。

　それでも頭の片隅に、時折もやのような不安が——現実がよぎる。

　明日はもう月曜日だ。ずっと篠宮とこうしていたいが、おとぎ話と違って現実はこの部屋で完結しない。

　篠宮は大丈夫だと言っていたが、本当に役所に離婚届を受理させない手続きをしなくていいのだろうか？　一度弁護士に相談した方がいいと思うし、港に残してきたスマホのことも気にかかる。

　しかも、明日からの仕事はリモートですることになったが、そのことをシアにさえ知らせていない。リモートの準備とか、社員への情報共有とか、会食やインタビューのキャンセルとか——全部任せてくれと篠宮には言われたが、本当にそれでいいのだろうか。

「っ、——ぁ」

その思考を遮るように、固い熱塊が内腿の間に割り込んできた。我に返った莉央が声を上げるより早く、篠宮の上反りが狭い蜜道を割り開き、みちみちと中に入ってくる。

「大丈夫、ちゃんと避妊はしています」

かすかに笑う篠宮は、莉央には人ではない別の生き物のように見えた。美しい淫獣——いや、魔のもの。その瞳に見つめられると魅入られたように動けなくなる。

「ン……んぅ、ンッ」

奥の奥まで熱い塊で埋め尽くされて、莉央は白い歯をこぼして甘くうめいた。たったこれだけで快感を覚えるほど、莉央の身体は彼に作り変えられてしまっている。

「もう、すっかり私の形を覚えてしまいましたね」

莉央の片足を抱えた篠宮が、バチュンバチュンと腰を打ちつけながら意地悪く囁いた。

「私のものを……こんなに可愛らしく締めつけて、本当に覚えが早くていらっしゃる」

「ゃ……、はぁ」

甘く波打つ身体が、ゆっくりと体位を変えさせられる。うつ伏せにされた腰を抱えられ、背後からノックでもされるように奥まった場所をリズミカルに穿たれる。

「あ、あ……、あ」

莉央はうつむき、突かれる度に切れ切れの声を上げた。覚えが早いのは篠宮の方だ。もう莉央の気持ちのいい場所を把握して、的確にそこばかりを突いてくる。

「昨日のあれを、覚えていらっしゃいますか」

篠宮の囁きに、莉央はびくっと肩を震わせた。昨日のあれ。

「よろしければ、もう一度同じ真似をしてもいいですか。あの時のお嬢様が、とても可愛らしかったので」

「……ぃ、それは、いや……」

羞恥に耳を染めた莉央は、彼を振り払うように腰を振った。いくら篠宮でも、あれだけは、二度として欲しくない。

昨日の夜——二人で軽い食事を済ませ、時間をかけて入浴した後、莉央は篠宮の言いなりに彼の上に跨った。てっきり騎乗位を求められているのだと思ったが、そうではなかった。彼は自身の身体をずらし、莉央に自分の顔を跨がせるようにしたのだ。

びっくりした莉央は、身をよじって逃げようとしたが、すぐに篠宮に捕らえられた。彼は、莉央の両腕を背中に回して重ねると、手首をナイトガウンの紐で拘束した。

篠宮がそんなことをするとは思ってもいなかった莉央は、驚いて、混乱して——なのに、身体の芯が熱くなるような奇妙な興奮に、やがて身体も心も支配されていった。

跨いだ篠宮の目に見つめられながら、彼の舌で花筒を舐められ、吸われ、穿たれる。逃げよう隠すこともできない乳首を、指で擦られ、つままれ、好きなように捏ねられる。逃げようにも、縛られた紐の端を篠宮が握っているから逃げられない。

何より苦しかったのは、快感でもだえる身体を、彼を跨いだ膝だけで支えることだ。膝の力が抜けてしまえば、自分の恥ずかしい場所で、彼の顔を覆ってしまうことになる。

二度――三度、繰り返されるオルガズムの波に懸命に耐えた莉央だが、その直後に膝が崩れ、盛大に彼の顔上に尻餅をついた。その瞬間の、世界が終わったような絶望的なショックは、今でもありありと思い出せる。

羞恥で放心状態になった莉央を、篠宮は優しく抱え起こしてうつ伏せにする。そして果実の芯のような蜜口を割り開き、硬くなった陰茎をゆっくりと最奥まで挿入した。

快感で瞼が震え、指先にピリピリとした痺れが走った。突かれる度に甘い声を上げる莉央の、白桃のような瑞々しい尻を、彼の手がからかうように軽くはたく。その刹那、何故だかじぃんと胸が熱くなった。

もう一度、同じように軽くはたかれる。もう一度。

どうしてだか分からない内に、痺れるような快感が下腹部いっぱいに広がって、のみ込んだ彼のものを、自分でも分かるほどきゅうきゅう甘く締めつけていた。

初めて味わう異様な興奮状態に、頭の中は真っ白だった。彼の手のひらを尻肌で感じる度に、鼻先で白い光が弾けて背筋を甘い電流が駆け抜ける。ヌプッヌプッと絶え間なく突かれる奥が熱い。次の瞬間、彼の肉茎をのみ込んだ場所から熱いものが迸って――。

「……ぁっ、はぁ、あ」

その時の記憶に触発されたように、今、昨夜と同じ体位で彼に貫かれている莉央の中にも、みるみる熱い快感が込み上げてきた。

鼻先で光が弾け、彼のものをくわえ込んだ膣肉が収縮する。腰を動かす篠宮の手が、昨夜と同じように軽いタッチで尻を弾くと、

「ンっ、だめ、や……っ、抜いて、抜いてっ」

「どうして？　すごく締まって気持ちがいいのに」

「うぅ……っ」

「私も昨日まで知りませんでした。お嬢様は、おしおきされるのがお好きなんですね」

もう自分ではどうしようもなかった。ピュッピュッと噴き出たものが、シーツに大きな染みを作る。

「……あ……やだぁ」

なおも溢れだしたものがとめどなく腿を濡らし、それを篠宮の肉茎が濡れた音を立てて攪拌した。力をなくした身体を揺さぶられながら、いつしか莉央は子供みたいにすすり泣いていた。

「困ったお嬢様だ。またシーツを取り替えないといけませんね」

「っ……、ひ……、く……っ、ひっく」

「よしよし。大丈夫ですよ。私が全部綺麗にしてさしあげますから」

「ン……でも」

「昨日も言いましたが、今のは粗相じゃないんです。お嬢様が私に馴染んでくださった証ですから」

キスと言葉で甘やかされ、ようやく気持ちが落ち着いてくる。すると一度は引いた官能の波が、優しい抽送のリズムに合わせて、徐々に高まり始めてきた。

莉央の呼吸が弾むのを見計らって、篠宮が体位を変えた。横臥した莉央が、背中から篠宮に抱かれている格好になる。背後から片足を持ち上げられ、熱く滾った剛直がヌプヌプと奥に入ってくる。

「……ぁ……ぅ、……ン、は……ぁ」

重くなった瞼の奥で火花が散った。一転して篠宮の動きが荒々しくなる。思考が虚ろになり、甘ったるい浮遊感が一気に莉央を押し上げる。

「――っ、ぁ……ぃ、いく、いくいく……いっちゃう」

彼の腕の中でビクッビクッと身体が跳ねた。

真っ白な高みに放り出された身体が、次の瞬間暗い闇に沈んでいく。

眠りに落ちる時のようなぼんやりとした意識の中、人形みたいに力をなくした身体が、彼の腕できつく抱き締められるのが分かった。

「お嬢様――」

篠宮の熱い舌が、貪るように莉央の口内をまさぐった。

「どこにも行かないで、ずっと、私の傍にいてください」

仰向けにされた身体の中に、一度は抜けた肉槍が荒々しく入ってくる。

「はっ……はっ」

ぐったりと穿たれるままになっている莉央の額を、彼の前髪が何度も掠めた。荒い呼吸、熱を帯びた双眸。揺さぶられ、容赦なく奥を突かれながら、初めて莉央は、篠宮の執着にかすかな不安を覚えていた。

これだけ愛し合っても、篠宮はまだ満たされていないのだ。何故だろう。何をそんなに恐れているんだろう。何がそんなに不安なのだろう。

もしかして、私がまた瀬芥のところに行くとでも思っているのだろうか――？

本当のことを言えば、莉央にも絶対にそうしないという自信はない。

瀬芥が本気になれば、莉央と篠宮を引き離すことなど実にたやすい。もし瀬芥が篠宮に危害を加えると分かったら、莉央は迷わず篠宮を守る選択をするだろう。

篠宮だって万能じゃない。一度は莉央の行方を見失ったし、救出するために瀬芥の手を借りなければならなかった。火災に見せかけた仕掛けにしても、うまくいく保証などなかったはずだ。

（会長とは一切連絡を絶つと約束してくださいますか）

金曜の夜、そう言った篠宮の目にあった深淵を、莉央は過去に一度見たことがある。それが今朝の夢だった。父の墓前で莉央の肩を強く摑んだ篠宮の目。あの時の彼も、金曜の夜と同じで、莉央ではない別の誰かを見ていた。――

「……し、篠宮、待って」

私はまだ、この人のことを何も知らない。

子供の頃からずっと好きだったくせに、彼の心の奥底にあるものを何も知らない。それと同じように、篠宮もまた私のことを何も知らない。

動きを止めた篠宮が、肩で息をしながら莉央を見下ろした。

「どうしました？」

「どっか、……連れてって」

莉央は両腕を伸ばし、目を見張る彼の首を抱き寄せた。

「……、どっか？」

「今日は、外でデートしよ？　篠宮と、恋人みたいにイチャイチャ……したい」

「………」

多分私たちは、何もかもが足りていない。思えば主従という顔以外、互いに見せ合ったことすらないのだ。その関係を手放したのはたった二日前で、まだ互いの呼び方さえ改められていない。

身体ではなく、言葉で、もっと他のもので彼の不安を埋めてあげたい。好きだって沢山伝えて、ずっと一緒にいるという実感と覚悟を二人で一緒に作っていきたい。

しばらく黙っていた篠宮が、かすかに喉を鳴らして苦笑するのが分かった。

「分かりました。でも、今、それを言います？」

「だ、だって」

「お嬢様の好きなところへお連れします。でもその前に、私の熱を鎮めてください」

囁いた篠宮が、莉央の手を取って自身の下腹部に誘った。思わず目を伏せた莉央の目尻に、そっと優しく口づける。

唇に移ったキスはすぐに深くなり、莉央の思考は再び甘い嵐にのみ込まれていった。

◇

「わぁ、きれい」

川岸いっぱいに広がる枝垂れ桜に、莉央は感嘆の声を上げた。

「こんなに桜が残ってるとは思わなかった。すっごく素敵、ロマンチック！」

「といっても、もう殆ど散っていますがね」

篠宮は苦笑して、手漕ぎボートのオールから手を離した。

東京、千鳥ヶ淵《ちどりがふち》。ここは都内随一の桜の名所として、昼夜を問わず多くの観光客で賑わう場所だ。ただ、もう桜の季節は終わっており、濠に枝垂れる桜の半分以上が散っていた。

桜が見たいと言う莉央のリクエストに応え、篠宮がここに連れてきてくれたのだが、正直言えば意外だった。こんなベタなデートスポットをまさか篠宮が知っていたなんて。

桜の見頃は過ぎても、濠にはカップルを乗せたボートが数多く漂っている。

晩春の日没は早く、午後七時前だというのに空は早くも夜の帳に覆われていた。

「し……鷹士君、何か飲む？」

カップルの巣窟みたいな場所のせいか、どこか居心地の悪そうな篠宮を、莉央は甘えた目で見上げた。

「……じゃあ、お嬢……莉央……様の淹れたコーヒーを」

「──ちょっと待って。様じゃなくて、ちゃんでしょ」

「──すみません。せめて外では、さんにさせてくれませんか」

よほど「ちゃん」呼びが苦手なのか、今日の篠宮は、珍しく順応性の悪さを露呈している。呼びにくいのは莉央も同じだが、篠宮の困った顔を見るのが楽しくて、しばらくはこの呼び方を継続させるつもりでいた。

「はい、どうぞ」

持参したステンレスボトルから、家で淹れたコーヒーをカップに注いで篠宮に渡す。たったそれだけのことが嬉しくて、莉央は口元をほころばせていた。

篠宮のために何かを用意したのは初めてだ。本当は軽食も作りたかったが、さすがにそんな時間はなかった。昼前にはベッドを出た二人だが、風呂に入ったり、汚してしまったシーツを取り替えたりと、現実に立ち返ればしなければならないことは沢山ある。

しかも、寝室を出る前に彼から提案されたことが、莉央を余計に気ぜわしくさせていた。

(実は、瀬芥会長との交渉がまとまるまで、日本を離れてはどうかと思っています)

(今、バンクーバー辺りで長期滞在できるホテルを探しています。一カ月程度、リモートで仕事ができるよう環境を整えますので、私と一緒に行っていただけないでしょうか)

突然のことに唖然とした莉央だが、考えてみれば断る理由は特になかった。どうせ月曜にはマンションを出て、一カ月程度ホテルに滞在する予定だったのだ。それが海外に変わったところで、仕事に支障が出るわけではない。

莉央にしても、篠宮と瀬芥が物理的に離れていた方が安心できるし、何より篠宮の不安が少しでも軽減されるなら、その方がいい。

気になるのは、施設にいる祖父のことだけだが……。

莉央は首を横に振り、無理に気持ちを切り替えて、バッグからスマホを取り出した。

「ねぇ、写真撮るから、こっちに寄って？」

「写真なら、さっきも散々撮りませんでしたか」

「だって、桜と一緒に写りたいもん。ほら、もっとこっちに来てよ」

無理に身体をねじってスマホを持った腕を伸ばし、篠宮と二人の写真を撮る。

「あ、篠宮……鷹士君が目をつむってる。もう一枚、もう一枚」

「だから、無理に呼ぶのはもうやめましょうよ」

篠宮がげんなりしているのも当然で、写真ならもう何十枚も撮っていた。スマホを取りに行った東京港、車中、夕食を取ったレストラン。そして駐車場からここまでの道中。

その時、舞い降りた桜の花びらが、彼が持っていたカップの中にふわりと落ちた。

「注ぎ直そうか」

「いいですよ、このままで」

篠宮は優しく苦笑し、カップに形のいい唇をつける。

「この時期でもこんなにきれいなら、もう少し早く来ればよかったですね」

スーツの上着を脱いでいる篠宮は、ライトアップされた夜桜を背景にしているせいか、いつも以上にその美貌が際立って見えた。でも、それはもしかすると、つい数時間前までの乱れた彼を、莉央が知ってしまったせいかもしれない。

折り目正しいシャツの下には、なまめかしい喉と鎖骨があり、腹筋の秀でた引き締まった腹がある。弾かれそうに固い臀部と、スーツ姿からは想像もできないほど逞しい太腿。

世界中でそんな篠宮を知っているのは莉央一人……一人……だと思いたい。

「どうしてこんな場所を知ってたの？」

スマホを収めながら、もじもじと莉央は言った。

「い、言いたくないいなら言わなくていいけど、誰かと来たことがあるのかなーと思って」

「東京に長く住んでいたら、観光名所くらい知っていますよ」

篠宮は呆れたように眉を上げる。

「それに、桜の時節はここでよく散歩するんです。昔住んでいた場所に少し似ているので、懐かしさがあるのかもしれませんが」

「……そういえば篠宮って、桜が好きだったよね」

「私がですか？」

確か、そういう――おぼろげな記憶がある。

「好きだったじゃん。いつだったか覚えてないけど、好きだって言ってたことがあったよね。それで私、桜の香水をつけるようになった記憶があるんだけど」

「すみません。覚えてないです」

「えーっ、なにそれ」

「そもそも、桜の香りもよく分からないし」

喉で笑いを堪えながら、篠宮は空になったカップを莉央に返した。

「私には、それがお嬢様の香りのような気がします」

「…………」

なにそれ、どういう殺し文句？　桜が好き、桜の香りが私、つまり私が好き……？

きゃーっと声を上げようとした時、大切な言葉をスルーしていたことに気がついた。

「――昔ってうちに来る前のこと？」

「え？」

「さっき、ほら、昔住んでいた場所に似てるって。それってうちの前に住んでいたところ？」

過去を一切語らない篠宮が、自ら昔のことをほのめかしたのは初めてだ。実は、そういう話がしたくてデートしようと言ったのだが、さっそく効果が出たのかもしれない。

「もう少し前かな。東京に出て来る前のことなので」

「えっ、知らない、その前はどこに住んでたの？　確か中学は東京だよね」

「中二でこっちに出てきたんです。その前は結構な田舎にいましたよ」

そこで話を打ち切るように、篠宮は再びオールをこぎ始めた。残念だが、情報開示はここまでということだろう。

ただ、東京に出てくる前の彼の人生が、決して幸福でなかったことは察している。

これは叔父から聞いたことだが、篠宮は、単に祖父の財団から奨学金を得ていただけでなく、生活資金の全てを祖父から援助されていたらしい。目をかけられていたと言えばそれまでだが、逆に、全く身寄りがなかったとも言える。

もっと篠宮のことを知りたい。他の人が知らないことまで全部。でも、その前に自分が話さないといけないことがある。

ライトアップエリアを離れたボートが、葉ばかりになった枝垂れ桜の陰に入った。そこは照明も途切れて人気もなく、束の間二人は世間から隔離された状態になる。

オールを置いた篠宮が手を伸ばしてくれたので、莉央はボートのバランスを崩さないよう、用心深く彼の方ににじり寄った。

「こんな乗り方して、怒られないかな」

「誰も見ていないから、大丈夫ですよ」

大きな腕が、背後から莉央をそっと抱き寄せてくれる。彼の優しい香りと温かさに包み込まれ、もう二人は他人じゃないんだという気持ちが改めて幸福として込み上げてきた。

「……私のこと、話していい？　死んだお母さんのことなんだけど」

普通な感じで切り出したつもりが、語尾が緊張で細く途切れた。このことは、これまでシアにさえ打ち明けたことがない。

「知ってると思うけど、うちは母子家庭だったんだ。最初は鳥取にいたんだけど、そっから色んな街を転々として……覚えてるだけでも三回は引っ越したかな。それだけでも大分おかしいんだけど、名前もその度に変わってたの。田中《たなか》、木村《きむら》、佐藤《さとう》……」

「……その理由を、お嬢様はご存じだったのですか?」

「知らないし、その時は別になんとも思わなかった。まだ三歳か四歳くらいだしね。教えてくれたのはお祖父ちゃん。予想しなくはなかったけど、借金取りから逃げ回ってたんだって。死んだ時も大分借金が残ってて、それ、お祖父ちゃんが全部払ってくれたんだよ」

その借金がどういう約定に基づくものだったのかは定かではないが、母が偽名まで使って逃げ回るくらいだから、相当性質の悪い相手から借りていたのだろう。

もし祖父が助けてくれなかったらと思うとぞっとする。もしかすると莉央が成人した後に、娘という理由だけで返済を求められていたかもしれないのだ。

「お母様のことは、今はどう思っているのですか」

「どうって、昔も今も大好きだよ」

即答したが、そうでない時期だってもちろんあった。

「……引っ越す度に住む場所が狭くなって、昼間働いてたのが夜に働くようになって、昼間っからお酒飲んだり、怒り出したり泣き出したり。怖いなとか嫌いだとか、思ったことも確かにあったよ。でもそれも、私を守るために引っ越しを重ねたせいだと思うとさ」

乳飲み子を抱えたシングルマザー。最初は定職に就いていたのだろうが、退職、再就職を繰り返すにつれて条件のいい会社で仕事をするのが難しくなった。最後の仕事は違法すれすれのファッションヘルスとホステスの兼任。まだ二十代だったその頃の母の気持ちを思うと、今でも胸が苦しくなる。

「最後は九州の、博多《はかた》にいたの。私は四歳で、お母さんが仕事に行ってる間、夜間の保育園に預けられてた。明け方、四時か五時くらいにお母さんが迎えに来てくれるんだけど、それが楽しみすぎてね、ずーっと起きて待ってたんだ」

明け方の閑散とした繁華街を、二人で手をつないで家路についた。たわいもないおしゃべりをしたり、二人で歌を歌ったり。全部が全部幸福な記憶じゃなかったけど、そういう夢みたいな時間も確かにあった。

「……でもある時、待っても待ってもお母さんが来なかったの。六時になっても、八時になっても」

そんなつもりはなかったのに、双眸が不意に涙で潤んだ。莉央は慌ててそれを拭う。

「夕方になって、警察の人とか施設の人が来て、お母さんが死んだって教えてもらった。泥酔して帰る途中に吐いて、それが喉に詰まって死んじゃったんだって。誰にも見つけてもらえなくてさ。そんな……そんな可哀想な死に方ってある？」

(わっ、ひどい虫歯。栄養状態も最悪だし、典型的なネグレクトね)

(この子のお母さん、昼は寝てるし夜は仕事に行ってるから、日中はいつもこの子一人なの。こんなちっちゃな子が、毎日コンビニで二人分のお弁当を買ってくのよ)

その時のやるせない気持ちを思い出し、莉央はぎゅうっと拳を握った。

「お母さんについては、色んな人が色んなことを言ったけど、私は、私の知ってる優しかったお母さんを信じてる。最後は、すごく寂しかったと思う。せめて私が、傍についていてあげたかった」

篠宮は黙っている。風が二人を覆う枝垂れ桜を揺らし、川面に小さなさざ波を立てた。

ようやく自分の物語を吐き出した莉央は、息を詰めるような気持ちで彼の反応を待った。

決して同情して欲しくて打ち明けたわけじゃない。むしろそうされるのが絶対に嫌で、これまで誰にも話したことがなかった。今、閉ざしていた扉を開いて篠宮に過去を見せたのは、彼の心に降りている扉を、少しでも開けて欲しいと思ったからだ。

「……帰りましょうか。そろそろ風が冷たくなってきました」

篠宮の声は労るように優しかったが、この話に深入りしたくないと思っているようにも感じられた。

落胆しなかったと言えば嘘になるが、莉央は努めて明るく「うん」と言った。

人の気持ちを動かすのはそんなに簡単なことじゃない。十代から仕事をしている莉央は、その難しさをよく知っている。篠宮の心を覆う扉は、多分ものすごく重いのだろう。

今、無理にその扉をこじ開ける必要はない。でも、それが自分と彼にとって、避けては通れない障壁のような気がしてしまうのは何故だろう。……

無言でオールを動かす篠宮を見ながら、そういえば、今朝も夢の話をはぐらかされたことを、莉央はふと思い出した。

「今朝、夢の話をしたの覚えてる？　ほら、お父さんのお墓参りに行った時の」

「覚えていますよ」

「その時、篠宮にすごく大切なことを言われた気がするんだけど……なんだったんだろ」

「なんでしょうね。何年も経って言われても、さすがに思い出せませんよ」

その通りだ。というより私は、どうして今まで、そのことを一度も篠宮に確認しなかったのだろう。

いや、そもそもあの時――。

本当に篠宮の声が聞こえていなかったのだろうか？

何故だかそれ以上考えるのが不安になって、帰りの車中、莉央はひっきりなしに話をした。シアと中島のこと、扱いが面倒な芸能人の話。彼が楽しそうに笑うので、莉央もようやくほっとする。だから、バッグの中でスマホが鳴っているのにも気づかなかった。

「……叔父さん？」

車がマンションの駐車場に停まった時、スマホを見た莉央は思わず声を上げた。

「――、ごめん。着信拒否にするつもりが忘れてた。もしあれだったら、篠宮が叔父さんにかけ直してくれる？」

平静を装ってそう言ったものの、内心ではうっかり叔父と口走ったことを後悔していた。叔父がスマホに電話してくることなんて滅多にない。これは、間違いなく瀬芥から連絡がいったのだ。そのことが篠宮を再び不安にさせた気がして、莉央は、彼の目の前で叔父の番号を着信拒否にした。

とはいえ内心では、一人になったら叔父に折り返しの電話をするつもりでいた。もし用件が祖父のことなら、莉央にはどうしても無視できない。

「二、三、仕事を片付けてから篠宮の部屋に行くね。ちゃんと起きて待っててよ」

わざといたずらっぽく言って、自分の部屋の扉を開けようとした時だった。

「家族は呪いだと言ったんです」

——え……？

背後から腕を摑まれた莉央は、そのまま彼の腕に抱きすくめられていた。

「し……篠宮？」

共用扉に押しつけられ、両腕を拘束された状態で強引に唇を塞がれる。彼の熱が唇から一気に入り込んできて、胸がずくんっと甘く疼いた。

やがて立っていられなくなった莉央は、息を弾ませながら篠宮の肩に両手を回した。それを待っていたように篠宮が自身の上着を脱ぐ。スーツジャケットが小さな風音を立てて足元に落ちた。くちゅ、くちゅっと、絡んだ舌が湿った音を立てる。

キスがあまりに情熱的すぎて、頭の芯がくらくらした。篠宮の手がワンピースをたくし上げ、腿を熱っぽく撫で上げる。同時に背中のジッパーを下ろされて、ブラジャーのホックを外される。

「……っ、ど、どうしたの？」

キスの間隙で、そう聞くのがやっとだった。篠宮は答えず、自身の下腹部を莉央の内腿に押しつける。そこはスーツ越しにもはっきりと分かるほど熱く滾り、ゴリゴリとした硬い感触が、莉央の下腹を甘く痺れさせた。

ワンピースが二の腕まで下ろされ、ふたつの乳房が露わになる。篠宮は、どこか荒っぽい手つきでそれを押し揉みながら、もう片方の手をショーツの内側に滑り込ませる。

「ン……っ」

人差し指と薬指が花びらを押し開き、中指が花筒に沈み込んだ。すぐに滲み出た蜜が彼の指を包み込み、ヌチュ、クチュと甘い音を立て始める。

「ふ……ぁ」

人感センサー付きの照明が、立ったままで絡み合う二人を淡黄色の光で照らし出している。ベルトを外す金属音が響き、扉で自重を支える莉央の片足が、膝裏を抱えられるようにして持ち上げられた。

切れ切れに喘ぐ莉央の中に、怒張したものが一気に侵入《はい》ってくる。一気に高みに押し上げられた莉央は、細い声を上げて瞼を震わせた。篠宮の吐く息も、普段の彼とは別人のように荒々しく昂っている。キスも前戯も、何もかもが性急なセックスは、睦み合う二人を不思議なくらい高揚させていった。

「――、ぁ……っ、は……ぁ」

細く、掠れた声を上げて、莉央は切ない官能に身を震わせた。まるで花火のように激しく短い快感の余韻が、澱のように全身に重く落ちてくる。殆ど間をおかず、彼が自分のものを引き抜き、腿に熱い迸りが飛び散った。

声もなく、荒い呼吸を繰り返す二人は、しばらく互いの汗ばんだ身体を抱き締め合っていた。その時になって莉央はようやく、篠宮が行為の最中一度も莉央を見なかったことに気がついた。

ぼんやりと見上げた彼の肩に――千鳥ヶ淵から着いてきたのだろうか、桜の一片が貼り付いている。それに指を伸ばしかけた時、

「もう、過去は忘れませんか」

ひどく暗い声で、篠宮が囁いた。

「お嬢様が大切に思われている人たちが――旦那様にしろ、お母様にしろ、本当に善人だったと思いますか?」

「…………」

「彼らの人生に起きた悲劇を、自分の責任のように受け止めるのは間違っている。そこに囚われてしまったら、お嬢様が不幸になる」

言われている意味が分からなかった。莉央は、眉をひそめて篠宮を見る。

篠宮が母のことを口にしたのは、千鳥ヶ淵での莉央の告白を受けてだろう。でもどうして、そこに祖父まで出てくるのだろうか。

「旦那様はご立派な方ですが、息子の晴臣様は選民意識が高く、他責感情が非常に強い。ご長男の貴臣様は、妊娠した恋人の苦境に手を差し伸べようともしなかった。──私は、少なからず旦那様にも、そのような側面があると思っています」

淡々と語る彼の目は星のない夜のようで、目の前の莉央さえ見ていないようだった。

「家族は呪いです」

その瞬間、莉央の脳裏に、十年前に墓地で聞いた彼の言葉が蘇った。

鐘の音に紛れてはいたが、確かに篠宮はこう言ったのだ。

(家族は呪いです)

今と同じ、深淵のような暗い目で。まるで見えない何かを見ているような眼差しで。

(家族なんて、捨ててしまえばいいんですよ)

◇

『両思いになったのは篠宮さんから聞いてたけど、まさか、早速新婚旅行に出発するとは思わなかったわ』

パソコンのモニター画面に、シアのからかうような笑顔が映し出されている。

『にしても、親友の私に対する報告が遅すぎない？　スマホに電話してもつながらないし、篠宮さんから連絡があるまで気が気じゃなかったんだからね』

「ごめん。色々あってスマホが使えなくなっちゃったの。——あと、チェックした資料、今ファイル便で送ったから」

莉央は内蔵カメラに向かって笑顔を返したが、気持ちはどこか沈んでいた。

明けて月曜の午前中。今、莉央がいるのは羽田《はねだ》空港の近くにあるシティホテルだ。篠宮が押さえてくれた部屋は最上階のスイートで、空港が見下ろせるロケーションは本当に素晴らしかった。

(なんだか、本当に新婚旅行に来たみたいだね)

莉央は終始はしゃいでみせたが、本当は不安でいっぱいだった。

玄関で情を交わしてからの篠宮が、何を考えているのか分からない。昨夜は数日ぶりに自分の寝室で寝たが、篠宮はその寝室に面したリビングにいて、おそらくまんじりともしていないはずだった。

莉央のスマホは、今、篠宮が持っている。昨夜、莉央のスマホから叔父に折り返したいというから渡したが、そのまま返してもらえていない。

篠宮の態度をああも硬化させてしまったのは何だろう。莉央にはそれが、母親との過去を話したことだとしか思えなかった。

『てか、情報量が多すぎて頭が回らないんだけど、その髪型、どうしちゃったの?』

シアの声で、ぼんやりしていた莉央は我に返った。キーボードを叩くシアがいるのは、RIOのエグゼクティブルームだ。中央のソファに座る彼女の肩越しに、大あくびをしながら自席に向かう中島の姿が映り込んでいる。

『いくらなんでも雰囲気変わりすぎでしょ。最初、別人かと思っちゃった』

「持ってる服が全部似合わなくて困ってるとこ。会議資料は、それでよかった?」

笑ってそう答えながら、思考は再び昨日の出来事に吸い寄せられていった。

(家族は呪いです)

父の墓前で吐いた言葉を、篠宮は昨夜も繰り返した。

その時はっきりと思い出した。十年前、莉央は彼の声を聞き取れなかったのではない。あの時の彼の言葉や雰囲気が怖くて——自分の知っている篠宮とは違う人を見ているようで——意図的に思い出さないようにしていたのだ。

昨夜、一人きりのベッドで、自分にはそういうところがあると改めて莉央は思っていた。

一度誰かを信頼してしまったら、その人の悪評に耳を貸さない。おかしいと思っても、目をつむって考えないようにする。自分の中で大切にしているその人のイメージが崩れるのが恐ろしくて――まるでようやく手に入れた幸せを失ってしまうようで……。

篠宮はさっきまで一緒にいたが、渡航手続きがあると言って出ていった。一人になってすかさずウェブ会議にアクセスしたのは、もしかするとシアと連絡を取ることすら、篠宮は快く思っていないような気がしたからだ。

『あ、ごめん。この資料古いやつだった。ちょっと待ってて』

そこで、イヤホンを外したシアが席を立ったので、モニター画面の視界が開けた。背後は中島のワークスペースで、椅子に座ってスマホに耳を当ててる中島が映り込んでいる。

『え、じゃあ一年は帰ってこないんですか？　いや、そりゃホテルは三月から押さえてますよ。確かにバンクーバーなら、長期で滞在できるビザが取りやすいでしょうが』

突然耳に飛び込んできた中島の声に、莉央はドキリとして息をのんだ。

その中島の目が、ちらっとこちらに向けられる。シアがウェブ会議をしていたことにようやく気づいたのか、中島は急いで席を立った。

『でも、あのホテルは蜂蜜王子のために押さえていたんじゃ』

最後にそんな声だけが聞こえ、パタンと扉が閉まる音がする。

莉央は、目を見張ったままで固まった。――蜂蜜王子？

蜂蜜王子は、最後の偽装恋愛の相手だ。とにかく思い込みの激しい男で、頼んでもいないのに、莉央の婚約を破棄させようとしてくれた。婚姻届を偽造したり、海外移住を計画したり——でもそれらの企みは、篠宮によって阻止され、結局、その騒動が原因で、篠宮と偽装結婚することになったのだ。

その蜂蜜王子の名前が、何故このタイミングで出てきたのだろう。

一年は帰らない。三月から押さえているホテル。そしてバンクバー……。

（今、バンクーバー辺りで長期滞在できるホテルを探しています）

突然、見えない何かが頭の中でつながった。莉央はウェブ会議から一時退出すると、切り替えた検索サイトに〈蜂蜜王子〉と打ち込んだ。

トップに出てくるのは莉央との交際宣言のニュースだ。日付はどれも三月初旬。トピックの中には、〈莉央社長結婚！　蜂蜜王子は傷心旅行へ〉という見出しも含まれている。

パソコンで写真投稿型ＳＮＳを開いた莉央は、そこで新しいアカウントを作った。騒動後、蜂蜜王子とは互いにブロックし合っているから、今のアカウントでは蜂蜜王子の投稿内容を見ることができない。

見出しにもあったように、蜂蜜王子は今、世界中を旅している。莉央も、彼が騒動後に出国したことは知っていた。というより篠宮が、蜂蜜王子を瀬芥から逃がしてやったのだ。

（でも、あのホテルは蜂蜜王子のために押さえていたんじゃ）

中島が電話していた相手は篠宮だ。でも、蜂蜜王子のためにというのはどういう意味だろう。逃がしたことまでは理解できるがホテルを押さえていた？　しかも三月から……？

眉を寄せた莉央は、蜂蜜王子の投稿写真をひとつひとつ遡って見ていった。

三月の半ばまで遡ると、日本にいた頃の写真になる。有名人との交遊や、日課にしているジムでの筋トレ、さすがに莉央と一緒の写真は削除しているようだ。二月——莉央と知り合う前の投稿になる。前年の十二月になり、さすがに諦めようと思いかけた時だった。

莉央は唾をのみ込んでから、ようやく見つけたその一枚を拡大した。

ラウンジでの自撮り写真。蜂蜜王子の隣に座る誰かの手が、グラスの横に写り込んでいる。見切れたその手首に光っているのは、オメガのシーマスター……。

莉央は凍りついたように動けなくなった。

むろん、篠宮が蜂蜜王子と会っていたとしても、別におかしなことではない。でも、もし二人が内通して、あの騒動を起こしたのだとしたら？

篠宮の目的はなんだろう。私との結婚？　なんで？　そんな真似しなくても、私の気持ちは分かっていたはずなのに。好きだって、一言そう言ってくれれば……。

混乱しながら画面を閉じた時、画面右下に通知が来ていることに気がついた。ウェブ会議のサイトからだ。そういえば、退出してからもう三時間近くが過ぎている。

『——心配したじゃない、なんで突然いなくなったのよ！』

再びウェブ会議を開くと、シアの怒った顔が現れた。が、すぐに彼女は面を和らげ、

『どうしたの、ひどい顔して。もしかしてお祖父さんのことで何か聞いた?』

「……お祖父ちゃんって?」

眉をひそめて問い返すと、シアは明らかに驚いた顔になった。

『まさか莉央、聞いてないの?』

『ちょっとシアちゃん、それ、言わない約束だろ』

中島の声がそこに入ってくる。横を向いたシアが、その中島を押しやるのが見えた。

『聞いてない方がもっとまずいでしょ。——莉央、さっきあんたの叔父さんから会社の代表に電話がかかってきて、お祖父さんが危篤だからすぐに連絡するよう伝言されたのよ。でも、それは嘘だって篠宮さんが』

心も思考も凍りつくのが、その時分かった。

『莉央さんを引き留めるために、瀬芥会長とぐるになってるだけだって。俺が直接篠宮さんに聞いたから間違いないよ。莉央さん、心配しなくて大丈夫だからね』と、中島。

『とにかく、篠宮さんに連絡してみれば?』

『そうだよ、まずは篠宮さんに連絡して篠宮さんの言葉を信じなきゃ』

今はその篠宮が一番信じられないと言ったら、二人はなんと思うだろうか。

とにかく祖父の容態を自分の目で確認しよう。篠宮と話すのはそれからだ。

第四章　全く無意味な恋愛ドラマの定番展開

目の前を、急行列車が通り過ぎていく。

それを見送る准也の額から、一筋の冷や汗が滴り落ちた。

「ねぇねぇお母さん、電車さん、行っちゃったよ」

母の膝に抱かれた妹の真由《まゆ》はご機嫌だった。

四月になったばかりの日曜日。今日は、何カ月かぶりに行ったレジャーランドで夕方まで遊び、デパートで新しい服や玩具を沢山買ってもらった。夜に入ったレストランでは、贅沢な食事をお腹いっぱい食べ、最後はデザートまでついてきた。

まるで、父が家にいた頃のような休日だった。

ホームのベンチに座る三人の母子の前を、帰路を急ぐ会社員が通り過ぎていく。

准也は、自分の腕を摑んでいる母の手を見た。

痩せて筋張ったその手は、電車がホームに近づいてくる度に万力のように強くなり、停車すると気が抜けたように緩む。それをもう、五回以上繰り返している。

それが何を意味しているのか、三本目の快速列車が停車した時に、准也はようやく気がついた。

横目で窺った母の顔は、もはや人間のものではなかった。顔色は真っ青で、目は血走って吊り上がり、髪が逆立っているようにすら見える。もし鬼というものが現実にいるなら、きっとこんな顔をしているのだろう。

「お母さん、真由、また今日の遊園地に行きたいよ」

そんな母にしがみついて甘える妹を、准也は焦れるような気持ちで睨みつけた。

——真由、どうして気づかないんだよ。

お母さんは、俺と真由を殺そうとしているんだ。

その腕の青あざだって、背中にできた火傷だって、全部お母さんにやられたものじゃないか。なんで分からない。なんで離れない。そんな奴、もう人間じゃないんだ。

一家の父親が失踪したのは、今から三年前である。おそらくその少し前に、父は事業で失敗し、かなりの借金を負ったのだろう。

一家は高級住宅街の一軒家から、薄汚い雑居ビルの一室に引っ越し、絵画にフラダンスにと多趣味だった母は、習い事を全てやめてパートに出るようになった。

その時、妹の真由は一歳になったばかり。その頃から真由のおしめ替えは准也の仕事になった。別に強制されたわけではなく、いつも排泄物でパンパンに膨らんだおしめをしている真由が可哀想だったからだ。

やがて、真由に対する母のふるまいは、明確な虐待になった。世話をしない。食事をやらない。泣いてぐずると叩いたり蹴ったりする。一方で母は准也を唯一のよすがとして溺愛し、お腹を空かせた真由が准也の食事を盗み食いした時など、まだ三歳だった真由の顔が腫れるまで叩き続けた。

准也は、崩壊した家庭の中で、必死に妹を守り続けた。家に金銭的な余裕は全くなかったから、友達から借りた漫画をネットに違法アップロードして金を稼ぎ、それを給食費や文具代、そして妹の食事代に当てたりもした。

いずれにしても、弱者である妹を徹底的に虐め抜く母親に、准也は自分が暴力を振るわれるよりも深く傷つき、母という人への失望と憤りを募らせていったのだ。――

今、その准也のわずか数メートル先に、リアルな死が真っ黒な口を開けている。

列車が轟音を立ててホームに滑り込む度に、心臓が凍りつき、恐怖が膨れ上がっていく。自分一人なら逃げられる。でも、真由をこのまま置いていくわけにはいかない。なんとかして、母が決行する前に真由を連れて逃げなければ――。

その時、列車の到着を告げるベルが鳴り、母がいきなり立ち上がった。もう何も考えられなかった。准也は母の手を振り払い、同時に、その腕から妹を奪い取った。
「――准也！」
母の叫び声に、駅構内のアナウンスが重なった。『まもなく、三番ホームに……』
必死で走る准也の腕から、真由の身体がすり抜ける。『……行きの快速列車が……』
尻餅をついた真由は、驚きの目で兄を見上げた。『ホームにお立ちのお客様は……』
「真由、早く！」母が、人混みをかきわけて追いかけてくる。『白線の内側まで』
助け起こそうとした准也の腕を、真由は怒りを込めて振り払った。『お下がりくださ
い』
「お母さんと一緒にいる！」
きびすを返して駆け出した妹の小さな身体が、駆け寄った母親に抱き上げられる。
真由をしっかりと抱き締めた母は、最後に顔を上げて正面から准也を――。

＊＊＊

『――聞いてるの？　篠宮』
その声で我に返った篠宮は、はっと眉を上げて瞬きをした。
目の前にはノートパソコンのモニター画面。隣に置いたスマホから響く女の声。

束の間過去に引きずり込まれた身体は冷たく、額には夢と同じ脂汗が滲んでいた。

『せっかくの情報を無駄にしちゃって馬鹿みたい。いくらあの子を助けたいからって、あんなに早く手の内をさらしてどうすんの。あなたが五十四階から何も盗み出せなかったことくらい、今頃、瀬芥も気づいてるわよ』

それは、あんたが余計なことをしたせいだろう——と思ったが、黙っていた。

電話の相手との共闘関係は、それで完全に終わったはずだ。この件について篠宮から話すことは何もない。

時刻は午後五時になろうとしていた。暗く翳った部屋の片隅には、莉央のスーツケースが置かれたままになっている。

ノートパソコンの検索履歴で、莉央が何にたどり着いたのかは察しがついた。蜂蜜王子との結婚騒動は篠宮が仕組んだものだと、きっとどこかで勘づいたのだろう。

出国前に、どうしても処理しなければならない問題があったのだが、莉央と離れたのは失敗だった。——いや、リスクがあるのは分かっていたはずなのに、何故自分は彼女を一人にしたのだろうか。

（お母さんと一緒にいる！）

「…………」

最近、何度もあの日の夢を見る。そして、その都度考えないようにしていたことが頭をよぎる。昨夜はそれで一睡もできなかった。もし——もし、自分が傍にいることで、莉央が最悪の選択をしてしまったら。

『私は飛ぶわ。当分日本には戻らないつもりよ』

女——東谷翠の声が、篠宮を再び現実に引き戻した。

『今回の騒ぎで、あの馬鹿もさすがに離婚を決めたらしくてね。弁護士を雇って私の素行を調査し始めたの。過去がばれるのも、もう時間の問題でしょ』

一緒に行かない？——と、艶を含んだ声で翠は続けた。

『どうせ、離婚と引き換えに瀬芥と取引するつもりなんでしょうけど、無駄よ。——知ってた？ あいつがワンとかいう傭兵崩れの人殺しをボディガードに雇ったのはね。いつかあなたに裏切られた時のためなのよ』

篠宮が黙っていると、はぁっと電話の向こうから呆れたようなため息が聞こえた。

『だったら最後に教えてよ。なんで瀬芥みたいな悪党が、あんな小娘に執着してたわけ？ あの子が瀬芥にとってのアキレスの踵だと思ったのは、私の勘違いだった？』

「私は最初に忠告したはずですよ。お嬢様にだけは手を出すなと」

翠は過去の犯罪の証を瀬芥に摑まれ、何年もいいように使われてきた。その悪縁を完全に断ち切るために瀬芥の弱みを握ろうとしており、それで莉央に目をつけたのだ。

愛人関係にあった伊月旬を使って、莉央をS島におびき出すよう仕向けたのは、そこで何が起きたとしても瀬芥にとっての弱みになると踏んだからである。

五十四階の秘密を最初に探り当てたのも翠で、しかし彼女には危険すぎてどうすることもできなかった。それで篠宮と手を組むことになったのだ。

「私も最後に教えてください。お嬢様は今、瀬芥会長と一緒なのですか」

篠宮は静かに聞いた。

莉央と連絡が取れなくなり、このタイミングで翠から逃亡を促す電話がかかってきた。悪女を気取ってはいるが、この女が案外情深いことを篠宮は知っている。

『……一緒よ。さっき二人して、車で武蔵野の旧東谷邸に向かったわ』

思わず喉が鳴った。——そこは、かつて東谷一家が暮らしていた屋敷である。

『いずれ瀬芥から、迎えに来いって連絡があると思うけど、行くべきじゃないわ。あんな場所で殺されて埋められでもしたら、死体も見つけてもらえないわよ』

いや違う。瀬芥が莉央とあの場所に行くなら、その理由はひとつしかない。

たった一日の心の迷いが、最後の詰めを誤らせた。おそらく瀬芥は気づいたのだ。だから、このタイミングで舵を切ることに決めたのだろう。

だったら自分ができることはひとつしかない。

「でしたら翠奥様の口から会長にお伝えください。私は、自宅でお嬢様をお待ちしますと」

◇

「最近は仲のいい友人と碁を打ったり、散歩を楽しんだりしていたそうだがね」

武蔵野市の郊外。かつて東谷家のものだった邸宅は、昔とすっかり様変わりしていた。

莉央が七歳で初めてここに連れて来られた時は、本気でおとぎ話の中に紛れ込んでしまったのかと思った。

ヨーロッパの伝統的な手法を取り入れたエレガントな洋館。庭にはプールや噴水までついて、サーバントと呼ばれる使用人が、揃いの制服を着て微笑んでいる。

それが今はどうだろうか。たった数年人が住まなくなっただけで、外壁は黒ずんで苔生し、美しかった庭も荒れ放題になっている。

とはいえ、この土地も建物ももう東谷家のものではない。叔父の晴臣が瀬芥に借金を肩代わりしてもらう際、その担保として瀬芥に譲ってしまったからだ。

「晴臣君の話だと、君と篠宮が載った週刊誌をうっかり目にしてしまったそうだね。それで再び錯乱状態になるとは、東谷さんは、よほど君の母親を憎んでいたんだろう」

「すみません、話なら早く済ませてもらえませんか」

莉央は瀬芥の顔を見ないまま、きつい口調で言った。

空を覆う雨雲が、廃屋と化した洋館を重たい灰色に染めている。並んで立つ二人の前では、ワン——王力《ワンリー》と呼ばれる秘書が、玄関扉に巻きついたチェーンを外していた。

「車の中でも言いましたけど、夫に何も言わずに出てきたんです。心配した彼が、警察に通報しても知りませんから」

最大限の警告をしたつもりが、何故か瀬芥は噴き出すように笑った。

「——、いや、失敬。そんなに警戒しなくても、本当に話をするだけだ。話が終われば、お嬢ちゃんを篠宮のところに帰すと約束したことに嘘はない」

重々しく玄関の観音扉が開く。埃がつもった旧東谷邸のホールに、莉央は三年ぶりに足を踏み入れた。

「実は、この土地の買い手がようやく決まってね。屋敷は連休明けにも取り壊すことになった。聞けばお嬢ちゃんは、自分の父親の部屋を見たことがないというじゃないか」

先に立って歩きながら、どこか愉快そうな声で瀬芥は続ける。

「最後に見せてあげようと——いや、話をするならあの場所が最適だろうと思ってね」

莉央は無言で唇を噛みしめた。時刻は午後六時になろうとしている。篠宮に連絡しておけば——と何度も後悔したが、もう遅い。

今、莉央が懸念しているのは、篠宮がこの場に来るのではないかということだ。瀬芥の狙いがそれなら、篠宮は罠にかかったも同然で、王力にひどい目に遭わされるだろう。

そんな危険も考えずに、うっかり瀬芥の誘いに乗った自分が情けない。多分、色んなことがありすぎて、正常な判断力を失っていたのだ――。

今日の午前中、祖父の入所している施設に電話した莉央は、祖父が脳内出血を起こし、総合病院のＩＣＵに運びこまれたことを知った。

意識が戻らない可能性が高いこと。仮に戻っても、臓器の状態から早くて一週間、持って半月だということ――。スタッフの説明は、目の前を真っ暗にさせた。

（――日曜の午後、突然部屋で暴れられて……どうやらお嬢様の記事が載った週刊誌をうっかり目にされたようなんです。それはもう、ものすごい剣幕で）

祖父は引きつけを起こしたような状態で昏倒し、そのまま病院に運ばれた。

スタッフは平謝りだったが、原因となった週刊誌は施設が購入したものではないという。見舞客の忘れ物だろうと口を濁されたが、だとすれば該当者は翠か晴臣しかいない。施設は感染症対策に厳しく、面会できるのは家族だけだからだ。

莉央は、ＩＣＵのガラス壁越しに、何年かぶりに祖父の顔を見た。

手術で髪を剃ったせいもあるが、三年前より二回りは身体が小さくなった。

管につながれた枯れ枝のような腕を見た時、莉央はその場にしゃがみ込んで、泣いた。

この三年、祖父を忘れたことはないと、自分ではそう思っていた。でも、それはただの卑怯な言い訳だった。現実には忘れていたのだ。「祖父のために頑張っている」という大義名分を隠れ蓑に、自分の人生から祖父の存在を切り捨ててしまっていたのだ——。

　意外なことに、莉央よりもなお憔悴しているのが晴臣だった。

（親父の奴、もうすっかり惚けがきていてな。私が施設に見舞いに行くと、兄貴だと思って喜ぶんだ。忘れてるんだよ、兄貴が二十年以上も前に亡くなったことを）

　面会室のベンチにへたりこむ晴臣は、まるでつきものが落ちたかのようだった。

（笑えるだろ？　親父の中では、次男の私は最初から存在していないんだ。お前の母親は、憎まれていても顔を覚えられているだけマシだったのかもな……）

　だから、示し合わせたように病院に瀬芥が来た時も、晴臣を怒る気にはなれなかった。

「本当は、どのタイミングで君にこの話をすべきか、ずっと迷っていたんだよ」

　中庭が見える渡り廊下を歩きながら、瀬芥がおもむろに口を開いた。

「君は、あたかも私が東谷家の財産を奪い尽くしたと思っているかもしれないが、それは大きな間違いだ。——確かに私は、間抜けな長男を利用して東谷ＨＤを奪い、馬鹿な弟を籠絡して、財産の大部分を投資で溶かしてやった。しかし前半は競争社会におけるビジネスだ。無能な息子にグループの中枢を任せた東谷会長の失策だよ」

「だから悪くないとでも？　言っておきますけど、その人は私の父親です」

「君のような賢い娘の父親が、あれほど愚かだとはとても思えないのだがね」

　瀬芥は含んだように笑うと、少しだけ歩調を緩めた。

「ただし後半は、間違いなく悪意を持ってやったことだ。東谷さんは、さぞかし私を悪く言っただろうね。東谷の財産は全て私に奪われたと、切々と君に訴えたんじゃないか。三十も年上の私との結婚を受け入れるよう、涙ながらに頼み込んだんじゃないか」

莉央はこくりと喉を鳴らした。ひどく嫌な言い方だが、その通りだ。

「最初に大きな種明かしをすれば、東谷さんは今でも大変な富豪だよ。東谷ＨＤの売却益は晴臣君によって浪費されたが、そもそもあの人は、それ以前に貯め込んだ財産を、有価証券やインゴットに換えて海外の銀行に預けているんだ。額にして数十億はくだらない」

「え……？」

「私はね、それを君が相続するまで待つべきだと思ったんだ。今から私が話すことを聞いてしまえば、君は間違いなく相続放棄をするだろうからね」

不意に不安に駆られた莉央は、それには答えずに足を速めた。瀬芥は何を言うつもりなのだろう。一人でこんなところに来てしまった後悔が、今さらのように込み上げる。

「さて……本題の前に、まず篠宮の正体を打ち明けておくべきだろうね。そもそもあの男は、篠宮鷹士ではない。本名は青崎准也。私の過去を調べたなら知っているだろうが、私が博多にいた頃、倒産に追い込んだ会社の社長の息子だ」

瀬芥の言葉が、すぐに頭に入ってこなかった。

同時に、青崎という名前が、調査会社から届いた報告書の文面を想起させる。

【ゴルフ場投資に失敗して同社は倒産。社長の青崎は、自称投資家の瀬芥敬一を投資詐欺で訴えたものの、訴えを取り下げて失踪】

【妻の志保は夫が失踪した三年後に子供二人を連れて無理心中を図り】

【十歳の長男だけが生き残った】

「言い訳をすれば、青崎一家が悲惨な末路をたどった直接の原因は父親だ。会社を取り戻そうと闇金で借金を重ね、万策尽きて失踪した。母親は篠宮によく似た美人でね。……最初、この屋敷で篠宮の顔を見た時、どこかで見たような嫌な感じがしたんだ」

そこで舌打ちをする瀬芥の醜悪さに、莉央は心底ぞっとした。この人は自身の過去の行状について、一欠片も良心の呵責を覚えていないのだ。

「父親が借金をした闇金というのが、関東から流れてきた新興ヤクザでね。私から見ても無茶をやる連中だった。青崎の妻は、闇金会社の持ちビルに住まわされ、上階の事務所に呼び出されては、客を取らされていたそうだ。そりゃ電車に飛び込みたくもなるだろう」

話を聞くだけでも、残酷さに心が抉られそうだった。

でも、まだその話が篠宮とリンクしない。彼は篠宮の名前で大学まで卒業しているし、結婚届に必要な戸籍もちゃんとあったのだ。

「背乗りだよ」嘲るような声で瀬芥は言った。

「東谷さんが青崎准也を引き取る際、年の近い他人の戸籍をどこかから買ったんだ。篠宮の戸籍を調べたら、一家全員が二十五年前に夜逃げして行方不明になっている。――大方どこかで死んでいるんだろう。だから戸籍が売りに出されたんだ」

「……なんで」

莉央は震える声で言った。何故祖父が、そんな違法まがいな真似を。

「ひとつには」と、何故かそこでも瀬芥は含むように笑った。

「青崎の名で、私を警戒させないためだろう。そもそも青崎家の生き残りをどうして東谷さんが引き取ったと思う。多分お嬢ちゃんと同じだよ。私への報復の駒にするためだ」

――報復の駒……？

その時、歩いていた瀬芥が足を止めた。二人の目の前に南京錠で施錠された扉がある。今まで一度もその中に入ったことのない、父、貴臣の私室だった。

五十平方メートルほどの広い部屋は、故人の生前で時が止まっているかのようだった。音楽が趣味だったのか、少し型の古いステレオとドラムセット。天井までの高さの棚を埋め尽くすＣＤ。壁には昔人気だったバンドのポスターやステッカーが貼られている。これが父親の部屋だと言われても、親近感は全く湧いてこなかった。むしろ、祖父の聖域に踏み込んだようで、居心地の悪さばかりが募ってくる。

就寝スペースには大型モニターとリクライニングソファ。壁際の棚には高級酒がずらりと並んでいる。ここで映画でも観ながらお酒を楽しんでいたのだろうか――。

どこか居心地悪くさまよっていた莉央の視線が、ベッドサイドの壁でふと止まった。この一角にだけ、妙にカラフルな壁紙が貼られている。

「写真だよ」

背後に立つ瀬芥の声がした。

「東谷さんが自分のために作った貴臣君のフォトギャラリーだ。近くで見てみるといい」

莉央は眉をひそめながら、壁の近くにまで足を進めた。

見れば、何百枚もの写真が隙間なく壁を覆い尽くしている。それが、遠目からだとモザイク模様のように見えたのだ。

写真は父の出生から始まり、お宮参り、お食い初め、七五三と日付順に続いている。右から左に、下段に移って左から右に。幼稚園から大学、やがて社会人になり、死の床につくまで。言っては悪いがぞっとした。故人の美しい思い出なのだろうが、そこに囚われている人間の、過剰な執着が感じられたからだ。

「――私だよ」

いつの間にか肩を並べた瀬芥が、下の方の写真を指差した。

「そして右隣にいるのが、君のお母さんだ」

瀬芥の指の先にあるのは、成人した貴臣を中心に三人の男女が写っている写真だった。

思わず息をのんだのは、貴臣以外の二人の顔が、マジックか何かで黒く塗りつぶされていたからだ。背景は空、背後にヨットが写り込んでいる。三人ともアロハシャツを着ているから、リゾート旅行でも楽しんでいるのだろうか。

瀬芥と、父と母。三人が同じ写真に収まっていることへの衝撃が、しばらく莉央の思考を停止させた。

いや、おかしなことじゃない。両親が恋人同士だった頃、瀬芥は父の傍にいて、東谷HD乗っ取りを企てていたのだから。

でも、何故瀬芥は私をここに連れてきた？　何故父の思い出が詰まったこの部屋に？

(私はね、それを君が相続するまで待つべきだと思ったんだ。今から私が話すことを聞いてしまえば、君は間違いなく相続放棄をするだろうからね)

(そもそも青崎家の生き残りをどうして東谷さんが引き取ったと思う。多分お嬢ちゃんと同じだよ。私への報復の駒にするためだ)

憎しみを込めて顔を塗りつぶされた二人の男女。

(お嬢様が大切に思われている人たちが――東谷会長にしろ、お母様にしろ、本当に善人だったと思いますか？)

まさか――まさかそんな。あり得ない。漫画じゃあるまいし、絶対にあり得ない。

「私の子なんだ」

瀬芥は、噛んで含めるようにゆっくりと言った。

「それは東谷さんも知っているからね。私が君を引き取る時、DNA鑑定までしているからね。私がそれを聞いたのは篠宮からだったが、最初は頭から否定したよ。なにしろ彼女は——君の母親は——私を捨てて貴臣君を選び、彼の子供を身籠もって失踪したんだ。少なくとも君と婚約する直前まで、私は彼女の嘘を信じていたからね」

「……し、信じな」

「分かるよ、私も最初は同じ気持ちだった。いくら東谷さんが病的に執念深いとはいえ、とことん追い込んで殺した女がなお許せず、その娘を使って私への復讐を企てていたなんてね。まずこれを聞いてみるといい。君と初めて会う少し前に、篠宮と交わした会話だ」

瀬芥が、胸ポケットから携帯電話ほどの大きさのICレコーダーを取り出した。

『つまり、こういうことかな』

流れてきた瀬芥の声は若く、深い疑念と嘲笑が混じっていた。

『東谷会長が、君を——篠宮君だったかね、君をお孫さんの専属サーバントにしたのは、お孫さんの心を摑んで、操りやすくするためだと。つまり君は、十三歳の女の子の靴を舐めて、必死に籠絡しようとしているわけだ』

『お孫さんではなく、あなたの娘さんです』

篠宮の声だった。口調は冷静だが、普段の彼のものより若干硬い。

『繰り返しになりますが、娘さんの母親は、お腹の子の父親はあなただと、貴臣氏にはっきり告白したんです。なのにあなたには真逆のことを言って失踪した。――おそらく、良心の呵責に耐えかねたのでしょう』

――良心の、呵責……？

『それでも会長は許さなかった。なにしろあなたと組んで貴臣氏を誘惑し、貴臣氏の心身に致命的なダメージを与えた女です。会長は、女の行方を何度も突き止め、その都度、仕事を辞めざるを得ないような卑劣な嫌がらせをしています。女の死後、娘さんが施設に入った後は、施設に多額の寄付をして、万が一にもあなたを近づけさせないようにした。娘さんは、施設で相当ひどい扱いを受けていたようですが、それも会長の意向でしょう』

自分の足元を形作るものが、がらがらと音を立てて崩壊していくのが分かった。

つまり母は、瀬芥の共犯者だったのだ。

最初から東谷ＨＤに入り込むために東谷家の御曹司に近づき、誘惑した。そして、祖父は……。いや、祖父だと思っていた人は……。

(莉央、今日から私が君の家族だ。よくこんな辛い境遇で頑張ってきたね。これからは、うんと私に甘えなさい)

そんな――そんな、そんな、そんな……。

『会長は、あなたを苦しめるためだけに、今、ありったけの愛情を注いで娘さんを育てています。やがてあなたは実の娘に憎まれ、知らずその娘と近親婚をすることになる。もう取り返しのつかない時になって、会長は初めて真実を詳らかにするでしょう。それが、会長が長年にわたって考え抜いた復讐なのです』

『…………』

『いずれにしても、あなたは娘さんとの婚約を了承なさいました。――だったら会長が死ぬまで黙して語らず、口実をつけて結婚を先延ばしにすることです。会長さえ亡くなれば、このスキャンダルが世に出ることはない。そしてあなたは、合法的に娘さんをご自分のもとに取り戻すことができるでしょう』

『……お前、何者だ』

ようやく瀬芥の声がした。初めて本性を見せたような、凄みを帯びた残忍な声だった。

『俺はお前の顔も素性も知らないんだ。言ってみろ、一体何が欲しくて、こんなふざけた電話をかけてきた！』

そこでプツリと音が切れた。

咄嗟に莉央が見上げた瀬芥は、ＩＣレコーダーを再び胸ポケットに戻している。

「……続きは？」

「この時、具体的な話はしなかった。なにしろ声しか分からない人物だ。名前も偽名――結果的に偽名だったわけだが――かもしれず、信頼に足るかどうかも分からない。でも、翌週、東谷邸で初めて篠宮と会った時、はっきりと分かったよ」

「何を、ですか」

「この男は、完全にお嬢ちゃんの心を掴んでいるのだとね」

「…………」

「篠宮の挑戦的な目が、そもそもそう言っていた。私を敵に回すと厄介ですよ——と。だからこちら側に取り込むことにしたんだ」

莉央の脳裏に、この屋敷のリビングで、瀬芥と初めて対面した時のことが蘇る。

瀬芥の前に立たされ、身体を触られるのが鳥肌が立つほど嫌だった。その時、篠宮がカートを蹴り飛ばして……私も、篠宮を守るために花瓶を押し倒して……。

あれは芝居？　最初から瀬芥に見せつけるための芝居だった——？

「君には、あたかも私が篠宮を支配しているように見えただろうが、実際はその逆だ。篠宮の手元には常に君という切り札があり、私には奴の目的も素性も分からないという弱みがあった。背乗りをしていることは早い段階で突き止めていたが、どこの誰かというのは、つい最近まで分からなかったからね」

「……最近まで？」

「君がヒントをくれたんだ」

瀬芥は、目尻から魚骨のような皺を広げてニヤリと笑った。

「ヘリの中で、君の口から、すっかり忘れていた過去の亡霊の名が出た時、初めて篠宮を見た時の違和感を思い出したんだ。そこからたどるのは実に簡単な作業だったよ」

莉央は目眩を覚えながら、自分の額に手を当てた。

だから篠宮は、あれほど急いで日本を出ようとしていたのだろうか。

でも、何故？　青崎家の件で悪事を働いたのは、篠宮ではなく瀬芥のはずなのに。

「篠宮も、私に対抗するために、翠と組んで私の弱みを探ろうとしていたようだ。翠が全てを白状して逃亡したよ。篠宮も一緒に逃げていなければいいんだがね」

莉央が顔を強張らせると、その反応を待っていたかのように瀬芥は口元を緩めた。

「知らなかったのかい？　二人は随分前から共謀していたんだ。蜂蜜王子とかいう実業家を使い、君が赤の他人と結婚するリスクを私に突きつけたのも、あの二人がタッグを組んでしたことだ。そこは確かに盲点だったよ。まんまと篠宮に誘導された形だが、リスク回避には篠宮との結婚は悪い選択ではなかった」

篠宮はなんて言ってたっけ。翠さんは私を邪魔に思っていて、瀬芥から私を遠ざけようと――いや、もう何を信じていいのか分からない。

「二人が手を組んだのは、むろん東谷さんの隠し財産が目的だよ」

畳みかけるように瀬芥は続けた。

「もし、今東谷さんが亡くなれば、遺産を相続するのは君と晴臣君だ。その後に君と晴臣

「君が亡くなれば、相続人は篠宮と翠になる。君だってもう分かっているんだろう？　東谷さんの部屋に、例の雑誌を置くことができたのは、翠だけじゃないか」

「…………」

「とはいえ、私もそこまで馬鹿じゃない。篠宮と君を結婚させたのは、その婚姻が無効だと知っていたからだ。君の配偶者は篠宮鷹士だが、その人物は、もうこの世に存在しないんだからね」

ぼんやりと立ち尽くす莉央の前に、瀬芥が歩み寄る。

「君は私の娘だ」

力強い声だった。

「正直に言えば、最初は少しも愛情がもてなかった。私は独身主義で子供も嫌いだ。むしろ自分の血を引く気味の悪い生き物を見ているような心持ちだった。……不思議なものだ。今では、私の全てを君に受け継いでもらいたいと思うようになっている」

認めたくはなかった。それでも、写真の中で笑っている優しげな男より、その言葉に親近感を覚えてしまうのは何故だろう。

「今さら真実を知ったところで、君が私を受け入れないことは知っている。そういう意味では、私は東谷さんと篠宮に負けたんだ。――でも、こうして君に真実を打ち明けた以上、君とは結婚でなく、養子縁組という形で籍を一緒にしたいと思っている」

「どうして、急に？」

背を向けた瀬芥に向かって、莉央は唇を震わせて呟いた。

「これまで黙っていたのに、どうして？　お祖父ちゃんが亡くなるって分かったから？」

「詰んだからだ」

冷淡な声で、瀬芥は言った。

「篠宮が青崎准也だと分かった時点で、お嬢ちゃんを奪い合う我々のゲームは詰んだんだ。調査不足のようだから教えてやるが、青崎准也は博多の雑居ビルに放火し、五人を殺してから行方をくらましている。当時十一歳だから刑事罰には問われないだろうが、もし准也が生きていることが知れたら、黙っていない連中が大勢いるだろうね」

◇

「おかえりなさいませ、お嬢様」

莉央は睫を震わせて、いつもと同じ微笑を浮かべる篠宮を見つめた。

瀬芥から聞いてはいたが、まさか本当にここに戻っているとは思わなかった。

二人で暮らすマンションの、莉央の部屋のリビングダイニング。篠宮は今朝と同じスーツ姿で、ダイニングソファの手前に立っている。

外は大雨で、ソファ周辺を照らすスポット照明以外、室内に灯りは点いていない。

――なんでいるの？

焦燥の声が喉元まで込み上げる。私が瀬芥と一緒に行動していたことも、瀬芥が篠宮の正体に気づいたことも、全部瀬芥から聞かされたはずなのに、なんで。

外の車では瀬芥が待っているし、共用扉の向こうには王力を始めとする瀬芥のボディガードが待機している。

莉央はこくりと喉を鳴らした。絶対に彼らと篠宮を争わせてはいけない。

「……悪いけど、ここにはスーツケースを取りに戻っただけだから。伝言、ちゃんと伝わってなかった？　スーツケースを置いて、すぐに部屋を出ていってって言ったよね」

莉央は冷たい声で言い、篠宮の傍らを足早に通り抜けた。

「篠宮の正体は、全部、瀬芥さんから聞いたから。――お祖父ちゃんのしたことも聞いたし、私が、東谷家の娘じゃなかったことも聞いたから」

室内に落ちた影。雨の音。頭の中がぐるぐるしている。歩いているのに、自分がどこに向かっているのか分からない。

「知っちゃった以上、無理だから。今後一切東谷家には関わり合いたくないし、篠宮にも二度と会わない。だって篠宮は、お祖父ちゃんが私のために用意したものだから」

祖父のしたことは、それでも篠宮の人生の救いだったのだろうか。――いや、もうそのことは考えない。莉央は両拳を握り締める。

「しかも、見知らぬ他人と結婚していたなんて、考えただけでぞっとする。行方不明の人の戸籍を乗っ取ってたんでしょ？　もし、その人が生きてたらどうするのよ！」

篠宮は答えない。莉央は睨むように前を見たまま、歩き続ける。

篠宮は十歳で家族を亡くし、その後、自分の名前までもなくした。彼はこれまで、どんな気持ちで生きてきたんだろう。何が彼の支えで、何が目的だったんだろう。

それが、祖父が望んだような瀬芥への復讐だったとはどうしても思えない。瀬芥が言ったように、東谷家の財産を狙っていたとも思えない。だってそんなチャンス、これまでいくらだってあったから。――だめ、もう篠宮のことを考えちゃだめ。

「り、離婚届は、こっちで作って明日にでも役所に出すから。結婚なんて、どうせ私が訴えれば無効になるし、騒ぎが大きくなって困るのは篠宮の方でしょ」

もう何も考えない。篠宮のことは考えない。考えない考えない考えない考えない。

「瀬芥さんから聞いたけど、昔やったことで、今でも篠宮を恨んでる人たちがいるんだってね。それで海外に逃げようと思ったのなら、私を巻き込まずに一人で行ってよ。私、まだ日本でやりたいことが沢山ある――」

背後から突然腕を摑まれて、莉央は驚きで全身を震わせた。

はっと目の前に色が戻り、消えていた雨の音が、再び耳に飛び込んでくる。

「すみません。さっきから、ずっと同じところを歩き回っておいででしたので」

「………」

そうだっけ。着替えを取りにクローゼットに向かっていたんじゃなかったっけ。

なんで私、まだリビングにいるんだろ。それに、雨がなんでだか家の中にまで──。

手首を包む篠宮の手。互いの鼓動がそこでつながり、共鳴しているように感じられる。

「全てを知ったのなら、旦那様の隠し財産のこともお聞きになったんですね」

──どうしよう。

「私は最初から知っていました。なにしろ、それが私への報酬の原資でしたから」

どうしよう。篠宮の声が、雨に紛れてよく聞き取れない。

「本当は、瀬芥会長とお嬢様の成婚後に報酬をもらい、晴れて自由の身になるはずでした。けれど、三年前の事故で旦那様はその約束を忘れ、報酬が支払われる見込みもなくなってしまった。──だったら別の方法で、それをいただくべきだと思ったのです。なにしろ私は二十年もの間、旦那様の復讐劇に、辛抱強く付き合ってきたのですから」

雨が……雨が、うるさくて。

「ちなみに私個人に、瀬芥会長への恨みはありません。私の家族があのような最期を迎えた直接の原因は、失踪した父にありますし、そもそも家族のために誰かを恨んだり憎んだりすること自体馬鹿げている。私は言いました、家族は呪いだと」

「…………」

「そこに囚われた旦那様の老年は、実に醜悪で、憐れなものだったと思いませんか」

莉央の手首から篠宮の温もりが消え、代わりに手をそっと握られる。

「……お嬢様と結婚するところまでは、まずうまくいった。後は海外に行き、誰とも連絡が取れない場所にお嬢様を閉じ込めておくつもりでした。そして旦那様がお亡くなりになった後、私がお嬢様の代理人として相続手続きをする。それで私の計画は終わりです」

雨の音。

「瀬芥会長が私の過去を探っていたので、悠長に構えている余裕はありませんでした。もうお聞きだと思いますが、私は十一歳の時に放火殺人を犯しています。逃亡しているところを旦那様に拾われましたが、罪を知られているが故に、旦那様の犬になるしかなかった。もし瀬芥会長に過去を知られれば、私はこの先、永遠に会長の犬にされるでしょう」

雨の音。雨の音。雨の音。

「私が、旦那様のお部屋に、件の雑誌を置かせたんです。お気づきですよね。あれができたのが翠奥様だけだということを」

雨の音――。

彼が、立ち上がる気配がする。

「――出ていって」

喉から、ようやく声が出た。

「い、今すぐ、この家から出ていって。振り込んだ退職金は返さなくていいから、二度と私の前に顔を見せないで！」

床につっぷした時、初めて自分がずっと泣いていたことに気がついた。床に膝をつき、子供みたいに声を上げて泣いていたことに。

篠宮がその傍らに膝をつき、泣きじゃくる子供に噛んで含めるように、さっきまでの話をしてくれていたことに。――

ぼんやりと泣き疲れた顔を上げた時には、リビングを複数の人が歩き回っていた。

「早くしろ、ここの荷物はひとつ残らず運び出すんだ」

周囲に指示していた瀬芥が、ふと莉央を見下ろして口元を緩める。

「約束は守るよ。君が大人しく私の傍にいる限り、篠宮の秘密が漏れることはない」

莉央は、握り締めていた手を力なく開いた。中には篠宮が嵌めていた結婚指輪がある。

彼がつないだ手を離した時、莉央の手にそれを残してくれたのだ。

「――会長、篠宮の部屋に離婚届がありました。本人の署名もしてあります」

あれだけ口の上手い男が、最後に莉央でも見抜けるくらい分かりやすい嘘をついた。

(私が、旦那様のお部屋に、件の雑誌を置かせたんです)

篠宮が本当に恐れていたのは、自分が莉央を縛る鎖になってしまうことだろう。

だから必死に悪者になろうとしてくれた。自分のことなど構わずに、瀬芥から離れろと、そう伝えてくれたのだ。

そんなこと、絶対にできるわけないのに——。

第五章　たとえ世界に背いても

梅雨がようやく明けた七月。

窓から見上げた空は爽やかに晴れ上がり、雲ひとつなかった。

「そうですか、ご子息は今アメリカに。三十二歳でしたね。今度ぜひ私のパーティにご招待させていただきたい。実は、紹介したい女性がいるんですよ」

六本木の表参道。WCGが入っているタワービル。窓辺に面した応接ソファに座る莉央の傍らでは、瀬芥が上機嫌で電話をしている。

莉央はテーブルに重ねて置かれた二つ折りの台紙に目をやった。先ほどまで、瀬芥が一冊一冊手ずから開いて吟味していた。莉央の配偶者候補の釣書である。

視線を窓に戻そうとした莉央の視界に、ブックラックに差し込まれた一冊の週刊誌が飛び込んできた。先月発売されたもので、見出しには〈莉央社長スピード離婚！　許しがたい元マネージャー夫の裏切り〉という文字が躍っている。

瀬芥がお抱え芸能記者に書かせた記事だ。発行日前後のワイドショーでも一斉に報道されたが、莉央への直接取材は一件もなく、離婚のニュースがメディアを賑わせたのはほんの数日に過ぎなかった。

離婚理由は、親戚Sとの不倫が発覚したため——となっているが、そのSがすでに叔父と離婚して姿をくらましていることは、どの社も報道していない。

「気に入った相手は見つかったかね」

そこに瀬芥が、にんまりとした笑顔を浮かべて戻ってきた。

「官僚がいいか、政治家の息子がいいか、実に悩ましいところだよ。もちろんどちらも、実家に金とステイタスがないといけないがね」

目の前に並ぶ釣書の中身は、その殆どが日本を代表する企業の子息か親戚である。

そして、WCGにとってビジネス面で有利に結びつく相手ばかり。

「今から話を進めて、早ければ今秋にも結婚という流れにしたいところだな。まず相手を選定しなければどうしようもないが……」

瀬芥が莉央の結婚を急がせるのは、養子縁組のためである。

まだ働き盛りの瀬芥が、二十代の莉央と養子縁組を結べば、世間から奇異な目で見られるのは避けられない。養子関係を伏せておいたとしても、いずれ莉央が結婚する時、戸籍を見た相手が驚くことになるだろう。良家なら、それが原因で破談になることだってある。なので瀬芥は、養子縁組前に莉央を結婚させるつもりでいる。最近では、一日おきに会長室に莉央を呼び出しては、自らが選んだ結婚相手の釣書を見せてくる。

「結婚式は、とびきり派手なものにしよう。その頃、君はワールドの会長秘書だから、私が式を取り仕切っても不自然ではないだろうね」

「――そろそろ私、祖父の見舞いに行かなければならないので」

莉央は、話を遮るように言って立ち上がった。

瀬芥に対しての生理的な嫌悪感は、この男が肉親だと分かった途端になくなった。今は、会う度に虚しさだけが募っていく。瀬芥が欲しかったのは娘ではない。築いた財産を受け継がせる相手であり、ビジネスで有利に使える駒だったのだ。――

「相手は誰でもいいので、瀬芥さんの方で決めてください。結婚式もお任せします」

「じゃあそろそろ、この委任状にサインしてくれないか」

背を向けた時、瀬芥の冷ややかな声がした。

テーブルの上に置かれているのは、ＲＩＯの株主権限を委任する委任状だ。

「なにしろＲＩＯのような非上場株の持ち分は、株主しか確認できないからね。株主は、君と取締役の計三人。持ち分は出資比率に応じて、君が六割以上となっている。私はその六割を買ってＲＩＯをＷＣＧの子会社にするつもりだが、君が本当に六割持っているかどうか、まず確かめさせてくれ」

「確認するまでもないですよ。私も取締役の二人も、これまで一度も株を売却したことがないんですから」

「――どうだかな。君の友人が小細工をしている可能性もある。中島と言ったかね。奴が篠宮と共謀して、私のパソコンに不正アクセスしようとしたことは分かっているんだ」

さすがに莉央は表情を変えた。

そのことでは、篠宮が失踪して以来、瀬芥から再三にわたって問い詰められている。

例の五十四階――WCGが入っているタワービルの五十四階にあったのは、瀬芥が所有するセーフルームだった。

別名パニックルームとも言い、強盗やテロが起きた際、緊急避難するためのシェルターである。当然頑丈にできているし、扉の場所も分からないようになっている。

その部屋に置かれたパソコンに、四月に不正アクセスされた形跡があったらしい。証拠こそないが、その犯人が篠宮と中島だと――瀬芥は頭から決めつけているのである。

内心ではその通りだろうと思いつつ、莉央の立場では否定するしかなかった。

「まだそんなことを言ってるんですか。うちの会社にあるパソコンもサーバーも、中島さんの私用パソコンも、全部そちらの雇った専門家に調べてもらったじゃないですか！」

「どう言い訳しようと、疑わしいのは篠宮一人で、中島には手助けするだけの技術がある。

──あいにく、うちの専門家の作ったセキュリティを突破できなかったようだがね」

瀬芥は鼻で笑うと、書類を莉央の方に差し出した。

「もし、警察沙汰にされたくなかったら、二度と私の裏をかこうなどと思わないことだ。中島に前科でもつけば、韓国財閥の娘との結婚などできなくなるぞ」

莉央はサインを済ませてから、三十五階の会長室を後にした。

シアと中島には、まだ株を売却することは伝えていない。とはいえ四月の終わりに篠宮と離婚した時点で、二人ともそうなることは予感しているだろう。

ＲＩＯは非上場企業だから、株式は出資率に応じて持ち合っている。その割合は莉央が六十六・七パーセントでシアが三十三パーセント。中島が〇・三パーセントだ。

莉央の持ち分だけで三分の二を超えているから、それを取得した時点でＲＩＯは瀬芥のものになる。

路上に出た莉央は、タクシーを拾うために車道に目を向けた。

（──お嬢様、遅れて申し訳ございません）

いつものように、篠宮が車をつけてくれるような気がする。微笑んで助手席の扉を開けてくれるような気がする。

（ＲＩＯを瀬芥会長に渡してはいけません。そうならないよう、私が対策を考えますよ）

篠宮なら、絶対にそう言ってくれるような気がする。──

ぼんやりと歩道の端に立つ莉央の前を、速度を緩めたタクシーが何台も通り過ぎていく。

「ねぇ、あの人莉央社長じゃない？」

通行人の声が突然耳に入ってくる。ようやく我に返った莉央は、頬にこぼれた涙を急いで拭って歩き出した。

◇

「父さん、そう、ゆっくり口を開けて」

莉央が病室を覗くと、リクライニングベッドに座る祖父に、晴臣が食事をやっているところだった。粥を口に含んだ祖父は、まるで幼児のようにもぐもぐと口を動かしている。

病室に入ってきた莉央を見ると、しわくちゃの顔を歪めてにっこりと笑う。半開きの唇から垂れた涎を、晴臣がタオルでそっと拭った。

「父さん、莉央と少し話してくるよ。一人で大丈夫だね」

頷いた祖父を寝かしつけると、晴臣は莉央に目配せをして病室を出た。

「ここ数日、すごく調子がいいんだ。相変わらず昔のことは思い出せないみたいだが」

中庭を見下ろせる窓辺に立つと、晴臣はどこか浮かない目を窓の外に向けた。

半月持てばいいと言われた祖父だったが、二カ月過ぎた今でも、奇跡のような小康状態が続いている。ただそれは、命の期限に少しおまけがついた程度に過ぎない。

しかも意識が戻った祖父は、自分のことも家族のことも、何も思い出せなくなってしまった。

晴臣が息子で莉央が孫。その事実だけは受け入れて、晴臣の言うことは子供のように素直に聞く。莉央に対してはどこか他人行儀で、若干警戒されているようなところもあるが、以前のようなパニックを起こすことはなくなった。

「そういえば、昨日お前の弁護士から連絡があったが、なんで相続放棄なんかするんだ」

持ってきた花束を手渡そうとすると、晴臣は怒ったような声で言った。

「父さんがスイスの銀行にインゴットを預けていたことが分かったから、うちの借金もそれで返せる。残りにしたって私一人がもらっていいような額じゃないだろう」

「だって私は自分の会社があるし、お祖父ちゃんの面倒も見られないから」

莉央はできるだけ屈託のない笑顔で言った。

もらう権利がない——とは、口が裂けても打ち明けるつもりはない。自分が瀬芥の子供であることや、それを承知で祖父が自分を引き取り、瀬芥と婚約させたこと。——それらの事実は、自分の胸ひとつに収めて墓場まで持っていく。

瀬芥にも、生涯口外しないと約束させている。そんなことが表沙汰になれば、祖父の尊厳や人格に著しく傷をつけてしまうからだ。

祖父のしたことを許したわけではない。母の死に様を思えば、生涯許せないだろう。が、裏を返せばその感情は、祖父がずっと抱き続けてきたものでもある。

そう思うと、瀬芥や亡き母のしたことの罪深さがいっそう鋭く胸を抉る。その悔しさ、苦しさ、恨みと憎しみと慟哭から、祖父はずっと抜け出せないでいたのだ。――

(家族は呪いです)

篠宮の残した言葉の意味が、初めて莉央の中にひとしずくの水滴のように落ちてきた。ともすればそこに囚われそうになる莉央自身を律するために、祖父を許そうとしているのかもしれない。

「……私は、馬鹿だった」

不意に呟いた晴臣が、自分の目元を指で拭った。この二カ月、祖父の病室に通い詰めている晴臣は、脂気と邪気が抜けたようなすっきりした顔つきになっている。

「父さんに認められないことで自棄になり、お前にも随分辛く当たった。私は……兄さんが憎かった。父さんの心を独り占めにしている兄さんが、心の底から憎かったんだ」

ここにもまた、血のつながりに囚われるあまり、自分の人生を歩めなかった人がいる。

「篠宮から連絡は?」

莉央が微笑して首を横に振ると、晴臣は申し訳なさそうに面を伏せた。

「篠宮と翠のことは、私も責任を感じているよ。後で調査させて分かったんだが、翠は銀座で店をやる前、後妻業のようなことをして、警察から目をつけられていたらしい」

後妻業とは、裕福な高齢者の後妻あるいは内妻となり、財産を根こそぎ奪っていく生業のことだ。言っては悪いが、いかにも翠に似つかわしい過去である。

「強欲な女だとは思っていたが、まさか篠宮と組んで父さんの隠し財産を狙っていたとは……。お前もショックだろうが、私に力になれることがあればなんでも言ってくれ」

その時、向かいのナースステーションから看護師が出てきて晴臣に声をかけた。

「東谷さん、先生からお話があるそうなんですけど、いいですか」

頷いた晴臣が看護師と共に消えたので、莉央は渡し損ねた花束を持って病室に戻った。

祖父が眠っていたら、花だけをそっと活けて帰るつもりだった。

なるべく祖父とは、二人きりにならないようにしている。まだ自分の気持ちの整理がつかないし、向き合うことがきっかけで祖父の記憶が戻る可能性だってあるからだ。

幸い、祖父はぐっすり眠っているようだった。花瓶を探して視線を巡らせた莉央は、ふと窓辺に見慣れないものが置いてあるのに気がついた。

――桜……？

初夏の風に揺れるカーテンの下に、一枝の桜が置かれている。蕾交じりの七部咲きの桜。まるで、たった今、手折ってきたばかりのように。

「…………」

なんだろう、今、とても大切なことを思い出しかけたような気がする。この春、篠宮と花見をしたことじゃなくて、ずっと昔、もう思い出せないくらい昔に……。

「まぁ、お嬢様、申し訳ございません」

そこに莉央もよく知っている介護士の女が駆け込んできた。莉央が窓を見つめていたので、開いていることを咎められたと思ったのだろう。大急ぎで窓を閉める。

「この桜は？」

莉央は声をひそめて聞いた。その時には、薄桃色の花びらのあまりの瑞々しさに、それが生花でないことは分かっていた。花を特殊加工して保存するプリザーブドフラワーだ。

初老の女は、少しおどおどしたように頭を下げながら、

「二日前、私が外に出ていたわずかな間に、お見舞いの方が置いていかれたんです」

誰なの？　と聞くと、女は申し訳なさそうに首を横に振った。

「晴臣様も気味悪がれて、一度はゴミ箱に捨てたのですが、旦那様がそれをご自分で」

莉央は思わず祖父を振り返る。

「あの……、やっぱりお捨てしましょうか」

はっと我に返った莉央は、急いで首を横に振った。

「……、ううん、お祖父ちゃんが気に入っているなら、そのままにしておいて」

◇

「うおおおー、やったーっ」

オフィスの扉を開けると、喜びを爆発させたような中島の声が聞こえてきた。見れば中島とシアが抱き合い、中島が片腕を突き上げている。

莉央に気づいたシアは、一瞬躊躇うような表情を見せたが、すぐにそれを笑顔で上書きした。篠宮のことでは絶対に余計な気を遣わないと、二人で決めているからだ。

「聞いて、莉央、私たちついに結婚できることになったの！」

「――え？」

「パパがようやく認めてくれたの。秋には向こうで挙式して、ああ……どうしよう！　嬉しくってもう死んじゃいそうよ」

シアに飛びつかれて戸惑う莉央に、中島が照れたように言葉を継いだ。

「俺が向こうの会社に入るとか、国籍を変えるとか、色々条件はあるんだけどね。とりあえず、無理やり引き裂かれることだけはなくなったよ」

「だからそれ、韓国ドラマの見過ぎだって」

ようやく莉央にも、二人の喜びと、何が起こったのかが分かってきた。シアが、十五歳からの初恋と純愛を叶えたのだ。

「やだ、もう、なんだって莉央が泣くのよ」

「だって……」

涙が溢れ、再度シアと抱き締め合った。親友の幸福が自分のことのように嬉しくてたまらない。これまで苦労した分、二人には絶対に幸せになってもらいたい。

「……り、RIOのことは心配しないで。二人が結婚したら韓国に行くだろうっていうのは分かってたし、後のことはなんとでもなるから」

涙を拭いながらそう言うと、シアは莉央から身を離して、中島と顔を見合わせた。

「そのことなんだけど、実はひとつ、莉央に謝らないといけないことがあって……」

明快な物言いをするシアには珍しく、ひどく歯切れの悪い口調だ。

「私たち、もう株を売却しちゃったの。莉央と篠宮さんが離婚した後、四星ケミカルに」

「えっ……？」

四星ケミカルは、シアの父親が会長を務めるヨングループの主力企業だ。

「と言っても、一時的に預けたようなものだから安心して。今、四星ケミカルの社長はオッパなの。RIOとWCGの関係も、オッパはよく知ってるから」

オッパは韓国語で兄。つまりシアの実兄である。それでも驚きで次の言葉が出てこない。

「だって莉央、自分の持ち株を瀬芥に売却するつもりでいるんでしょ？　私は嫌よ。私たちの作ったRIOを、あんな卑怯な男にくれてやるなんて」

「……、で、でも、だからって二人の株を四星ケミカルに売ったところで」

莉央が瀬芥に売却する株は六割強。たとえ残り三割弱を他社に売却したところで、実質的な経営権が瀬芥に移ることには変わりない。

その時、中島がなんとも言えない顔で、髪をかきむしっているのに気がついた。

「実はさ……怒らないで聞いてよ？　莉央さんの持ち株って、もう六割もないんだよ」

——え……？

「言っとくけど、篠宮さんに何もかも任せっきりにしてた莉央さんが悪いんだからね。莉央さんと結婚した後、篠宮さん、莉央さん名義の株の一部を自分名義に変えたんだ。今の持ち分は、莉央さんが三割強、篠宮さんと僕らで残りを持ち合ってる形なんだよ」

莉央は呆然としながら、今の中島の言葉を反芻した。

つまりそれは、瀬芥がＲＩＯの経営権を握れないことを意味している。それどころか、篠宮がもし四星ケミカルに株を売れば——。

「非上場株式の保有率は、株主以外には非公開。つまり株を持たない瀬芥さんには確認する術がない。ＲＩＯの乗っ取りを阻止するための、篠宮さんの作戦だよ。いくら瀬芥さんでも、韓国財閥が所有する株式には手が出せないだろうからね」

「——待って」

莉央は混乱しながら遮った。待って、そんなの聞いてない。というより、そんな真似をしたことが発覚すれば、篠宮がただで済むはずがない。

そして今日、莉央は株主の権限を瀬芥に委任する書類にサインしたばかりだ。

「じゃ、じゃあ篠宮も、自分の持ち株を四星に売ったの？」

「……それはまだ。瀬芥さんに気づかれる前に手放した方がいいって言ったんだけど、篠宮さんには篠宮さんの考えがあるみたいで」

莉央はへなへなと傍らのソファに腰を落とした。

瀬芥がそれを知れば、どうなってしまうのだろう。篠宮だけじゃない、中島にだって報復の手が及ぶかもしれないのだ。例の五十四階のパソコンの件で。

が、莉央がそれを言うと、中島はあっけらかんとした笑顔になった。

「問題ないよ。証拠なんか出るわけないし、ぶっちゃけ、パソコンに不正アクセスの痕跡を残したのもわざとだからね。今だから言うけど、あれは篠宮さんが仕掛けた罠なんだ」

「……どういうこと？」

「もし、部屋に泥棒が入った痕跡があったら？　まず一番大切なものが盗まれていないか確認するのが人の心理だろ？　――まぁ、今回は早い段階で瀬芥さんに手の内を見せちゃったから、結局はうまくいかなかったんだろうけど」

中島の説明が分かるようで分からず、莉央は戸惑って眉を寄せる。

「つまり……そのパソコンに、すごく大切なものが入ってたってこと？」

「さぁ、詳しいことは教えてもらえなかったけど、その後の瀬芥さんの慌てぶりを見ると、相当まずいものが隠してあったんじゃないかな」

「──莉央、篠宮さんは、ずっとRIOと莉央を守ろうとしていたんだよ」

耐えかねたように割り込んできたのはシアだった。

「私も良人に聞いて初めて知ったんだけど、篠宮さん、ずっと前から瀬芥の懐に入り込んで、犯罪の証拠を摑もうとしてたんだって。脱税とか、収賄とか、反社とのつながりとか。もちろん莉央が潜入したS島のことも」

「…………」

「莉央も瀬芥と結婚しないために色々頑張ってたけど、篠宮さんだってずっと頑張ってたんだよ。良人を巻き込んだのは許せないけど、篠宮さんだって莉央のこと……」

「巻き込まれたんじゃないよ、俺が手伝いたくてやってたんだ」

中島が、シアをなだめるようにその後を継いだ。

「俺、大学生の頃、シアちゃんに頼まれてRIOのECサイト構築を手伝っただろ？　本当はきりのいいところでシアちゃんと別れて、内定してた会社に就職するつもりだったんだ。シアちゃんのお父さん滅茶苦茶怒ってたし、結婚なんて絶対無理だと思ったから」

そこを、篠宮さんに引き留められたんだ。──と、中島は続ける。

「その時篠宮さんが約束してくれたんだよ。もし莉央さんの力になってくれるなら、私が必ずシアさんと結婚させますって」

莉央は思わずシアを見ていた。シアは、私も知らなかったとばかりに首を横に振る。

「今回結婚が認められたのだって、篠宮さんの力によるところが大きいんだ。あの人、時々韓国に日帰りで行っては、シアのお兄さんやお父さんと会ってくれてたみたいでさ」

「そうなの。私だって聞いてびっくりよ。いつの間にか、篠宮さんがママのお気に入りになって、オッパの友達になってたんだから」

「篠宮さんは、莉央さんを自由にしてあげたいっていつも言ってたよ。家族からも、瀬芥さんからも。……多分、最後は篠宮さん自身からも」

「…………」

「そのために、ＲＩＯは絶対に手放しちゃだめだって言ってたんだ」

莉央は動揺したまま、うなだれて両手で顔を覆った。

そんなの篠宮に言われなくても分かっている。ＲＩＯを手放してしまったら、後はもう瀬芥の言いなりに生きていくほかない。でも、篠宮を守るためにはそれしかなくて……。

いや、篠宮はそれを望んでいない。だから、いずれ瀬芥にも分かる仕掛けを残して姿を消した。自分は報復など恐れていないと、真っ向から瀬芥と莉央に宣言したのだ。

――分からない。だからって、ここで瀬芥と争ってどうなるの……。

相手は国政をバックに持つ大企業の会長だ。しかも間違いなく反社会勢力を味方につけている。いくらヨングループの力を借りてＲＩＯを守ったところで、莉央や篠宮個人を標的にされれば対抗しようがない。篠宮だって、それは分かっているはずなのに――。

「……もしかして、今まで篠宮はソウルにいたの？」

シアと中島は顔を見合わせると、少し気まずげに頷いた。

「二日前、羽田行きの飛行機で帰国したって。今、日本に戻ったら危険なことは、篠宮さんもよく知ってると思うけど」

二日前――桜のプリザーブドフラワーが、祖父の病室に置かれた日。

莉央は目を見開いた。

薄々そんな気はしていたが、見舞客とは篠宮だ。あれは、篠宮が置いたものだったのだ。

◇

スマホを耳に当てた晴臣が、慌てたように病棟の方に戻っていく。代わりにやってきた介護士の女を目配せで遠ざけると、莉央は祖父の車椅子の背後に立った。

病院の中庭の芝生に、午後の日差しが暖かく降り注いでいる。

「……莉央か」

やがて、祖父のしわがれた声がした。

やっぱりな――と思いながら、莉央は唇を引き結んだ。先日、病室の窓辺で桜を見つけた時、咄嗟に振り返った祖父は眠ってはいなかった。うっすらと目を開き、その目に涙を浮かべていた。なのに莉央が振り返った途端、誤魔化すようにさっと瞼を閉じたのだ。

祖父は、記憶をなくしたふりをしているのだと、その時ようやく気がついた。でも、その理由を考えたら、何も言うことはできなかった。

「謝らないで。私も、謝らないから」

莉央は咄嗟に言っていた。

「お祖父ちゃんの気持ちは、私には分からない。でも、私にしてくれたことの全部が、嘘だったとも思えない。……楽しかったし幸せだったから、お祖父ちゃんと一緒に行ったお花見も動物園も、お祖父ちゃんが来てくれた運動会も、発表会も、全部……」

それが演技であろうとなかろうと、莉央には宝物のように大切な思い出だ。

祖父の肩が、細かに震えている。莉央は自分の目元にたまった涙を指で拭った。

「……起きていても、眠っていても、地獄なんだ」

やがて、消え入りそうなほどか細い祖父の声がした。

「息子を亡くしたあの日から、私の心は終わりのない闇をさまよっている。ずっと悪夢の中で生きているようで、苦しくて息もできない。その地獄から抜け出すには、息子を殺した連中に報復するしかないと、いつしかそう考えるようになっていったんだ……」

莉央は涙を堪えて頷いた。その苦しさは、母を想う度に波のように押し寄せてくるからよく分かる。莉央には篠宮がいたし祖父もいた。けれどこの人には誰もいなかったのだ。

「その執着心が、自分だけでなく、篠宮や莉央や、晴臣までも傷つけていた。……全ては言い訳だが、お前が二十歳で家を出たいと言った後、私は……お前と篠宮がこのまま結婚して、私の手から逃げてくれればいいと思っていたんだ」

その言葉だけで、十分だった。祖父の愛情は打算に裏打ちされていたのかもしれないが、それだけでは説明のつかない情動と葛藤を、ずっと抱き続けていたに違いない。

「篠宮を、恨まないでやってくれ」

切れ切れの声で祖父は続けた。

「篠宮は、瀬芥によって心中に追い込まれた一家の生き残りだ。当時の私は、どんな些細なことでもいいから瀬芥の尻尾を掴みたくて、奴が上京前に住んでいた博多で、奴の昔の知り合いを捜し回っていたんだ。その時出会ったのが篠宮――いや、青崎准也だよ」

――博多……。

今さらのように、それが符号として胸に落ちてきた。

もう町の名前も覚えていないが、莉央と母が最後に暮らしたのも博多だった。

青崎一家が住んでいたのも博多だ。つまり自分と篠宮は、ほんの一時期だが、かなり近い場所にいたのかもしれないのだ。

「父親は蒸発、母親は妹を連れて自殺。なのに准也は、それが全部他人事のような冷めた目をしていたよ。一家を追い込んだ闇金の事務所に住まわされ、窃盗や詐欺の手伝いをやらされて、言葉にできないもっとひどい目にも遭っていた。なのにそれらを水のように受け流している。心が、もう死んでいるんだ」

「…………」

「胸は痛んだが、正直、関わり合うつもりはなかった。ところがそこに、不幸な事故が重なってね。准也が住んでいた事務所が火事で焼けて、逃げ出した准也が火を点けたことにされたんだ」

——え……？

「し、篠宮が放火したんじゃないの？」

「実際は、ヤクザ同士の内紛だろう。しかし、それを公にしたくない連中が、未成年の准也にその罪を被せたんだ。私の旅館に逃げてきた准也を、さすがに見捨てることはできなかった。警察に保護されたとしても一時だ。火災では五人のならず者が死んでいる。准也は捕まり次第、殺されるか、それよりもっと残酷な目に遭うだろう」

祖父の声に、炎が揺らぐような力がこもった。

「その時、准也に復讐の手伝いをさせようと思いついた。この子だって瀬芥を恨んでいるはずだ。懐柔してなんでも私の言うことを聞く子に育てれば、いつか自ら瀬芥を……」

声が途切れ、まるでその時の葛藤と迷いを体現するかのような、沈黙が続いた。

「……でも、そう思ったのは言い訳で、本当は、あの憐れな子供をどうしても見捨てられなかったのかもしれない。私にはあの子が、まるで亡くなった息子のように思えたんだ」

祖父は、気を取り直したように淡々と話し始めた。

「イーストアで私の右腕として働いていた男が、小倉《こくら》で隠居生活を送っていてね。元警察官僚で裏社会にも融通の利く男だった。ほとぼりが冷めるまでその男に准也を預けることにし、戸籍も用意してもらった。――翌年、東京に引き取るために迎えに行ったが、准也は全く私を信用していなかったよ。利用するだけ利用して逃げてやろう。そんな思惑が透けて見えるような冷めた目をしていた」

日が陰り、風が少し強くなる。

「あの日――偶然お前に出会わなかったら、准也はとっくに私のもとから逃げ出していただろう。思えばあれが、准也の人生を決定づけてしまったんだ」

◇

正午に着いた博多駅は、週末のせいか旅行客で賑わっていた。

莉央は人混みを縫うようにして、駅前ロータリーのタクシー乗り場に向かった。

十八歳になった時から、毎年三月にはこの町を一人で訪れている。三月の下旬が母の命日だから、墓参りをするためだ。ただ、今年は渋谷店のオープンなどが重なり、足を運ぶことがないまま七月になってしまった。

「N町の、市営みどり霊園まで」

乗り込んだタクシーで行き先を言って目を閉じた。昨夕、祖父から聞いた話が、まだ脳裏に色濃く残っている。

(私が、お前の母親を憎みに憎んでいたことは知っているね。私が、あの娘にしたことの言い訳はすまい。……年を経て、あの娘にも事情があったことや、最後まで瀬芥を頼ろうとしなかった心情を思うと、ただただ残酷なことをしたと悔いるばかりだ)

(准也を迎えに小倉に行った時、私はあの娘が亡くなったことを知らずにいた。三月の終わりだった。駅までの道中、早咲きの桜が咲いていてね。それを見た准也が妹の墓参りをしたいと言い出したんだ。私は、准也を連れて、博多の市営墓地に向かった……)

市営みどり霊園は、住宅街を離れた小高い丘陵の中腹にある。

霊園の少し手前でタクシーを降りた莉央は、階段を登って敷地に入り、墓石が立ち並ぶ芝の間を、目的の場所に向かって歩いていった。

心臓が次第に高鳴り、普通に歩いているつもりがいつの間にか駆け足になっていた。

(その時、共同墓の前で泣いていた女の子が四歳のお前だった。けれど私がそのことに気

づいたのは、准也と一緒に東京に戻り、調査会社から届いた報告書を見た時だ）

（そこには、あの娘がこの三月に亡くなったことと、その墓地の場所——そしてお前の顔写真が同封されていた。准也は……食い入るようにお前の写真を見ていたよ）

（あの娘への憎しみは、その一時だけ憐れさによって打ち消された。でも、貴臣の命日が来ると……駄目なんだ。息子の部屋に入ると、私の心はあっと言う間に闇に引きずり込まれてしまう。准也は、そんな私を肯定も否定もせず、黙って傍にいてくれた）

祖父の話を聞き終えた時、どうしてだか篠宮が自分を待っているような気がした。

二人が、初めて会っていた場所で。

「——篠宮！」

まだ彼の痕跡はどこにもないのに、予感が確信に変わっていく。

「篠宮、どこなの？　ここにいるんでしょ？」

母の眠る共同墓は、霊園の外れにひっそりと立っていた。十九歳の時、母の墓を建てたいと思って行政にかけあったが、合祀された遺骨を取り出すのは不可能だと言われた。

その時は口惜しかった。でも今は、それでよかったと思っている。一人であんな寂しい死に方をした母が、今は大勢の人たちと一緒に眠っているのだから。

息せき切って駆け寄った墓の周囲に、篠宮はいなかった。

墓石を囲む雑木林では、バイトらしき学生風の男が、竹箒で落ち葉をかき集めている。

——篠宮……。

(……一昨日の夕暮れ時、突然病室にやってきた篠宮は、あの日准也が持っていたのと同じ桜の一枝を窓辺に置いて、何も言わずに去っていったよ)

(私はそれを、篠宮の赦しなのだと解釈した。同時に、私の口から莉央に本当のことを伝えるべきだと、そう言われているような気がしたんだ)

なんでお祖父ちゃんのところに行って、私のところには来なかったの？ずるいじゃない。絶対に篠宮を探すしかないように仕向けておいて、それで逃げ回っているなんて……！

「——莉央」

突然背後から名前を呼ばれ、莉央は弾かれたように肩を震わせた。

「やっぱ、ちゃん付けなきゃ駄目？　もう、どう呼ぼうが自由かなと思ったんだけど」

——篠宮……？

間違いなく篠宮の声だ。でも、喋り方が……篠宮じゃない？

こくりと喉を鳴らして振り返ると、竹箒を手にした男がこちらを見て微笑していた。白い半袖シャツにストレートのデニム。男がキャップを取ると、見慣れた美貌が日差しの下に露わになる。

篠宮だ。てっきり清掃のバイトだと思ったから、見た瞬間、存在を意識の外に追いやっていた。というより、正体が分かった今でも学生にしか見えない。元々小顔で黒目がちの目をしているせいか、前髪が額に落ちているだけで十歳は若く見える。

篠宮は普段通りの目で莉央を見下ろすと、「遅かったね」と、にこりと笑った。

「い……いつからいたの？」

「一昨日の夜くらいかな」

「——、そんなにずっと？　まさかこんなところで野宿してたの？」

キャップを被り直した篠宮は、喉を鳴らしておかしそうに笑った。

「そんなわけないだろ。この近くのホテルに夜だけ戻って、早朝に来たんだ。掃除道具さえ持っていれば、一日いても怪しまれないし」

「……そ、そんなことしなくても、連絡してくれたらいつでも会いに行ったのに」

「最初はそうしようと思ったけど、どこで瀬芥が網を張ってるか分かんないから。そろそろ血眼になって俺を探してる頃だろうし」

いや……それが分かってるなら、ここで二日も私を待ってる場合？

なんだか頭が混乱してきた。喋り方も行動も全然篠宮らしくない。この人は誰？　本当に私の知っている篠宮？　私の好きだった篠宮なの……？

「デートしようか」

不意にからかうように言った篠宮が、莉央の手を取ってにっと笑った。

「……デ、デート？」

「今日、俺の地元のお祭りなんだ。一度、莉央と一緒に行きたいと思ってたからさ」

市営地下鉄駅から一歩外に出ると、街は、浴衣姿の若いカップルや家族連れで賑わっていた。商業ビルが立ち並ぶ通りには、様々な露店が並んでいる。たこ焼き、りんご飴、綿菓子――人形焼きの甘い匂いと、食欲をそそるソースの香りが路上に漂っている。

「……これ、なんのお祭りなの？」

「商店街の夏祭り。俺、昔この辺りに住んでたから、毎年、すごく楽しみだったんだ」

莉央はどこか頼りない気持ちで篠宮の後をついて歩いた。自分も子供の頃、この近くに住んでいたのかもしれないが、莉央の幼児期の記憶は保育園と狭いアパートしかない。

「ねぇ、本当にこんなことしてる場合じゃ――」

「分かってる。今日一日付き合ってくれたら、これまでのことを話すから」

炭火焼きの露店前で足を止めた篠宮は、そこで二人分の生ビールと、牛肉の串焼き、それからチキンケバブをオーダーした。

「あ、ありがと……」

莉央は戸惑いながら、冷えたビールが注がれたプラスチックのカップを受け取った。

テレビ番組のロケで都内の祭りに行ったことはあるが、プライベートで立ち食いをするのは初めてだ。

というより、篠宮が人前で飲酒するのを初めて見た。この人、お酒飲めたんだ。しかもこんなに美味しそうに喉を鳴らして――。

「なに?」

大慌てで首を横に振った莉央は、冷えたビールに口をつけた。

爽やかな苦味とアルコールが喉を滑り落ちて胃に染みる。その途端、これまでの緊張や不安がすうっとほぐれていった。

路上に溢れる笑顔と笑い声。露店から響く呼び込みの声。アーケードの中からは賑やかな祭り囃子が聞こえてくる。四月に髪を切って以来メディアに出ていないせいか、莉央を見てもそれと気づく人は誰もいない。キャップを目深に被る篠宮にしても同様だ。

――……ま、いっか。しばらく篠宮に付き合っても。

委任状にサインしたのが二日前の木曜日。まだ目立った騒ぎは起きていない。

瀬芥と位置情報を共有しているスマホは、今朝、RIOのオフィスに置いてきた。シアと中島は、今週末ソウルで過ごす予定になっているから、万が一瀬芥が騒ぎ出しても、二人に迷惑がかかることはないだろう。

莉央は気持ちを落ち着かせて、ビールをゆっくりと飲み干した。まだ七月だというのに中天を過ぎた日差しは強く、人混みの熱気もあってうだるほどに蒸し暑い。あまり好きではないビールだが、いくらでもお代わりが欲しくなる。

二人は、緑地帯のベンチに腰を下ろすと、ケバブと串焼きを分け合って食べた。

「やば、このお肉、めっちゃ美味しい！」

「俺が子供の頃からある人気店なんだ。昼、まだ食べてないだろ？　他に欲しいものがあったら買ってくるよ」

「え、じゃあ……あそこのポテトフライが食べたいかも。ぐるぐる輪になったやつ」

「オーケー。じゃビールも追加で」

なんだろう、この軽い感じ。まるでどっかで転生でもしてきたみたいに、全然以前の篠宮と違うんですけど。

でも、なんだかすごく――楽しい。

ビールと軽食で昼食を済ませた二人は、手をつないで人混みの中を歩き出した。二杯のビールですっかりほろ酔い気分になった莉央は、いつしか人目もはばからず、じゃれつくように篠宮の腕に自分の腕を絡めている。

「あれやりたい、射的、射的」

「やってもいいけど、一等とか二等は絶対出ないようになってると思うよ」

「それ疑いすぎでしょ。私、テレビのロケで、一等を当てたことがあるんだから」

意気込んで挑んだものの、結局全て失敗に終わった。篠宮の言うように、一等、二等は弾が当たっても的が倒れない。肩を落とす莉央に代わり、篠宮が玩具の銃を手に取った。

「――親父さん。彼女の前だからさ、こすいことしないで一本くらい当てさせてよ」

店の奥で腕組みをしている強面の男に、篠宮が軽い口調で声をかける。

男は、威嚇するように細い眉を上げて篠宮を睨んだが、何故か篠宮は二等を当て、巨大なぬいぐるみが手渡された。

「すごい、一体どんな技を使ったの?」

「さぁ、向こうが勝手に勘繰ったんじゃないかな」

何を勘繰ったんだろうと思ったが、目力だけで他者を制圧していた篠宮だ。テキ屋の男も、もしかして警察――? と不安になったのかもしれない。

「……そんなに嬉しい?」

ぬいぐるみを抱き締める莉央を見て、篠宮が不思議そうに苦笑した。

「嬉しいよ、めちゃくちゃ嬉しい」

「俺の知ってるお嬢様は、そんな子供趣味じゃなかったと思うけど」

「――趣味とかそういう問題じゃないの。言っても分かんないと思うから言わないけど」

高校生の頃、よく友人のデートに賑やかし要員として付き合わされた。その時、ゲームセンターで彼氏がゲットした景品をもらう彼女たちが、羨ましくて仕方なかった。

プリクラ、カラオケ、登下校のお迎えにフードコートでの試験勉強。あの頃篠宮としてみたかったことはもうできない。だから、今起きていることが嬉しくてたまらない。

「貸して、俺が持つから」

「え、いいよ。男の人がこんなの持ってたら恥ずかしいでしょ」

遠慮する莉央の手から、ひょいっとぬいぐるみが抜き取られる。

犬と鳥の中間みたいなファンシーな生き物が、篠宮の腕に収まった。

「意外に似合ってるね」

「はは、それって褒め言葉？」

二人は商店街を歩きながら、目についた店を見て回った。どこも祭りに合わせたセールを行っており、莉央が可愛いと言ったものを、篠宮は全部買ってくれた。

莉央もまた、細いシルバーのブレスレットを買って、篠宮の腕につけてあげた。

「ありがとう、大切にするよ」

なんだか胸がいっぱいになって、莉央は顔を背けて目を潤ませた。

東谷家ではサーバントへの贈答が禁止されていたので、これまで篠宮は、莉央からのプレゼントを受け取ってくれたことがない。篠宮が莉央に贈り物をしてくれたのも、結婚指輪が初めてだ。

もう二人の関係は主従でも偽装夫婦でもない。休日にデートを楽しむ、ごく普通の恋人同士なのだ――。

その後は露店でワインを買って、人気の途絶えた路地裏の木陰で休憩した。指を絡めて口づけを交わし、互いの存在を愛おしむように、しばらくの間無言で寄り添い合っていた。

言葉はなくても、彼の愛情が痛いほど伝わってくる。プロポーズされて、愛を打ち明けられた時よりも、何倍も深く愛されていることが実感できる。

夢みたいに楽しい時間が、本当に夢のように過ぎていく。街全体が美しい夕闇に包まれた頃、西の空で最初の花火が上がった。

「わぁっ」

街のあちこちで一斉に歓声が上がる。足を止めた二人の周辺でも、カップルや家族連れが目を輝かせ、夜を彩る大輪の花を見上げている。

花火は次々と打ち上げられ、その都度大きな歓声が上がった。撮影のためか、殆どの人がスマホを空に向けている。

「撮らないの？」

篠宮に聞かれたが、莉央は微笑して首を横に振った。そんなものより、今、この瞬間を心に深く刻んでおきたい。この花火が終われば、多分今日という日も終わるのだから。

篠宮が、何かを決意して、莉央をここに呼び出したことは分かっている。それが、別れだということも分かっている。莉央はそんな篠宮を説得するつもりでいる。速やかに株式を莉央に返し、できればソウルで身を隠してもらいたいと思っている。

だけどそれは、莉央が瀬芥の言いなりの人生を送り、今秋にも瀬芥の決めた相手と結婚することを意味している……。

「俺の指輪、もう捨てちゃった？」

花火の余韻が夜空に尾を引いている時、不意に篠宮が囁いた。思わず視線をさまよわせた莉央は、咄嗟に手を胸にやっている。

別れの時、篠宮が外して、莉央の手の中に残してくれた結婚指輪。

「……なんで？　もしかしてまたつけたくなったとか？」

「いや、指輪なんて二度と買わないし、記念に持っててくれたら嬉しいなと思って」

「なにそれ。だったら、私の分を返すから、それを篠宮が持っててよ」

苦笑してそう答えた時、甲高い泣き声が人混みの中から聞こえてきた。振り返ると、背面の路上で、幼稚園くらいの女の子が、ギャル風の母親に腕を引っ張られている。

「駄目って言うたろ？　ママ、これから仕事なんやって」

「やだやだ、まだ遊ぶ、まだ遊ぶ」

莉央は思わず篠宮を見ていた。以心伝心で彼がいいよと言ってくれたのが分かったので、彼の手からぬいぐるみを受け取り、人混みを縫って母子連れの方に歩み寄る。

「これ、よかったらもらって」

ぬいぐるみを見た子供は、しゃくり上げながらも目を輝かせる。しかし隣の若い母親が、警戒心を剝き出しにして子供の前に立ち塞がった。

「いらんけん、うちらに構わんでくれんと？　——え？　莉央社長じゃん！」

突然の素っ頓狂な大声に、びっくりしたのは莉央の方だった。

「え、え、マジ？　やば。うち、めっちゃファンなんです。え、髪切ったんすか？　離婚したクズ男とはどうなったんすか！」

子供が泣いていた時から目立っていただけに、さすがに周囲もざわめき始めた。

「え？　莉央社長？」「本物？」「さっきから、すごく似た人がいると思ってた」

立ちすくむ莉央の頭に、パサッと篠宮のキャップが被せられた。

「離婚したクズ男です」

篠宮は苦笑混じりの声で言うと、莉央から取り上げたぬいぐるみを、母親に押しつけた。

「お子さん、可愛がってあげてください」

その時、一際大きな花火が上がり、全員の視線が空に戻る。

気づいた時には、篠宮に手を引かれて走り出していた。


「……いつから、瀬芥さんと私のことを知ってたの？」

河川敷の堤防ブロックに腰を下ろした後、最初にそう切り出したのは莉央だった。

祭りの後。花火の余韻が残る空は、薄く漂う白煙で雲に覆われているように見えた。河川敷に座る二人の背後を、帰途に着く人々が笑いながら通り過ぎていく。

口火を切れば、楽しかった今日が台無しになるのは分かっていた。でも、まず自分の中のわだかまりを解決しなければ、篠宮を説得することなどできはしない。

「大体の事情はお祖父ちゃんから聞いたし、瀬芥さんにも聞かされた。最初から、あの人が私の父だと知ってたんなら、どうしてもっと早く教えてくれなかったの？」

篠宮は黙ったまま腕時計に視線を落とした。ここまでの道中でも、彼が何度か時計に目をやっていたことを思い出した莉央は、にわかに不安な気持ちになる。

「……いつからって言うなら、最初から全部知ってたよ」

路上の人気も途絶えて沈黙が降りた時、ようやく篠宮が口を開いた。

「東谷さんは、俺にそういうことを全部話してくれるんだ。お前も瀬芥が憎いだろう？報復したいと思うだろう？　……まだ子供だった俺に繰り返しそう言うんだ。正直、東谷さんに聞くまで、俺、瀬芥が親父を騙して会社の資金を奪ったことさえ知らなかった。今さら聞いても、ああそうって感じだよ。世の中にはもっと悪い奴らが普通にでかい顔して生きてるし、その中の一人に仕返しをしたところで世界は何も変わらない。あの頃の俺には、東谷さんは頭のおかしい精神異常者にしか思えなかった」

「……、お祖父ちゃんは」

言葉に詰まる莉央を、篠宮は不思議に静かな目で見下ろした。

「でも、高校生になったくらいで思うようになったんだ。もしかすると東谷さんは、心のどこかで自分のしていることに葛藤し、苦しんでいるのかもしれない。だけど自分じゃもうどうしようもなくて……。本心では俺に、止めて欲しいと思ってるのかもしれない」

「…………」

「だから俺にできる方法で、なるべく東谷さんを傷つけない形で止めることにしたんだ」

病院で聞いた祖父の言葉の数々を思い出し、莉央は睫を震わせた。

「記憶をなくしたこの三年、きっと東谷さんは幸せだったんじゃないかな。……でも、思い出した以上、莉央にだけは、東谷さんの口から本当の気持ちを話さなきゃいけない」

篠宮はそれきり黙り、足元の草を千切っては風に飛ばしている。

だから桜の枝を病室に置いたのだと、ようやく莉央は篠宮の気持ちの一端を理解した。

祖父はそれを、篠宮の赦しだとも言っていた。それは、結果的に篠宮の人生を束縛してしまったことを、祖父自身が後悔していたから思えたことではないだろうか。

「――その前に、どうして私に直接話そうと思わなかったの？」

莉央が、どうしても聞いておきたかったのはそこだった。

「回りくどい真似をしないで、瀬芥さんが父親だって、最初から私に話せば済むことだったじゃない。そしたら迷わず家を出て、篠宮とどこへでも行ったのに」

「莉央は、絶対に知るべきじゃないと思ったんだ」

前を見たまま、呟くように篠宮は言った。

「なので瀬芥にも、絶対に本当のことを言わせないようにした。三年前……東谷さんが事故で記憶をなくした後、瀬芥は、莉央に真実を話そうとしていたんだ。だから隠し財産の存在を打ち明けて、俺が止めた。莉央が財産を相続するまで待った方が得策だって」

「……、なんで」

「真実を知るということは、お母さんの罪を知るってことだろ。それまで莉央は、東谷さんの妄執に囚われた被害者だったのかもしれないけど、知ってから先は加害者側になる」

「…………」

「そうなれば、これまでのようには生きられない。俺がどう説得したところで、東谷さんを置いて逃げるなんて選択は絶対にできなくなるだろうし、今も、考えていないはずだ」

胸を突かれ、莉央は言葉をのみ込んだ。

墨を流したような河面で、魚が跳ねる音がする。

「俺は莉央に、家族の罪に縛られて欲しくなかったんだ。母親のやったことは莉央にはなんの責任もない。それでも心に一片の曇りができればおしまいだ。——莉央は生涯、母親の罪からも東谷さんからも逃げられなくなる」

河面を見つめる篠宮の目は、ここではない別の場所を見ているようだった。

「東谷さんが亡くなれば、瀬芥はすぐにでも莉央に父親だと打ち明けるだろう。だからそうなる前に、俺が莉央を連れて逃げようと思ったんだ。もちろん簡単なことじゃない。瀬芥を諦めさせることも、真実を隠したままで莉央を東谷家から引き離すことも」

言葉を切り、篠宮は自嘲気味に苦笑した。

「だから逃亡のための計画を立てた。まずは結婚して、莉央と一緒に逃げても誘拐にならないよう法的な後ろ盾を作る。それから瀬芥の弱みを握って取り引きして……後は海外で、東谷さんが亡くなるのを待てばよかったんだけど、後半は見事に失敗したな」

「……私のこと、好きだって一言でも言ってくれたらよかったのに」

莉央は思わず言っていた。それもまた、ずっと疑問に思っていたことだった。

「蜂蜜王子や中島さん、翠さんまで巻き込んでこそこそするくらいなら、最初から私に計画を打ち明けてくれたらよかったのに」

「……それは、その時は、したくなかった」

「なんで？」

「莉央が俺を好きな気持ちを利用するみたいだったから。——莉央に真実を話せない以上、どこまでいっても、俺は莉央を騙す立場だったから」

「…………」

「でも、馬鹿みたいだけど途中でようやく気づいたんだ。俺が脛に傷持つ身で、いつか必ず莉央を縛る鎖になってしまうことに。——だから離れた。瀬芥がいつ莉央に真実を話そうと、あれが潮時だったんだと思う」

そこで時計を見て、立ち上がろうとした篠宮の腕を、莉央は咄嗟に摑んでいた。

「なんで、そこまでしてくれたの？」

「……え？」

なんで赤の他人の私なんかのために、篠宮がそこまでしてくれたの？

「ど、どっか、よそに行けばよかったじゃん。普通に就職するか起業するかして、篠宮は篠宮の人生を成功させればよかったじゃん。お祖父ちゃんのためだって篠宮は言ったけど、本当はそれだけじゃなかったでしょ？」

「それは、俺がお嬢様を愛して」

「じゃなくて！」

この期に及んでまだ仮面を被ろうとする篠宮を、莉央は力一杯抱き締めた。

「なんて呼んだらいい？　准也君……？　准也？」

びくっと篠宮の肩がかすかに揺れるのが分かった。

「……私、准也の妹じゃないよ」

「…………」

「前、家族は呪いだって私に言ってくれたけど、一番家族に囚われてるのは准也じゃないの？　お祖父ちゃんに協力することに決めたのも、それを止めようとしてくれたのも、本当はお祖父ちゃんの気持ちが誰より分かったからじゃないの？」

(――准也は十歳の時、四歳になる妹を亡くしている。目の前で母親と一緒に電車に飛び込んだんだ)

(准也は、心中を図る母親の意図を悟り、妹を抱いて逃げようとしたらしい。でも妹は、母親と離れたくないと言い張り、准也を振り切って戻ってしまったそうなんだ)

家族は呪い。何度もそう繰り返した篠宮の気持ちが、ようやく分かった瞬間だった。

(――これは私の想像だが、あの日、母親の墓の前で離れたくないと泣いていたお前が、准也には、母親を追いかけて死んだ妹のように思えてしまったのではないだろうか……)

顔を背けて莉央から離れようとする篠宮を、莉央はいっそう力を込めて抱き締めた。

「呪いが解けなくてずっと苦しかったのは准也なんじゃないの？　だから、妹さんに見立てた私を助けることで、楽になろうとしたんじゃないの？」

動かない篠宮の動揺が、体温と鼓動から感じられる。

「……わ、私、悪いけど篠宮と会ったことなんか覚えてないし、お祖父ちゃんに聞いても、全然思い出せなかった」

本当は、病室の桜を見た時、すごく懐かしくて優しい気持ちになったんだけど。

私が、桜の香水が好きな理由も、篠宮がそれを好きだと勝手に思っていた理由も、なんだか奇跡みたいに腑に落ちたんだけど。――

「……だから、もう私のことなんか考えないで、自分の人生を大切にして」

その時、タイヤがアスファルトを擦る鋭い音が聞こえた。はっとして振り返ると、減速せずに滑り込んできた数台のセダンが、次々と二人の背後で停車する。

三台の車の全ての扉が開いて、中から複数の人が飛び出してきた。

「――とっとと、二人を引き離せ！」

怒りに満ちた瀬芥の声が、静かな河面を震わせた。


「この底辺のドチンピラが、俺をわざわざ呼び出すとは、いい度胸をしてるな」

堤防ブロックを転がり落ちた篠宮の腹を、歩み寄った瀬芥が力一杯蹴り上げた。

「やめて！」

駆け寄ろうとした莉央の腕を、背後から王力が摑んで止める。

最初に、仮借のない暴力を篠宮に加えたのは、この身長が二メートルほどもある凶暴な大男だった。

篠宮を莉央から引き離すと、拳を顔に叩き込み、膝頭を腹にめり込ませた。身体をくの字にして悶絶する篠宮を無理に立たせ、棍棒のような脚を回して傾斜の下に蹴り落とした。

なおも攻撃を続けようとする王力を「まだ殺すな」と止めたのは瀬芥だ。

それでようやく拳を収めた王力だが、その凶悪な獣眼はなおも爛々と輝き、主人の次の命令を待っているかのようだ。

篠宮は最初からずっと無抵抗のままだった。最初の一撃で口の中を切ったのか、シャツの胸元は血で汚れ、左腕もおかしな方向に曲がっている。

「ねぇ、お願いだからもうやめて！」

莉央は、なおも篠宮を蹴り続ける瀬芥に向かって、必死に声を張り上げた。

周囲は、車から降りてきた六、七人の男たちによって取り囲まれている。

全員、やたらと体格がよくて人相が悪い。内二人は金髪で、一人は腕に入れ墨をしている。スーツを着ている者もいれば、派手な柄シャツを着ている者もいる。一言で言えば、全員まともな人生を送っているようには見えなかった。

何より、この凄惨な状況を見ても、顔色ひとつ変えていない。たとえここで篠宮が殺されても、彼らは、それが当たり前のように、口笛でも吹きながら死体を処理するだろう。

瀬芥もまた、彼らと同類の人間であることは明らかだった。

もう動くこともできなくなった篠宮の頭や胸を、尖った靴で容赦なく蹴り続けている。冷たく凍えた目の奥には獰猛な狂気が感じられ、暴力への迷いも躊躇いもない。

莉央は唇を震わせた。瀬芥に対する、細い糸のような最後の希望が、今、跡形もなく消えてしまったことがはっきりと分かった。

どこかで、人としての情がある人だと思っていた。いや、必死にそうだと思おうとした。

悪行はあくまで過去のことで、今はビジネスのために清濁併せ呑んでいるだけだと。

この人が、自分と血のつながった父だから――。

「やめて……」

莉央はその場にくずおれるように座り込み、自分の顔を両手で覆った。

もう、自分には何もない。信じるものも、頼れるものも。

「な、なんでも言うことを聞くから。会社だってあげるし、誰とだって結婚する。だから
お願い、篠宮を殺さないで……」

「言っておくが、篠宮がこの場に俺を呼んだんだ」

ようやく攻撃をやめた瀬芥が吐き捨てた。

「お前とＲＩＯの株を返して欲しいなら、必ず一人で来いと幼稚な脅しを掛けてきた。俺
と取り引きするつもりだったならお笑い草だ。おい、カス野郎、聞いているか！」

声を張り上げた瀬芥が、動かない篠宮の腹を鈍い音を立てて蹴り上げる。

「お前の正体は、とっくにこの界隈じゃ知れ渡っている。ここにいる連中は、お前を迎え
に来た死神だ。もうどこにも逃げ場はないから覚悟しておくんだな」

そして、膝をついて篠宮の髪を摑み上げると、

「母親似の美人だからそこそこ高く売れるだろう。――どうして、もっと早く気づかなか
ったんだろうな。お前の母親なら、昔俺が散々玩具にしてやったのに」

何故だかその刹那、青黒く腫れた篠宮の唇にかすかな笑いが滲むのが分かった。

「……何がおかしい」

それで怒りが再燃したのか、立ち上がった瀬芥がギラギラした目を王力に向ける。

「足の一本でもへし折ってやれ。売り物にならなくなるから、顔と内臓は傷つけるなよ」

莉央は、絶望で気が遠くなるのを感じた。ただ、それでもなお心の奥底に、消えずに残る疑問がある。——なんで頭のいい篠宮が、こんな馬鹿な真似をしたんだろう。

瀬芥相手に取り引きなんてできるわけないし、過去を知られている以上、こうなるのは目に見えていたはずなのに。

もしかして、最初から取り引きなんてするつもりはなかった……？

最初からこの人は、自分を使って、私を瀬芥から引き離すつもりで——いた？

昨日までの莉央なら、たとえ無理に引き離されても、自分の意思で瀬芥のもとに戻っていただろう。そうしなければ大切な人たちが傷つけられてしまうから。——いや、違う。どんなにひどい人でも、私のお父さんだから。

調査会社の報告書で瀬芥の正体を知った時、莉央が一番に考えたのは、篠宮を瀬芥に関わらせてはいけないということだった。だから、わざと篠宮を傷つけて家を出た。

今、篠宮もそれと同じことをしているのではないだろうか。私と瀬芥を——心の部分で、完全に引き離そうとしているのだ。

でもそれで？　その後は？　離れた後、どうやって瀬芥と戦うの？

考えろ——考えろ、私。

絶対に何かある。篠宮はいつだって用意周到で、先の先まで考えてくれたじゃない。

その瞬間、閃くように、昨日、中島が何気なく口にした言葉が蘇った。

（ぶっちゃけ、パソコンに不正アクセスの痕跡を残したのもわざとだからね。今だから言うけど、あれは篠宮さんが仕掛けた罠なんだ）

（もし、部屋に泥棒が入った痕跡があったら？　まず一番大切なものが盗まれていないか確認するのが人の心理だろ？）

それから、今日篠宮が口にした言葉で、一番違和感を覚えた一言。

（俺の指輪、捨てちゃった？）

「データを、持ってるわ」

莉央は咄嗟に言っていた。

「五十四階の、例のパソコンよ。侵入されてないって瀬芥さんは言ってたけど、ちゃんと篠宮はパソコンの中身をコピーしてた。それを、私が持っているのよ」

「——待て」

瀬芥が、鋭い声で王力を止めた。王力は篠宮の襟首を摑み上げ、今、まさに拳を振り下ろそうとしているところだった。

「それを渡すから取り引きして。私と篠宮を、今、ここで解放して」

ぞっとするほど陰惨な目つきになった瀬芥が、周りを取り囲む輩にその目を向けた。

「お前ら、少しの間車の中で待機していろ。――おい」

瀬芥が顎をしゃくると、スーツ姿の男が、懐から黒い塊を取り出して瀬芥に渡した。生まれて初めて見る拳銃は、どこか現実感を欠いていて、まるで子供の玩具のようだった。

「ふん、弱ったふりをしやがって」

瀬芥は、その銃口を篠宮の顎に押し当てた。王力に支えられるようにして立つ篠宮の首には、王力の腕が大蛇みたいに巻きついている。

「お前が油断ならない奴だというのは分かってるんだ。王力を雇ったのは、万が一お前に牙を剝かれた時の用心だ。どうせ今も、こっちに隙ができるのを待っているんだろう?」

そして、笑うような目を莉央に向けると、

「言ってみろ。何を持ってるんだって?」

恐怖で、足がすくみそうだった。莉央は何度も唾をのみ込んでから、口を開いた。

「な、中身は知らない。でもコピーしたデータは、東京の、弁護士に預けて……」

「嘘だな。ういうハッタリで身を守れとこのクズに吹き込まれたか」

莉央の動揺を見透かしたように、瀬芥は目をギラギラさせて畳みかけた。

「こいつはな、十歳の時に死んだも同然の幽霊だ。戸籍もない、名前もない、嘘まみれのゴミクズだ。今だって、お前をたぶらかして金を奪うことしか考えていないんだぞ！」

何故だかその刹那、真っ暗な駅のホームにぽつんと立つ子供の姿が目に浮かんだ。

それは、子供時代の篠宮だった。見たはずのない光景は莉央の心が生んだ幻だが、うつむいて線路を見つめるその子供は、紛れもなく篠宮だった。

不意に、莉央の目に大粒の涙が膨れ上がった。

――篠宮……。

この人の心は、まだ家族を亡くした駅のホームに取り残されている。そして、次に来る電車を待っている。

今、分かった。私はこの人の手を、絶対に離しちゃいけないんだ。

「……篠宮と私を置いて、全員、ここから離れなさい」

奥歯を噛んで涙をのみ込むと、莉央は、決別の意思を込めて瀬芥を見つめた。

「言っておくけど、この先何があろうと、私は絶対にあなたのところには帰らない。篠宮を殺すなら、私があなたを地獄の果てまで追い詰める」

数秒、明らかに打ちのめされていた瀬芥は、すぐに冷めた目になって肩をすくめた。

「何を言うかと思えば、その程度の脅し文句か。賢い子だと思ったのは俺の買いかぶりだったようだな。――王力、篠宮を絞め落として、この娘を車に連れていけ！」

「……セキュリティ、会社」

初めて篠宮が口を開いた。ひどく掠れた弱々しい声に、思わず莉央は息をのむ。

「五十四階……火事騒ぎの後……あんたの、パソコン……調べさせただろ？　全部のファイルの鍵を解いて、隅々まで」

笑っていた瀬芥の顔に、冷水を浴びせられたような沈黙が落ちた。

「でも、用心深いあんたが、あの部屋に、第三者を入れるわけがない。あそこは……あんたの人生の隠し金庫だ。だから、その時だけネットに接続して、リモートでパソコンを操作させたはずなんだ」

薄目を開けた篠宮は、弱々しく首を傾け、嘲るような目を瀬芥に向けた。

「そっちが、本丸……。もっと信頼のおける業者に頼むべきだったな」

瀬芥は身じろぎもせず、ただ燃えるような目で篠宮を睨みつけている。

しかし瀬芥は、すぐにその目に酷薄な笑いを浮かべて莉央を見た。

「……なるほどな。でも、データを弁護士に預けたというのはハッタリだ」

違う――と言いかけた時には、もう瀬芥が目の前に迫っていた。

「お前は母親によく似ている。嘘をつく時、必ず目が泳ぐんだ」

いきなり伸びてきた瀬芥の手が、莉央の首にかかっていた鎖を摑んで引きちぎる。

衣服の下に隠していたネックレスには、二人の結婚指輪が連なってかけられていた。

「さっきから、ずっと胸の辺りを触っていたな。そこに何かあることは分かってたんだ」

その時だった。いきなり顔を上げた篠宮が、振りかぶった肘を王力の鼻頭に叩き込んだ。よろめいた王力には見向きもせず、篠宮は、黒い疾風のように瀬芥に向かってくる。

「――っ」

動揺した瀬芥が莉央を突き放して、銃口を篠宮に向けた。

「っ、来るな！」

そんなものは目に入らないかのように、瀬芥を射程に捕らえた篠宮は、左足を踏み込んだ。振りかぶった右拳が、獰猛な生き物のように瀬芥の顔に吸い込まれる。それは、まるで死が人の姿をまとって、この世に現れたかのようだった。

次の瞬間、落雷のような轟音がした。銃声だ。発砲の反動でのけぞった瀬芥が、銃を持ったままでひっくり返る。

「ひいっ、ひっ」

その顔は真っ青で、握り締めた銃を放そうと、右腕を必死に振っている。

銃声に驚いたのか、路上の車から複数の男が飛び出してきた。そのわめき声に被さるように、繁華街の方からパトカーのサイレンが聞こえてくる。

「――っ、やべえ」

「祭りを巡回してるパトカーだ。今の銃声が聞こえたのかもしれない」

呆然と立ちすくむ莉央には、その声も耳に入らなかった。瀬芥が発砲した。それだけは分かった。篠宮は――？　篠宮に怪我はなかった？

その篠宮は、瀬芥が転がると同時に、くずおれるように膝をついた。今は、パニックを起こしている瀬芥に膝でにじり寄り、覆い被さるようにして顔を覗き込んでいる。

「驚いたよ、あんた、銃を撃ったこともなかったんだな」

瀬芥は蒼白になって目を見開き、半開きの口から荒い息を吐いている。

「安心していいよ。ＷＣＧの会長に撃たれたなんて、口が裂けても言わないから」

「…………」

「だから、二度と、莉央の前に出てくるな」

「ひぃっ」

瀬芥は篠宮を突き飛ばして後ずさり、駆けつけた男たちに抱え起こされた。

混乱の中、重くて動かせなかったのか、気を失ったままの王力が放置される。一度は堤防ブロックまで引きずっていかれた莉央だが、それを振り解いて篠宮のもとに駆け戻った。追いかけてくる者は誰もおらず、三台の車が急発進して去っていく。

それと入れ替わるように到着したパトカーから、二人の制服警官が飛び出してきた。

「――きゅっ、救急車を呼んでください！　早く！」

篠宮を抱え上げた莉央は、若い男性警官に向かって声を張り上げた。

「う、撃たれたんです、たった今。犯人は、さっきの車に乗って逃げていきました」

一人の警官がすぐに救急車と応援を呼び、もう一人が王力を見つけて介抱し始める。

莉央は、動かない篠宮の頭を膝に抱え、唇に顔を近づけた。生きている。まだ息もあるし、手足にもかすかな反応がある。

けれど彼の腹部は真っ赤に染まり、なおも白いシャツを赤く濡らしている。莉央は震える手でその中心を押さえ、耳元で囁くように繰り返した。

「大丈夫、絶対に大丈夫、すぐに救急車が来るし、絶対に助かるから」

瞼の下の篠宮の目がわずかに動く。やがて薄目を開けた彼は、口角を上げて微笑した。

「……だめじゃん。さっき俺が、口が裂けても言わないって約束したのに」

「何言ってるの、そんな馬鹿な約束、できないに決まってるでしょ」

篠宮は、莉央を見つめたままで苦笑すると、握ったままの右手を弱々しく持ち上げた。

莉央がその手を握り締めると、彼はぎこちなく拳を開き、鎖に絡んだ二つの指輪を、莉央の手のひらにそっと落とす。

「リングの内側に、データの入ったチップが埋め込んである。中島君に頼んで、取り出してもらうといいよ」

指輪を握り締めた莉央は、唇を震わせた。

「……こ、こんなものがあるなら、なんで、もっと早く教えてくれなかったの？」

「早く渡しちゃうと、俺のために使うと思ったから」

篠宮は力なく笑って、安堵したように目を閉じる。

「それじゃなんの意味もない。……俺がいなくなった後、自分のために使わないと……」

「──最初からいなくなるつもりだったの？」

莉央は必死で言葉を継いだ。篠宮がこのまま意識を手放してしまったら、二度と目を覚まさないような気がしたからだ。

「教えてよ、最初から私を置いて、家族のところに行くつもりだったの？」

しばらくの間の後、再び篠宮の目が薄く開く。

「逃げたんだ、真由を抱いて」

──え……？

「でも重くて、とても抱えてられなかった。俺の腕から落ちた真由は……真由はまっすぐ、母さんのところに駆けて行ったよ」

それは、篠宮が目の前で母親と妹を失った時のことだろう。

「その時、母さんが俺を見たんだ」

「見た……？」

「母さんの口が動くのがはっきり見えた。頑張ってねって言ったんだ。運動会で応援してくれた時みたいに、テストの日に励ましてくれた時みたいに」

──篠宮……。

莉央の目に涙が伝った。閉じたままの篠宮の睫にも、小さな涙の粒が膨れ上がる。

「後から遺書が出てきて、それで分かった。母さんは最初から俺を死なせるつもりなんてなかったんだ。真由がいたら俺の邪魔になるからって、最初から二人で……」

食いしばった彼の歯の隙間から、堪えきれない嗚咽が漏れる。

「な、何度も何度もあの日の夢を見る。もし俺がいなかったら、二人はまだ生きていたかもしれない。……俺さえ、俺さえこの世にいなかったら……」

「私を守ってくれたじゃない」

莉央は、泣きながら声を震わせた。

「今度は篠宮がいたから、みんなが助かったんじゃない。シアも中島さんも、お祖父ちゃんだって！」

「…………」

「死なないで……」

ずっと私の傍にいて。今度こそ私の本当の家族になって。

あなたがずっと欲しかった愛情を、溢れるほど注いであげたい。ひとりぼっちでホームに座るあなたを、私が力一杯抱き締めてあげたい。

新たなパトカーが到着し、救急車のサイレンも近づいてくる。

莉央はいつまでも篠宮を抱き締めたままでいた。

エピローグ　桜の下で

四月——東京都渋谷区。

今や、街のランドマークとなった商業複合施設の前に、多くのメディア関係者が詰めかけていた。

路上にはカメラを設置した三脚が並び、ガンマイクがその頭上に伸びている。周辺には、今をときめくファッション系インフルエンサーらが撮影する姿もあり、彼らは建物を背に、思い思いの実況中継をしていた。

「アジア圏で大人気のＲＩＯ。私も大好きなファストファッションブランドです。三年……？　あ、もう四年前か。その頃はＲＩＯの実店舗は渋谷のこちら、ここ一店だけだったんですよ。それが今や世界十カ国で五十店舗。日本を代表する企業に成長しています」

「もう、神神神、私の神様、超推しです。最近はずっと海外を飛び回っていたから、帰国するのって半年ぶり？　やばい、もうドキドキして死んじゃいそう」

「韓国の人と結婚したって記事が出てたけど、本当なら今度こそ幸せになって欲しいよね。前の旦那とは超スピード離婚だったじゃん？　本当にあの時は可哀想だったもん」

その時、緩やかに滑り込んできた黒のアルファードが、警備員の立つ路上で停止した。

「莉央社長！」

集まった全員の視線とカメラが、後部座席から出てきた一人の女性に向けられる。

十七歳でモデルデビューし、その翌年にＲＩＯを起業したギャルのカリスマ、東谷莉央。社長になってからも積極的にメディアに出演して話題を振りまき、かつては恋多き女としてバッシングを受けたこともある。特に、元マネージャーとの結婚と離婚は、恋愛勝ち組と思われていた彼女のイメージを著しく傷つけた。

しかし、今、車から降り立った彼女の圧倒的な美貌に、インタビューしようと意気込んでいた海千山千のリポーターも息をのむ。

彼女がギャルのカリスマと呼ばれていたのは、もう遠い過去の話だ。熱烈な信者は今もなおいるものの、二十八歳になった彼女は、ＲＩＯがここ数年打ち出しているコンセプト――働く女性のためのファストファッションに身を包んでいる。

身体のラインにフィットしたシックなブラックドレスに、アイボリーのジャケット。ドレスはデコルテと脚を大胆に露出させたデザインで、オフィスファッションでありながらも、パーティ衣装として使い回せるような、落ち着いた華やかさを有している。

「生莉央社長、マジで神……」

「なんかもう、同じ人間とは思えないんですけど」

どんな生物にも美しい盛りがあるのだとしたら、彼女にとってそれが今だと誰もが思った。光のパウダーをまとっているような白雪の肌。艶やかな黒髪は肩で緩いウェーブを描き、藍を帯びた墨色の瞳は宝石を宿したように燦然と輝いている。その瞳が瞬く度に、空気までもが色を変えていくように思えるほどだ。

「今月、四星ケミカルと電撃的な業務提携が発表されました。同社とタッグを組んで、いよいよ北米進出とのことですが、勝算はおありですか」

「その四星ケミカルのヨン社長と再婚されたと、一部週刊誌で報道されましたね。ヨン社長はヨン・グループの御曹司とのことですが、報道は事実でしょうか」

そこで、一緒に車から降りてきた男性スタッフが、莉央と報道陣の前に立ち塞がった。

「申し訳ありません。今日はプライベートな質問はご遠慮ください」

先週までの寒波も遠のき、うららかな陽気に包まれた春の午後――莉央の帰国に併せて設けられた囲み会見は、四星ケミカルとの業務提携に関わる質問に限られていた。

とはいえ、集まった報道陣の一番の関心は、三月の終わりに突如報じられた、莉央再婚のニュースである。

スクープを打ったのは週刊エイト。しかしその内容は、少しばかり意地悪いものだった。

【莉央社長の強かな戦略。韓国財閥とのエンゲージメントでＲＩＯを世界的企業に！】

あたかも、結婚と引き換えに資金援助を得たような記事は、嫌韓感情が強いネット右翼を大いに刺激し、〈莉央社長再婚〉がトレンドワードになったほどだ。

しかし、多くのメディアにとって、今やＲＩＯは巨大スポンサーのひとつである。その機嫌を損ねてまで、核心に触れようとするほど気骨のある記者はいない。

会見終了時刻までの約十分。ビジネスに関する質問に流ちょうに答えた莉央が、笑顔で一礼して、報道陣に背を向けた時だった。

人垣の後ろの方から、追いかけるような質問が飛んだ。

「今年の一月、ＲＩＯはイーストアの買収を発表しましたね。業種を異にする小売業の買収には、株主から反対の声もあったと聞きます。買収は、亡くなられたお祖父様の悲願だったのでしょうか」

大半のメディア関係者はぽかんとしているが、一部の情報通には興味深い質問だった。

イーストアは、ＷＣＧを親会社とする総合スーパーである。

しかし今から四年前、ＷＣＧは、創業者を含めた複数幹部の逮捕をきっかけに崩壊。百を超える傘下企業は、国内外の様々な企業に売却された。

その時、イーストアも同業他社に売却されたが、今春ＲＩＯが、その会社からイーストアを買い取り、百パーセント子会社としたのである。

それ自体は小さなビジネスニュースに過ぎなかったが、イーストアを創業したのが、四年前に亡くなった莉央の祖父であることを知る人間にとっては感慨深い。

数秒、その場で足を止めた莉央は、けれどすぐに報道陣を振り返って微笑した。

「いいえ。イーストアの買収は、ビジネスの間口をより広くし、いずれは社会貢献につながる事業を展開していくための足がかりです。とはいえ」

もちろん、天国の祖父も喜んでいると思います。

静かな声でそう付け加えた莉央が、再び背を向けた時、

「ヨン・ジヨン氏との結婚生活はお幸せですか！」

どこかから飛んだその質問に、歩き出した莉央は答えない。けれど、スタッフに囲まれた彼女が控え目に掲げた左手の薬指には、銀光の筋のような指輪が煌めいている。

それがアンサーであるかのように、報道陣から「おめでとうございます」の声が飛ぶ。

眩しいほどのフラッシュが春の街に瞬いた。

◇

静まり返った待合室に「百四十四番」とのアナウンスが響く。

立ち上がった莉央は、顔を隠すようにうつむくと、通路の奥に向かって歩き出した。

とはいえ、ラフなパーカーとデニムをまとい、髪をひとつにくくっている莉央を見て、昨日、テレビの情報番組で何度も映像が流れた人間だと気づく人はあまりいない。

いたとしても、暗黙の了解で素知らぬふりをしているのかもしれない。受刑者の面会待ちをしている人たちには、それぞれの思いと人生があるからだ。

東京から車で二時間ほど離れた場所にあるN刑務所。昨年のこの時期も、待合室は、面会希望者で溢れていた。

その理由を知っている莉央は、ここまでの道中の景色を思い出し、ふと顔をほころばせる。けれど、指定された面会室で簡易チェアに座った途端、昨夕から抱えている複雑な感情が、胸に重く押し寄せてきた。

結婚をスクープされた時から、漠然とした不安が頭から離れない。今日は、それにけりをつけるために来たのだろうか？　それとも……。

「左向け、左、全身、止まれ！」

そんな声がして、ガラス越しの向こうの部屋に、刑務官に先導された人が現れた。

「なんだ、その格好は。いつも思うが変装でもしているつもりか？」

「違いますよ」

変わらない口調に少しほっとしながら、莉央もまた普段と同じ声音で答えた。

「面会の前に、金属チェックをされるんです。服に金具がついていたら、検査に時間がかかって面倒なので、それでラフな服装にしているだけですから」

ふん、と鼻で嘲笑した瀬芥は、椅子にふんぞり返って足を組む。

「味気ないものだな。たまの面会くらい、派手に着飾ってくれればいいものを」


四年前――WCGの会長として政財界に絶大な権力を誇っていた瀬芥敬一は、複数の罪状によって逮捕され、社会的地位を失った。

しかし、様々な疑惑が取り沙汰されたものの、結果的に瀬芥が立件されたのは、脱税と贈賄、特別背任罪だけだった。七月の夜に起きた暴行や銃刀法違反などは、事件そのものがなかったことにされ、瀬芥は逮捕すらされなかったのである。

というのも、当夜、被害者として病院に搬送された人物が、警察の取り調べを受ける前に忽然と姿を消してしまったからだ。

時を同じくして、福岡県警に匿名の封書が届けられたことも大きかった。

そこには、行方不明となった被害者――篠宮鷹士が、そもそも戸籍上の人物と別人であることや、同人が二十年以上も前に亡くなっていることが、古びた調査報告書や証拠と共に収められていた。資料を作成した調査会社はすでに廃業。依頼者も、警察に封筒を送りつけてきた人物も未だ不明のままである。

被害者を十一歳で保護した東谷正宗が、警察の聞き取り前に亡くなったことも、捜査を頓挫させた原因のひとつだ。以来、被害者の行方はようとして知れず、十一歳から篠宮鷹士を名乗っていたこと以外、その本名も年齢も、国籍さえ不明とされたのである。

結局、瀬芥には五年の実刑判決が言い渡された。

狡猾な瀬芥をしても言い逃れできなかった数々の証拠は、莉央が警察に提出したマイクロチップに収められていた。

その時逮捕されたのは瀬芥だけではない。収賄を受けた複数の政治家秘書、WCGの幹部らも共犯として訴追され、結局同グループはその翌年に売却・解体されたのである。

それをもって完全終結した事件は、もう世間的には遠い過去の出来事だ。

が、マイクロチップの中身を自分の目で確認した莉央だけは知っている。その中にあった真に闇深い犯罪には、警察も検察も手が出せなかったのだ——。

それは、おびただしい数の性接待動画で、大物政治家やテレビ局の幹部、企業の役員などが、いわば強制猥褻などの犯罪に問われかねないものだった。

おそらくS島の施設で盗撮されたものなのだろう。明らかに薬物で意識が混濁している女性や、必死に抵抗を試みる——見るに堪えない動画もあった。が、そこに映っている女優や女性タレントは、売れっ子だったり、裕福な相手と結婚したりした成功者ばかり。不同意性交や強制猥褻の構成要件を満たそうにも、彼女たちが証言するはずもない。

　最後に女性捜査員の一人が、口惜しそうに漏らした言葉をまだ覚えている。

（Ｓ島で何が行われているのかは、警察の上層部も薄々知っているんです。でも芸能界は特殊な世界で、女も全部承知でしていることだろうって……）

　今もアベプロは、大手事務所として芸能界の頂点に立っている。瀬芥から巨額の政治資金を受け取っていた政治家たちも、秘書に罪をなすりつけてのうのうとしている。

「こう見えて私は模範囚でね。思ったより早く外に出られそうだよ」

　かつての仲間からことごとく切り捨てられた瀬芥は、半年前と変わらず元気そうだった。髪こそ坊主にしているが、肌つやもよく、声にも張りがある。何より椅子にふんぞり返って顎をしゃくる姿は、ＷＣＧの会長室にいた頃のままだ。

「会社も名声も失ったが、金なら腐るほどある。次はもっと大きな会社を作ってやるさ。私一人に罪をなすりつけた連中は、今頃震えているだろうな。はっはっはっ」

　莉央は、そんな瀬芥を見つめたまま、少しだけ苦笑した。

　その過程で瀬芥が以前のように悪辣なことをするなら、今度こそ自分はこの人と徹底的に戦うだろうと思いながら。

「――で？　今日は何をしに来たんだね？　私は忙しいんだ。不要な面会はやめてくれと以前も君には言ったはずだがね」

「……実は、瀬芥さんに報告しておきたいことがあって」

右手で左手を覆うように握り締めた莉央は、ぎこちなく切り出した。

「もしかして、もう耳にしているかもしれませんけど、私」

「——結婚のことなら知っているよ。刑務所でも、雑誌の差し入れくらいあるからね」

眉を上げた瀬芥は、それが？　とでも言いたげに肩をすくめる。

「相手は君の友人のお兄さんか。おめでとう。出所したら何か贈らせてもらうよ」

「いえ、お気持ちだけで結構です」

張り詰めていた何かが、すっと肩から抜けていった。そしてまた思っていた。

瀬芥の答えは分かっていたのに、どうして私は、わざわざここへ来たのだろうかと。

「それだけかい？」

「……はい。以前のご縁もありますし、一応ご報告をと思いまして」

「馬鹿げた気遣いだと言っておくよ。君が私を許していないように、私も君を許していないんだ。——出所したら敵味方だ。二度と親しげに訪ねてこないでくれ」

「…………」

受刑者には面会を拒否する権利がある。このN刑務所に瀬芥が収監されてから、莉央は四度面会に行ったが、これまで一度も拒否されたことはない。

「ちなみに私、いずれアベプロを買収するつもりでいますから」

立ち上がりながら、少し笑って莉央は言った。

「――なんだと？」

同じように立ち上がりかけた瀬芥が、驚いた顔で振り返る。

「警察が踏み込めないなら、私が踏み込んでやろうと思って。何年かかるか分かりませんが、今、買収の下準備を進めているところです」

「……、正気の沙汰とは思えない。お前が思っている以上に、芸能事務所というのは闇深いんだ。関わればＲＩＯのブランドにも傷がつくぞ」

「つかせません。それにＲＩＯの傘下になったアベプロは、業界一のクリーンな事務所に生まれ変わるはずですから」

「馬鹿か、お前は！　その過程で――」

そこで刑務官に注意され、声を荒らげた瀬芥は口を噤んだ。

きっとその過程で、アベプロから利権を得ている勢力が黙っていないと言いたかったに違いない。

「心配しないでください。私、生活の拠点をソウルに移すつもりなので」

「……だったらせいぜい、ボディガードを大勢雇って身辺を守るんだな」

「分かってます。ありがとう」

莉央は微笑んで一礼し、退出しようと背を向けた。

「あれは私の身を護るためでもあったんだ」

瀬芥の声がした。思わず振り返った莉央は、すぐに瀬芥が何を言っているのか理解した。

あれとは、警察に握りつぶされた動画のことだ。

「これは忠告だが、今のお前が芸能事務所に手を出すのは百年早い。たとえトラブルに巻き込まれても、私にはどうしてやることもできないぞ」

「……そんなこと、最初から望んでもいないですから」

少しだけ動揺しながら、莉央は再度瀬芥に向かって一礼した。

そしてようやく、今日自分がここに来た本当の理由を認めていた。

瀬芥は人の心を持たないサイコパスだ。その酷薄な性質は、四年前のあの夜、瀬芥が勢いで口走った一言に凝縮されている。

(お前は母親によく似ている。嘘をつく時、必ず目が泳ぐんだ)

その瀬芥は、以前莉央にこう言った。

(なにしろ彼女は——君の母親は——私を捨てて貴臣君を選び、彼の子供を身籠もって失踪したんだ。少なくとも君と婚約する直前まで、私は彼女の嘘を信じていたからね)

瀬芥が逮捕された後、あの夜の出来事を思い出す中で気がついた。

瀬芥は、最初から母の嘘に気づいていたのだ。気づきながらも見放し、振り返りもしなかった。そしていかにも被害者面をして、祖父の罪を莉央に語り聞かせたのだ。——

あの頃は、自分に瀬芥の血が流れていることが死にたいくらい嫌だった。思い出すのも苦痛で、二度と関わり合うつもりはなかった。

なのに収監されて一年も経つと、別の解釈や考え方が、少しずつ心を侵食してくる。

最初から自分の子供かもしれないと疑っていたはずなのに、何故瀬芥は、祖父から持ちかけられた婚約を——三十歳も年の離れた子との婚約を受け入れたのだろう。

それは、疑っていたからこそではないだろうか。

篠宮に提案されるまでもなく、最初から結婚という形で、我が子を取り戻そうとしていたのではないだろうか。

誕生日ごとに贈られてきたコスメやジュエリー。会う度に振る舞われたロマネ・コンティ。見合い相手の写真を見ていた時の嬉しげな顔。

サイコパスが、自分の分身である子供を、自分自身のように愛することは知っている。しょせんはそういう気質なのだと思う。それでも——それでも……。

篠宮が断ち切ってくれたはずの呪いは、今もなお莉央の中で息づいていた。

でもそれは、家族だからという理由ではない。

いずれは消えゆく儚い人生の中で、一度でも深く関わった人に対する——どうしようもない、切ないまでの愛惜だ。

「お父さん、元気で」

莉央は背中を向けたままで、言った。

多分私は、自分の口からこの人に結婚を報告したかったのだ。

瀬芥の返事はない。莉央は面会室の鍵を開けて外に出た。

◇

「……ここからは、桜が見えるんだな」

瀬芥が思わず呟くと、前を歩く刑務官が、鉄格子の嵌まった窓に視線を向けた。

その窓からは、坂の下側にある桜並木がよく見える。

瀬芥の部屋からも、運動場からも、この方角の坂の下まで見ることはできないから、春に桜が咲くことさえ忘れていた。

「受刑者の中には、桜が見たくて、わざわざこの時期に面会を頼む者もいるくらいだよ」

周囲に人がいないせいか、顔馴染みの刑務官は、軽い口調で答えてくれた。

「さっきのお嬢さん、確か昨年もこの時期に来てくれたね。いい子じゃないか」

「…………」

馬鹿な娘だ。結局はその人のよさが命取りになる。アベプロの安倍社長のバックについているのは政界のドンだ。お前みたいな小娘が逆立ちしても敵う相手じゃない。

せっかく幸せを手に入れたのに、地雷を踏んだら最後、容赦なく潰されるぞ。

「……ふん、これが年貢の納め時というやつか」

苦笑混じりに呟いた瀬芥を、刑務官が不思議そうに振り返る。

「弁護士に、連絡を取ってくれないか」

遠い目で桜を見たまま、呟くように瀬芥は言った。

「自白したいことがある。アベプロという芸能事務所と私が、長年やってきたことだ」

◇

春の優しい夕暮れが、オープンテラスのプールを美しい黄昏色に染めている。

韓国の最南端に位置するチェジュ島。——ここはソウルに次ぐ韓国有数の観光地だ。

春には満開の桜が咲き乱れるこの島には、毎春、国内外から多くの観光客が詰めかける。

今も、窓から見える夕刻の街並みは霞がかったような薄桃色で、遠いこの場所にまで、春夕を楽しむ人々の賑わいが伝わってくるようだった。

今、莉央が暮らすこの屋敷は、昨秋、結婚したばかりの夫と共同で購入したものである。

桜に囲まれた丘陵の中腹に、街を見下ろすように建立されており、地元では桜屋敷と呼ばれている。元々有名俳優が別荘として所有していたものを、ヨン家の紹介で特別に売却してもらったのだ。

見た瞬間に一目惚れした物件だったので、年明けに、ここで新生活を始められた時は本当に嬉しかった。そして指折り数えるようにして春が来るのを待っていた。

屋敷を包み込むようにして咲き誇る桜には、莉央にも、ようやく一緒に暮らし始めた夫にも、大切な思い出があるからだ。

『莉央、日本での記者会見お疲れ様。ユヨンの誕生パーティに来てもらえなかったのは残念だけど、プレゼント、すごく嬉しかった！』

リビングで開いたタブレットの画面には、ソウルで暮らす親友一家の笑顔があった。

『ユヨン、莉央おばちゃんにありがとうって。おばちゃんがデザインしたドレス、日本じゃプレミアなんだよ』

「大袈裟なこと言わないで。ユヨンちゃん、意味分からないでしょ」

シアと中島の間には、今年二歳になる娘がきょとんとした顔で座っている。

『いーや、俺のユヨンは分かってる。頭がいいんだ。それにシアに似てとても美人だ』

ユヨンが生まれた時から親馬鹿ぶりを発揮している中島は、今はシアの父親が会長を務めるグループ企業で、システム担当室長をやっている。財閥一家との同居で苦労しているだろうに、持ち前の順応力でそれも乗り越え、今ではすっかりヨン家の一員だ。

『もうオッパはそっちに着いた？』

ふと気づいたようにシアが言った。

「うん、私が帰った時にはもう戻ってた。――ねぇ、その呼び方もうやめない？」

『だってオッパだもん。で、莉央は私のオンニ《お姉さん》なの。莉央、私、今、夢みたいに幸せよ』

通話を切った莉央は、ソファに深く身を沈め、温かな気持ちで親友の言葉を嚙みしめた。

かつての東谷邸を思わせるリビングには、この四年間の幸福な思い出が至るところに飾ってある。

シアと中島の結婚写真。生まれたばかりのユヨンを交えての家族写真。そして――莉央とヨン・ジヨンの結婚写真。

純白のドレスをまとった莉央の手を、白いタキシード姿の男性が優しく取っている。

昨年の暮れ、身内だけでつつましやかに挙げた結婚式には、シアと中島、そしてシアの両親と兄のヨン・ヒョクが出席してくれた。

写真の中では、その五人が手を叩いたり、ライスシャワーを空に撒いたりと、思い思いの形で新郎新婦を祝福してくれている。

「莉央、用意ができたからこっちにおいで」

その時、テラスの方から、祝杯の用意をしていた夫の声がした。

双方が抱える会社の業務提携のために、二人は今日まで、両社の取引先や支社のある世界各国を飛び回っていた。それがようやく今日、チェジュ島の新居で合流し、束の間の休暇を過ごせることになったのだ。

夕焼色に染まったプールに、外から舞い込んだ無数の花びらが浮かんでいる。キャンドルとランタンで彩られたプールサイドのテーブルには、ワインクーラーで冷やしたワインや、新鮮な魚介や野菜、フルーツを使ったアペタイザーが並べられていた。

「すごい、これ全部、ジヨンさんが作ったの？」

「久しぶりに、腕を振るってみました」

席に着こうとしていた莉央は、彼の言葉遣いに少し驚いて瞬きする。

カーキ色のシャツに白のボトムをラフに着こなした彼は、ワインボトルを持ち上げると、少しいたずらっぽい目で微笑した。

「お嬢様、最初のお飲み物はこちらでよろしかったですか」

「——、や、やめてよ。びっくりするじゃない」

ヨン・ジヨンと名を変えた篠宮は、そんな莉央を愛おしげに見つめた。

「たまに、そう呼びたくなるんです」


四年前——篠宮を病院から逃がしたのは、祖父の東谷正宗と叔父の晴臣である。

正確には、祖父が指示を出し、叔父がその指示通りに人を手配して、篠宮を別の病院に移してくれたのだ。

福岡県警に、篠宮鷹士が亡くなっている証拠を送りつけたのも祖父である。

おそらく祖父は、瀬芥とも取り引きしていたに違いない。被害者である篠宮が姿を消し、戸籍上存在しない人になってしまえば、検察が立件を諦める可能性も出てくるからだ。

だから瀬芥もこの件では沈黙を貫いた。かくして博多の裏社会から命を狙われていた青崎准也は、暗黙の了解の内に、闇に葬られることになったのだ。

そういった暗躍は、まさに祖父の真骨頂だったのだろう。祖父はその十日後に鬼籍に入ったが、最後の仕事に満足して亡くなったと、後から叔父に聞かされた。

その後、シアの兄、ヨン・ヒョクの助力で韓国籍を得た篠宮は、ジヨンという名で、ヒョクが社長を務める四星ケミカルで働くことになった。

シアの話では、最初、息子のしたことに激怒していた父親が、今では一番篠宮を気に入っているのだという。ヒョクがグループ副会長に就任することになった時、その後任に篠宮を据えるために、養子縁組まで行ったというのだから相当だ。

韓国内では、ヨン・ジヨンが養子であることはよく知られた話だが、日本ではそういった細かいことまで伝わっていない。

ただ、瀬芥だけは、いつそのからくりに気づいても不思議ではなかった。おそらく莉央結婚のニュースを知った時、ジヨンの正体を察したに違いない。

それでも知らないふりをしてやろうと——今日、面会した瀬芥は無言の内にそう言ってくれたのだ。……

「お嬢様、こちらも食べてみてください。先日、台湾《タイワン》の屋台でいただいたものを作ってみたのですが」

「もう、だからその呼び方はやめてって」

莉央はくすくす笑いながら、篠宮がフォークですくい取ってくれたパパイヤの炒め物を口に運んだ。

「うん、美味しい、さすがは篠宮」

「では、それに合う紹興酒もどうぞ」

「ちょっと、さっきワインを空けたばかりなのに、本当に酔っ払っちゃうじゃない」

「その時は、私が寝室までお運びいたします」

二人は昔の呼称をふざけて呼び合いながら、食事と酒を楽しみ、離れている間に起きた様々な出来事を語り合った。食事の後は、プールサイドのリクライニングシートに移動し、春の宵闇に沈んでいく満開の桜を、寄り添い合って見つめた。

言葉にしなくても、互いの満たされた気持ちが伝わってくるようだった。

二人の夢だったイーストアの買収も無事に終わり、先月は互いの会社の事業提携も成功させた。この四年、二人は居住地を別にしながら、休むことなく走り続けてきたが、そんな忙しい日々も一段落し、今、束の間の休暇を楽しむ幸福を与えられている。……

彼に、いつそれを話そうかと思いながら、莉央は隣の人をそっと見上げた。

「篠宮……」

「ん？」

篠宮の隣に身体を滑り込ませた莉央は、甘えるように彼の首に両手を回した。

「変な感じ」

「変なって？」

「……なんか、久しぶりに篠宮って呼んだから、もう元に戻らなくなっちゃった」

「いいんじゃないですか。ここには二人しかいないんですし」

「ずっと敬語だし」

「ははっ、私も戻らなくなってしまいました」

うっかり「篠宮」と呼ばないよう、莉央はプライベートでも篠宮のことを「ジヨンさん」、公の場では韓国語で「ジヨン・シー」と呼んでいる。

すっかりその呼称に慣れてしまったが、九歳から二十三歳までの間は、ずっと彼のことを「篠宮」と呼んでいたのだ。

今、久しぶりに彼と昔のように語り合っていると、すっかり忘れたと思っていた感情が――切なかったり幸福だったり、不意に泣きたくなってみたり――彼のことを好きだった頃のめまぐるしい感情が次々と胸に溢れてくる。

「じゃあ今夜だけ、昔に戻っちゃおうかな」

「どうぞ、お嬢様」

二人は目を見合わせて微笑み合い、そっと唇を触れ合わせた。

アルコールのせいか、唇は最初から熱かった。何日かぶりに味わう甘くて優しいキスと夫の香り——背中を撫でてくれる温かな手に、莉央はうっとりと酔いしれる。

「ン……」

キスをしながら、篠宮がゆっくりと上になる。温かな舌が莉央の口内に入ってきて、ヌルヌルといやらしくかき回す。混じり合った唾液は芳醇なワインの香りを帯びて、若い夫婦の身体に、後戻りできない情熱の火を灯していった。

「ぁ……」

首筋に唇を当てた篠宮が、莉央の肩にかかったリボンをそっと引き下げた。

今夜の莉央がまとっているのは、白いオフショルダーのリゾートドレス。ミニ丈で、袖はパフスリーブ、ショルダーは細いリボンで留めてある。

そのリボンが二の腕までずらされて、襟から覗く膨らみに、彼の唇が落とされた。

「っ……ン」

呼吸を熱くした莉央は、切ない声をこぼしながら、抱き締めた篠宮の髪や額に口づける。

甘くて爽やかな彼の香り。情熱のこもった優しいキスに、心が愛おしさで溢れていく。

自然に双眸が潤んできて、莉央は彼の髪に指を差し入れながら囁いた。

「好き……」

彼は答えず、ただ胸にかかる呼吸だけが熱くなる。

「好き、大好き」

「……俺も」

熱を帯びた目と掠れた声に、胸が苦しいほど締めつけられた。

思い返せば、篠宮が韓国で暮らし始めた最初の頃は、十五年間傍で見てきた篠宮と、四年前、たった一日だけ見せてくれた青崎准也としての篠宮の、一体どちらが本当の彼なんだろうと不安になることもあった。

それに加えて、今度はヨン・ジヨンとして新しい人生を歩むことになった彼が、本当の自分を出せずに無理をしているんじゃないかと心配になることもあった。

今の莉央は、その不安も心配も、全て杞憂だったことを知っている。どれもが本当の彼なのだ。青崎准也も篠宮鷹士も、そしてヨン・ジヨンも——全てが彼の一部で、そして全部でもある。

今も、莉央を見つめる彼の双眸は、初めて会った十八歳の頃と変わらない。

年を経た穏やかさをグラデーションのように重ねているが、そこに込められた優しさも強さも、深い愛情も変わらない。

莉央もあの頃と同じように、今も彼に恋い焦がれている。これから先も、ずっと——。

いく。

「莉央……」

熱っぽく囁いた篠宮が、莉央を抱き起こして自分の膝に座らせる。そして、優しい手つきで襟元を押し下げた。雪のように白い胸の上部を露出させ、膨らみに甘く唇を這わせていく。

「ン……」

すくい上げるように乳房の丸みを押し揉まれ、莉央は甘い吐息を漏らした。レースの襟元からいじらしく覗く薄桃色の蕾に、チュッと甘く口づけられる。

「は……ぁ」

みるみる高まる気持ち良さに、腹の奥にあるものがじぃんと甘く痺れ始める。莉央は片手の拳を唇に当て、内腿をピクンッと震わせた。

そんな莉央を片腕で抱き寄せた篠宮は、口を使ってさらに襟を押し下げる。こぼれた乳首に歯を当てて甘噛みし、口中に含んで包み込むように舐め転がす。

「っふ……ぁ……ぁ」

この四年で、何度も深い場所まで落とされて、繰り返し快感を教え込まれた身体は、いとも簡単に内側からとろけていった。快感のさざ波が、体内の隅々にまで満ち満ちて、髪の生え際まで甘ったるく痺れてくる。

双眸を熱で潤ませ、すがるように篠宮を見つめる莉央を、彼は愛おしげに抱き締める。

そして、耳元に唇を寄せて囁いた。

「ベッドに行く？」

頬を染めて頷こうとした莉央は、ふと篠宮の頭上に目を留めた。

――桜……。

空からふわりと舞い降りてきた桜の一片が、彼の肩に柔らかく着地する。

人生で一番切なかった夜の記憶が、既視感を伴うその情景で蘇った。

四年前――初めて二人でデートをした日。夜の千鳥ヶ淵で桜を見て、夢みたいに幸せだった。でも、莉央が過去を話したことがきっかけで、不意に彼の態度がおかしくなった。

今の莉央なら、あの夜の篠宮の不安が分かる。

あの頃、彼が何より恐れていたのは、瀬芥が莉央に真実を話してしまうことだった。それを聞いた莉央が、母親の罪という名の檻に囚われて、その贖罪のためだけに生きる選択をしてしまうことだった。

おそらく篠宮は、莉央の心に深く根付いた母親への愛惜を、ずっと不安に思っていたのだろう。その愛ゆえに死の腕に抱かれてしまった妹と、莉央を重ね合わせていたのだろう。

なのに、あの夜の莉央にはそれが分からず、彼の変化にただ戸惑うばかりだった。

抱き合う二人の心が、どうしようもなく離れていくのを感じながら、言葉もなく、身体だけを必死につなげた。

あんな悲しい夜が、二人の最後になってしまったことを、その後、何度後悔しただろう。

「……このまま」

「ん……？」

「ここで、して？」

篠宮が驚いたように目を見張る。

「……、珍しいね、莉央がそんなことを言うなんて」

目に苦笑を浮かべ、どこかからかうような口調だったが、莉央を抱き寄せる手つきは、余裕があるとは言い難かった。

篠宮は、自分の膝を跨がせたままの莉央を膝立ちにさせると、唇を重ねながらドレスの裾をたくし上げた。莉央は彼の誘うままに膝を立て、彼の指が動きやすいように脚を開く。

「……ぁ……は」

ショーツの後ろ側から忍び込んだ篠宮の指が、丸い膨らみを割って花びらにたどり着いた。温かくて太い指が、つぼまった花蕾をヌチヌチと穿ち、ゆっくりと奥に入ってくる。

それだけでじんわりとした甘い快感が込み上げて、莉央は篠宮にしがみついたまま、声もなく唇を震わせた。

「すごく、熱いよ」

囁く篠宮の声も、切迫した艶を帯びている。

ヌチッヌチッと、絡みつく雌肉を攪拌していた篠宮の指が、やがて潤みを増した花筒の中でスムーズに動き出す。ヌチュッ、クチュッと濡れた音が夕暮れに響き、莉央は呼吸をますます浅くする。

「あっ、……はぁ……ぁ」

「熱くて、指が溶けそうだ」

篠宮が、指を中で蠢かせながら、掠れた声で囁いた。

「今すぐ、俺が欲しいって言われてるみたいだよ」

「ゃ……ぁ」

とめどなく溢れる蜜が篠宮の指を濡らし、内腿にいやらしい筋を引く。篠宮は指を上下に動かしながら、莉央の首筋や肩口に、忙しないキスを繰り返す。そしてもう片方の手でドレスの前側の裾をたくしあげ、ショーツ越しに花芯を撫で上げた。

「ンっ……」

ショーツの上部が押し下げられて、そこから篠宮の指が入ってくる。ヌルヌルの割れ目を無骨な指でたどられて、莉央は切ない声を上げた。その唇を甘く塞がれ、声を奪われたままで、敏感な花芯と花びらを二本の指で巧みに弄り立てられる。

「っ……、は……ぁ……」

瞼が眠りに落ちる前のように重くなった。痺れるように甘い快感が下腹部に充満して、もう莉央は、自分が無意識に腰を波打たせていることにも気づかない。

彼の指が、合わさった肉片の間をゆるゆると上下して、真珠粒のような女芯を指腹でそっと捉える。触れるか触れないかの淡いタッチで粒周辺に円を描き、莉央の肌が薄桃色に染まるまで、焦らすようなもどかしい愛撫を繰り返す。

一方で、後ろから入り込んでいる指で、小さな蜜口は埋め尽くされている。二本に増やされた指が根元まで埋め込まれ、濡れた音を立ててリズミカルな抽送が続けられている。

「――、っ、あっ、ン」

不意に腰骨をとろかすような強い官能が、彼の指が埋まっている場所で膨れ上がった。鼻先でぱちぱちと火花が散った。弾けた快感が波状に全身に広がって、莉央は弓なりにした全身を甘く震わせる。

「……ン、ぁ……ああ……ぁ」

ぐったりとくずおれた莉央の中から指が抜かれ、耳や髪に口づけが降ってくる。ピクンッピクンッと痙攣する太腿の下に、篠宮の熱い昂りが感じられた。

篠宮はキスをしながら、莉央を再度抱え起こすと、前をくつろげて自身の屹立を取り出した。一瞬、避妊具のことが頭を掠めたが、すぐにそれがもう必要ないことを思い出す。

子供を欲しい気持ちは、莉央も篠宮も同じくらい強い。これまでは仕事もあって決断できなかったが、この休暇でその願いが叶えば何よりだと――何度も二人で話し合っていたからだ。

ショーツが横に押しのけられ、屹立した篠宮のものが慎重にあてがわれる。それは過たずに入り口を割り開き、すっかり彼の形に馴染んだ中に入ってきた。

「あ……はぁ……ぁ」

細くうめいた莉央は、篠宮の背中に両手を回してすがりつく。自分の中が彼のもので埋め尽くされていく時の、身体全体が切なく浮遊するこの瞬間が、莉央は何より好きだった。

切なくて嬉しくて、篠宮のことが好きな気持ちで、胸がいっぱいになる。

あまりにも幸せで——この人をいつか失う不安で泣いてしまいたくなる。

莉央を抱き締める篠宮の腕も、深い愛情と激しさに満ちている。こんなに傍にいるのに、それでも何かが足りないのか、二人は飢えたように互いの唇を求め合った。

それは、この幸福が永遠に続くおとぎ話ではないことを、それぞれの人生経験から、よく知っているせいかもしれない。

人生は、ある日いきなり暗転する。それは明日かもしれないし、何十年先かもしれない。先のことなど分からないし、この美しい世界さえも、今だけのものかもしれない。

でも、だからこそ、今この瞬間、こうして二人でいることが何より愛おしいのだ。

「ぁ……、ンっ、ア……はぁ……あ」

「莉央……莉央」

終わりが近いことが、切迫した篠宮の呼吸から伝わってくる。何度も軽いオルガズムに達していた莉央は、甘い快感の海を漂いながら、彼の顔をそっと見上げた。

乱れた髪と汗ばんだ額、愛情と官能に潤んだ目が、ひたむきに莉央を見つめている。

「……愛してる」

彼は囁き、抱きすくめた莉央の中に熱い迸りを解き放つ。

——私も、愛してる……。

永遠のような空に投げ出された莉央は、そこに篠宮がいてくれることに安堵しながら、ゆっくりと目を閉じた。


宵闇に包まれたプールサイドに、淡い照明が灯り始める。

明暗センサーのついた照明は、やがて満開の桜に囲まれた屋敷全体を、幻想的なまでに美しく照らし出した。

「明日……」

篠宮の胸に寄り添っていた莉央は、彼の頬をそっと指でたどりながら、囁いた。

「明日は急だから明後日……、ううん、もう少し後でもいいんだけど」

情事の後、篠宮の身体はまだ熱く、莉央を見る双眸は優しさに満ちている。

いつ口に出そうかずっと迷っていたが、その優しさに促されるように、莉央は続けた。

「二人で、日本に帰ってみない？」

意外そうに呟く篠宮に、驚くのはそっちじゃなくて日本の方でしょ——と思いながら、莉央はそっと身を起こした。

「……、この休みに？」

篠宮はこの四年、一度も帰国していない。それは彼の過去を知る人たちが、万が一にも報復してくる可能性を警戒してのことだ。けれど、かつて篠宮を苦しめた博多の闇組織は、瀬芥の逮捕を引き金に崩壊し、その瀬芥も沈黙を守っている。

「今日ね、本当はお母さんのお墓に寄って帰るつもりだったんだけど、やめたの。今年は、篠宮と一緒に行きたいと思って」

「………」

「それと、青崎のご家族に、二人で結婚の報告をしたいと思って。……できれば、桜が咲いている内に」

この話題が、篠宮の心の一番柔らかなところに触れることを知っている莉央は、少し緊張しながら、恐る恐る彼を見上げた。

この四年の間、篠宮は少しずつ自分の家族のことを話してくれるようになった。

家族で毎年行っていた河川敷での花見やお祭りのこと。家族行事がなくなって寂しがる妹を、その妹が亡くなった年に、必ず連れていくと約束していたこと。

莉央の祖父と共に東京に旅立つことになった際、不意に妹との約束を思い出し、あの日、桜の一枝を持って共同墓に向かったこと。――

篠宮は、ずっと自分を苦しめていた記憶を、そうやって少しずつ吐き出すことで、思い出として昇華させようとしているようだった。

ただここ半年、めっきりそのことを語らなくなった篠宮が、辛かった過去とどういう形で折り合いをつけているのか分からない。

本当は、篠宮が自分から言い出すまで黙っておくつもりだった。でも、今日瀬芥を訪ねた帰り道、どこか清々しい気持ちで満開の桜の下を歩きながら――思ったのだ。

篠宮の心にも、けりをつけさせてあげたいと。

「じゃあ、明日にでも飛行機の手配をしておくよ」

驚いて見上げた篠宮の目には、穏やかな笑みが浮かんでいた。

「いいの？」

「いいも何も、俺もずっとそうしたいと思っていたから。――ただ、今回の休みは難しいと思っていただけで」

「……どういうこと？」

瞬きする莉央を、篠宮はからかうように笑って抱き寄せた。

「忘れましたか？　このバカンスには、お嬢様が決めた目標がありましたよね」

——目標……？

「あっ」

「休みの間は、それに専念した方がいいと思ったのですが、よく考えたら場所はどこでもよかったと思いまして」

「え、ちょ、それ私が決めたこと？　こ、子供を作ろうって決めたのは二人でだよね」

「そうでしたっけ？」

むきになる莉央を笑いながら抱き締めると、彼は少しの間無言になった。

「……本当は、どこかで勇気が持てずに、先送りしていたのかもしれない」

「………」

「でも莉央と一緒なら、俺も、ようやく過去と向き合えそうな気がするよ」

うん——と、莉央は目を潤ませて頷いた。

そして思った。もし許されるなら、二人で墓地の周辺一帯に桜の樹を植えてあげたい。

苦しさや切なさを抱いて旅立った大切な人たちが、美しい花となって昇華されていくことを祈って——。

涙を拭った莉央は、微笑んで篠宮を見上げた。

「……あのさ、時々、不意打ちみたいにお嬢様って呼ぶのはずるいと思う」

「ん？　どうして？」

「だ、だって、それだけで私も戻っちゃうもん。子供だった頃に」

あなたが好きで、大好きで、幼い私の世界の全てだった頃に。

もちろん今でも同じくらい好きだけど、そこに過去の思い出が全部上乗せされて、何をされても逆らえない状態になってしまいそうで……怖い。

「分かったよ」

篠宮はくすりと笑うと、莉央の左手をそっと持ち上げ、指輪越しに口づけた。

「お嬢様の仰せの通りに」

「もうっ、だからそういうところ！」

二人の笑い声が、優しい春の宵に溶け込んでいく。

どこからともなく吹いた風が無数の桜の花びらを舞い上げて、まるで祝福でもするかのように、抱き合う二人の頭上に降り注いだ。

あとがき

最後までお読みいただき、ありがとうございました。石田累《いしだるい》です。

えー、とてつもなく難産でした。十月締め切りだったんですけど、初稿が完成したのが翌年の二月です。九月には書き始めていたのに何をやってたんでしょうか。多分、当初の設定（ヒロインの実家の商売）をテレビ局のオーナーにしたのがまずかったんだと思います。どう書いても途中で躓き、どこかの時点で小売業に変更したら、ようやく第一章を突破できました。多分、その時点で十月末が来ていたと思います。

なので今回は、執筆途中でイラストを描いていただくというスリリングな工程となりました。つまり原稿の未完成部分は、プロットでイラストの構図を考えていただくということです。イラスト完成後の設定変更は絶対できないので、ものすごい緊張感でした。

もちろん、これによって一番ご迷惑をおかけしてしまったのが、イラストを担当いただいたうすくち先生と、担当編集のYさんです。本当に申し訳ございませんでした。

そしてうすくち先生、素晴らしいイラストをありがとうございます！　先生のイラストを常に見られる状態にして、この難産をなんとか乗り切ることができました。感謝です。

ではまた、別の作品でお会いできると信じて……

石田累

◆ファンレターの宛先◆
〒102-0072　東京都千代田区飯田橋3-3-1
プランタン出版　オパール文庫編集部気付
石田 累先生係／うすくち先生係

オパール文庫Webサイト　https://opal.l-ecrin.jp/

Opal

あなたを誰《だれ》にも渡《わた》さない
敏腕《びんわん》秘書《ひしょ》と女社長《おんなしゃちょう》の淫《みだ》らな偽装結婚《ぎそうけっこん》

著　者――石田 累（いしだ るい）
挿　絵――うすくち
発　行――プランタン出版
発　売――フランス書院
〒102-0072　東京都千代田区飯田橋3-3-1
印　刷――誠宏印刷
製　本――若林製本工場
ISBN978-4-8296-5564-1 C0193

本書へのご意見やご感想、お問い合わせは、QRコード、
または下記URLより弊社公式ウェブサイトまでお寄せください。
https://www.l-ecrin.jp/inquiry

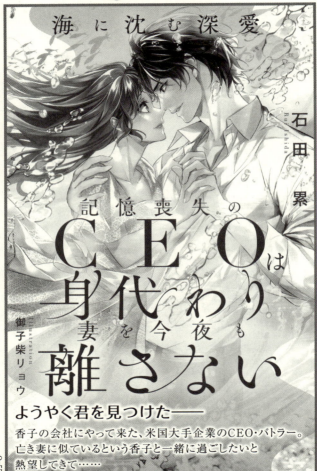